Agne Bravander, Pastor der Sekte ›Die Gottesboten‹, wird ermordet aufgefunden – die Tatwaffe: ein roter Stiletto! Kurz darauf wird das Sektenmitglied Mia Alvin in ihrer Badewanne ertränkt. An Verdächtigen mangelt es Kommissar Sten Wall nicht, denn die religiöse Vereinigung hat sich durch ihre strengen Regeln und Gesetze viele Feinde gemacht. Dennoch tappt der Kommissar im Dunkeln. Und dann wird auch noch ein Kollege von ihm gekidnappt …

Björn Hellberg ist Journalist und Buchautor. Seine Kriminalromane stehen in Schweden regelmäßig auf den Bestsellerlisten. Im Fischer Taschenbuch Verlag sind die Bände »Ehrenmord« (Bd. 15321) und »Mauerblümchen« (Bd. 15320) lieferbar.

Unsere Adresse im Internet: www.fischerverlage.de

Björn Hellberg

Todesfolge

Roman

Aus dem Schwedischen von
Astrid Arz

Fischer Taschenbuch Verlag

Deutsche Erstausgabe
Veröffentlicht im Fischer Taschenbuch Verlag,
einem Unternehmen der S. Fischer Verlag GmbH,
Frankfurt am Main, Juni 2004

Die schwedische Originalausgabe erschien 2000
unter dem Titel ›Tacksägelsen‹
im Verlag Tre Böcker, Göteborg

Published by agreement with Bengt Nordin Agency,
Schweden, and Agentur Literatur, Germany
Satz: Pinkuin Satz und Datentechnik, Berlin
Druck und Bindung: Nørhaven, Paperback A/S, Viborg
Printed in Denmark
ISBN 3-596-16089-8

Todesfolge

Der erste Herbst

»Es ist also wirklich dein Ernst, dass wir ihn opfern sollen?«

»Du drückst dich so drastisch aus.«

»Aber darauf läuft es doch hinaus, oder?«

»Wir müssen ja nicht gleich das Schlimmste annehmen.«

»Er ist das Liebste, was wir haben.«

»Ja, auf der Erde. Ganz deiner Meinung.«

»Aber wir leben und schaffen nun mal hier auf der Erde. Jedes Leben hat seine Zeit.«

»Laura!«

»Ich wollte nichts Ketzerisches sagen.«

»Ich liebe ihn auch. Genauso sehr wie du.«

»Und trotzdem …«

»Trotzdem was?«

»Trotzdem stimmst du einer ärztlichen Behandlung nicht zu.«

»Du bist doch selbst mit dem Standpunkt der Gemeinde einverstanden.«

»Die Gemeinde kann mich mal!«

»Bitte schrei doch nicht so.«

»Entschuldige, aber hier geht es um unseren Sohn, begreifst du das nicht? Und er kann gerettet werden, wenn du deine Härte ablegst.«

»Mit Härte hat das überhaupt nichts zu tun. Das solltest du begreifen.«

»Ich kämpfe um unser einziges Kind und sein Recht zu leben. Ein Achtjähriger, der noch alles vor sich hat!«

»Es gibt etwas, das wichtiger ist als wir Menschen.«

»Was kann wichtiger sein als unser Sohn?«

»Und das fragst du, nach all den Jahren? Die himmlischen Werte natürlich.«

»Für mich wird mein Kind immer Vorrang haben.«

»Schweig jetzt still! Versündige dich nicht, Frau. Was ist in dich gefahren? Dies ist das Haus Gottes, und ich dulde keine Entweihung, auch nicht aus deinem Mund.«

»Die Liebe zu meinem Sohn ist doch keine Entweihung. Zu unserem Sohn. Steht nicht in der Schrift, dass es die Pflicht der Mutter ist, ihre Nachkommenschaft zu schützen?«

»Vielleicht hast du nur nicht gewusst, was du da eben gesagt hast, also vergessen wir es.«

»Du gibst also nicht nach? Bist in dieser Frage nicht zu bewegen? Wirst deine Meinung nicht ändern?«

»Wir haben unser Schicksal nicht selbst in Händen. Die Entscheidung liegt in höheren Händen als denen des modernen Gesundheitswesens. Vertrauen wir darauf, dass sich alles zum Besten finden wird. Lass uns zusammen beten, um Klarheit zu finden. Fassen wir Zuversicht.«

»Bei dir hört sich das so einfach an, so … harmlos.«

»Wir müssen uns an Gottes Wort halten, das weißt du so gut wie ich. Denk an Abraham, der bereit war, auf Befehl des Herrn seinen Isaak zu opfern.«

»Komm mir jetzt nicht wieder damit.«

»Er hatte das Messer erhoben, ohne jeden Zweifel bereit, sich dem göttlichen Befehl zu fügen, obwohl er Isaak so vollkommen liebte, so vorbehaltlos.«

»Ich bin nicht wie Abraham. Ich will nicht dazu beitragen, dass der, den ich am allermeisten liebe, ein viel zu frühes Ende nimmt.«

»Du weißt, was geschah. Gott hat den Ritus aufgehalten und ließ Isaak am Leben. Er wollte nur den Beweis von Abrahams vollkommener Treue. Den er bekam. Niemand kam zu Schaden. Fassen wir also Zuversicht, legen wir alles in die Hände des Herrn.«

»Und wenn das Schlimmste eintrifft?«

»Das wollen wir nicht hoffen.«

»Aber wenn doch?«

»Dann ist es Sein Wille. Es entzieht sich menschlichem Einfluss, wir können uns nur mit dem Unabänderlichen abfinden, ob wir wollen oder nicht.«

»Jetzt nimm doch endlich einmal Vernunft an! So weit muss es doch gar nicht kommen! Noch können wir den Verlauf stoppen.«

»Opfer hat es immer gegeben und wird es immer geben. Abraham ist bei weitem nicht der Einzige, der …«

»Ich verachte Abraham, weil er sich nicht auf sein eigenes Urteil verließ, weil er nicht auf sein Herz hörte. Und ich bezweifle stark, dass er überhaupt echte und tiefe Gefühle für seinen Sohn hatte. Hätte er Isaak wirklich geliebt, dann wäre ihm nie auch nur in den Sinn gekommen, ihn zu töten, sondern er hätte so einen wahnsinnigen, unchristlichen Befehl an sich abprallen lassen.«

»Das will ich nicht gehört haben.«

»Eine Mutter hätte sich nie wie Abraham verhalten, ganz gleich, was Gott ihr befohlen hätte. Sie hätte ihm getrotzt, ohne sich um die Folgen zu scheren.«

»In der Geschichte von Gottes Befehl an Abraham geht es im Grunde um Glauben und Gehorsam.«

»Glaube und Gehorsam! Das zeichnete auch Hitlers Schergen aus, nicht wahr?«

»Schweig jetzt, Laura. Ich verstehe, dass du außer dir bist und nicht weißt, was du da sagst, aber du musst aufhören, bevor es zu spät ist, ist das klar?«

»Du lässt ja überhaupt nicht mit dir reden. Hast du denn gar kein Herz?«

»Bitte, liebe Laura, beruhige dich.«

»Liebst du mich?«

»Was für eine Frage. Ja, das weißt du doch. Ich habe dich immer geliebt. Jetzt mehr denn je.«

»Aber dann …«

»Vertrau mir. Und Ihm.«

»Ich weiß, das sollte ich, aber es ist so schwer. So furchtbar, nicht zu wissen … die ganze Zeit diese schreckliche Angst vor dem zu haben, was geschehen kann.«

»Glaube versetzt Berge, vergiss das nicht.«

»Dann muss ich es wohl versuchen. Aber wenn Lars …«

»Wein nicht, Laura, bitte weine nicht.«

Der erste Winter

»Jetzt bist du also einverstanden? Nach all den Wochen?«

»Ja.«

»Und du wirst es dir nicht anders überlegen?«

»Für wen hältst du mich eigentlich? Glaubst du, dass ich etwas so Grausames täte? Dich erst in Hoffnungen wiegen und dann alles zurückziehen? So handelt kein verantwortungsvoller Mensch. Nicht einer. Nein, wenn ich etwas einmal gesagt habe, stehe ich zu meinem Wort. Das solltest du mittlerweile wissen.«

»Ach, wie wunderbar. Ich liebe dich.«

»Und ich dich.«

»Was hat dich zu diesem Umschwung bewegt?«

»Ich ertrage dein Leiden nicht länger. Und Lars' Leiden auch nicht. Ihr beide bedeutet mir so ungeheuer viel, ich habe keine andere Wahl mehr. Es tut so unerträglich weh, mit ansehen zu müssen, wie sich die liebsten Menschen tagaus, tagein quälen.«

»Wenn du wüsstest, wie ich gehofft und gebetet habe, dass es so kommt! Wenn es jetzt nur nicht zu spät ist.«

»Das glaube ich nicht. Aber du verstehst natürlich, was das bedeutet?«

»Dass unser Sohn gerettet werden kann.«

»Natürlich. Aber ich denke vor allem an noch etwas anderes.«

»Was meinst du?«

»Das begreifst du sicher, wenn du nachdenkst.«

»Ach ja? Damit müssen wir uns dann eben abfinden.«

»Das sagst du so leichthin. Sind dir die Folgen nicht bewusst? Ist dir nicht klar, wie viel uns die Gottesboten bedeuten? Die Entwicklung, die auf uns zukommt, ist für mich schon jetzt die reinste Tragödie.«

»Aus der Gemeinde ausgeschlossen zu werden ist keine wahre Tragödie. Wenn Lars nicht mehr zu retten ist, erst dann müssten wir von einer richtig großen Tragödie reden, über die wir unmöglich hinwegkommen könnten.«

Der Frühling

»Prost.«

»Prost.«

»Ah, das geht runter wie Öl.«

»Genau, was ich jetzt brauchte. Übrigens, was meinst du …«

»Ja?«

»Du hast ja die gesehen, mit der ich zusammenwohne.«

»Pirjo? Klar hab ich die gesehen.«

»Und was meinst du?«

»Die wird schon in Ordnung sein.«

»In Ordnung? Bist du blind, Mann? In Ordnung, die in Ordnung? Verdammter Lügner.«

»Was passt dir denn nicht an ihr?«

»Du hast ja keine Ahnung, was für eine phantastische Braut ich vorher hatte. Was anderes als die fette Kuh, die ich jetzt am Bein hab. Scheiße, das ist doch ein Witz, mit der kann man sich nicht mal auf der Straße zeigen.«

»Ich hab schon üblere Weiber gesehen als Pirjo.«

»Dann nimm du sie doch. Ich will sie nicht mehr.«

»Reg dich ab, sonst kochst du noch über. So schlimm kann es mit Pirjo doch wohl nicht sein. Sie ist vielleicht keine, nach der man sich auf der Straße umdreht, aber so verkehrt ist sie nun auch wieder nicht. Du bist bloß blau.«

»Blödsinn! Ich bin noch nie so nüchtern gewesen. Pirjo ... manchmal hab ich gute Lust, dem Weibsstück und ihren beschissenen Hurenbälgern die Luft zum Leben abzudrehen.«

»Warum bleibst du dann, wenn du das so siehst?«

»Gute Frage. Was hast du übrigens gesagt?«

»Warum haust du nicht ab?«

»Du weißt ja, wie es ist.«

»Vielleicht.«

»Du hättest Mia sehen sollen.«

»Hieß sie so?«

»Hä?«

»Mia, die hast du doch grade erwähnt, ist das die Sexbombe aus Stad?«

»Mia, so heißt sie. Verflucht hübsch. Riesenmöpse. 'ne echte Wuchtbrumme. Eins a im Bett.«

»Warum war dann Schluss mit der?«

»Wieso Schluss?«

»Wieso bist du nicht bei der Tussi, die eins a im Bett ist, statt bei dieser Pirjo und ihren Blagen?«

»Da war Schluss.«

»Das sag ich doch. Du hast sie also verlassen, diese phantastische Nummer eins, oder was?«

»Sie hat mit mir Schluss gemacht. Das ist alles die Schuld von diesem verdammten elenden schleimigen Scheißpriester. Wenn der Idiot ihr nicht lauter Grillen ins kleine Hirn gesetzt hätte, wär sie heute noch bei mir.«

»Kleines Hirn, große Möpse ...«

»Hör mir bloß damit auf! Mit Mia ging's mir richtig gut, und ihr mit mir. Na ja, dann und wann hab ich ihr natürlich eine reingehauen, wenn sie sich zu dämlich anstellte, denn manchmal konnte sie sich schon ein wenig dämlich anstellen. Aber eine kleine Abreibung hin und wieder hat ihr ja wohl nicht geschadet. Die war prachtvoll und geil bis zum Abwinken, aber dann musste ja dieser Pastor kommen und uns alles kaputt machen ... Sieh mich jetzt an! Pirjo, da kann man ja gleich den Strick nehmen.«

»Du siehst ganz so aus, als ob du noch einen Rachenputzer brauchst. Und ein schönes Pils dazu.«

»Da sagst du was.«

»Geht auf meine Rechnung.«

»Danke. Aber bin ich nicht dran?«

»Genau genommen ...«

»Du musst wohl auch das hier übernehmen. Pirjo hält mich ziemlich knapp, nächste Woche kriegst du es wieder, versprochen. Du weißt ja, auf mich kannst du dich verlassen.«

»He da, komm mal her! Zwei Schnäpse und zwei große Bier – und zwar dalli. Wir haben nicht die Zeit, den ganzen Tag hier rumzuhängen und Löcher in die Luft zu starren.«

Der Sommer

»Warum hast du so lange gebraucht, um zur Tür zu kommen? Ich steh hier schon ewig und klingle und klopfe.«

»Ich hab geschlafen.«

»Das merkt man, Sverker. Du musst schon entschuldigen, aber du siehst schlimm aus. Und wie du riechst! So kann es nicht mehr lange weitergehen. Du musst dich zusammenreißen.«

»Na, so schlimm ist es auch wieder nicht. Es ist bloß noch so früh ...«

»Früh! Wir haben fast drei Uhr nachmittags.«

»Doch schon?«

»Bittest du mich nicht herein?«

»Wenn es hier bloß nicht so unaufgeräumt wäre.«
»Das ertrage ich.«
»Und dann der Gestank.«
»Wir lüften alles Schlechte aus.«
»Ein andermal. Mir geht's heute nicht so gut.«
»Warte! Geh jetzt nicht gleich in die Küche, um einen Schluck gegen den Kater zu nehmen.«
»Sie müssen schon entschuldigen, Herr Pastor, aber eins muss ich sagen: Ich habe den allergrößten Respekt vor Ihnen, Herr Bravander, das wissen Sie, das wissen alle. Aber Sie verstehen nicht alles.«
»So viel verstehe ich wohl: Du bist viel zu versessen auf Alkohol, Bruder. Ich sehe doch, wie du leidest. Und wenn jemand so übel dran ist, ist es meine absolute Pflicht als Christenmensch, zu Hilfe zu kommen. Wie du hier überhaupt wohnst! Mitten in der Pampa. Mit Sperrholz an den Wänden. Wir müssen uns unterhalten, also lass mich bitte rein.«
»Ein andermal.«
»Anhaltend ungezügelter Alkoholkonsum führt zu Untergang und Verderben.«
»Aber das ist ja wohl doch meine Sache, Bravander.«
»Da bin ich anderer Meinung. Du bist krank. Und einen Kranken muss man versuchen zu heilen. Das versteht sich von selbst. Es ist einfach meine Pflicht als Christenmensch, dir zu helfen.«
»Steht nicht an irgendeiner Stelle in der Bibel, dass man sich um sich selber kümmern und nicht um die anderen scheren soll?«
»Nicht dass ich wüsste.«
»Jammerschade. So etwas sollte da stehen.«
»Versuch nicht, mich zum Lachen zu bringen. Darüber macht man keine Witze. Na los, lass mich jetzt rein!«
»Entschuldigung, Herr Pastor, aber mir geht's nicht so gut. Wiedersehen.«
»Sverker Johansson! Mach auf, hörst du! Du bist so dick-

schädelig. Jetzt sei so gut und benimm dich wie ein zivilisierter Mensch. Mach die Tür auf, wie oft muss ich das noch sagen? Wenn du weiter so störrisch bist, hole ich die Polizei. Ich gehe jetzt, aber ich komme wieder. Glaub ja nicht, dass ich einen Bruder in Not allein lasse.«

»Wie lange müssen wir unsere Gefühle noch verheimlichen?«

»Nicht mehr lange. Wir legen die Karten auf den Tisch und fangen damit an, dass wir unsere Hochzeit im Herbst bekannt geben. Das ist das einzig Ehrliche.«

»Sind wir dazu bereit?«

»Unbedingt. Ich bin's auf jeden Fall.«

»Dann bin ich es auch. Daran brauchst du nicht zu zweifeln.«

»Das mach ich auch nicht. Nicht einen Augenblick.«

»Aber was wird mit … na ja, du weißt schon.«

»Der Gemeinde, meinst du?«

»Genau. Ich kann mir denken, dass sie es in den Kreisen nicht gerade gnädig aufnehmen.«

»Vielleicht.«

»Und was machen wir dann?«

»Wir heiraten trotzdem.«

»Mit oder ohne ihre Zustimmung?«

»Mit oder ohne ihre Zustimmung.«

»Und wenn du ausgeschlossen wirst?«

»Das werde ich schon nicht.«

»Ganz sicher?«

»Mein Urgroßvater hat die Gottesboten hier in der Stadt mitbegründet, mein Vater wurde sogar für den Rat vorgeschlagen. Sie können mich nie ausstoßen, und das wissen sie auch.«

»Ich liebe dich, Steve.«

»Du weißt ja, Martin, das beruht auf Gegenseitigkeit.«

»Ich weiß.«

Der zweite Herbst

1 Seit einigen Tagen leistete ein so selten gesehener wie unerwünschter Gefährte Agne Bravander Gesellschaft: die pure unverblümte Angst.

Er hatte sie seit dem Tag nicht mehr gekannt, als er beschlossen hatte, den Rest seines Erdenlebens dem Ruf zu weihen, der seit Jahren seine ganze Leidenschaft und sein Brotverdienst war.

Wer sein Schicksal in die Hände des Herrn legt, hat nichts zu fürchten.

Das war ein so klarer Grundsatz, dass er sich nie den Kopf über eine Alternative zerbrochen hatte.

Und doch war er nun zum ersten Mal seit seinen Jugendjahren verängstigt und fassungslos.

Nicht aus Sorge um sich selbst – er konnte sich ja an seinem unerschütterlichen Glauben festhalten –, sondern wegen der unausweichlichen Folgen, die sich ergeben würden, wenn ihm etwas zustieße.

Wenn ihm etwas zustieße …

Ein beschönigender Ausdruck für das eigentlich Gemeinte.

Als Kind hatte Agne Bravander vor so vielem Angst gehabt. Von liebevollen und gottesfürchtigen Eltern überbehütend erzogen, hatte er sich vor der Welt außerhalb der Geborgenheit in den eigenen vier Wänden gefürchtet. Er war klein und schmächtig – Zweitkleinster der ganzen Klasse, einschließlich Mädchen – und war oft der Prügelknabe für brutale Mitschüler gewesen, vor allem auch, weil er sich kaum oder gar nicht zur Wehr setzte.

Doch nicht nur die Unterdrückung durch Gleichaltrige in der Schule hatte ihm Angst gemacht. Er hatte vor so vielem anderen gezittert: davor, dass eine Krankheit oder die Ungnade der Lehrer ihn treffen könnte, dass er sich im Unterricht blamierte, dass ihm ein Unglück zustieß, dass seine Eltern zu früh sterben könnten, davor, dass er die falschen Sachen zur falschen Zeit sagen könnte. Er hatte Angst vor Treppen und Höhen, vor Spinnen und Wintern, vor Tanzen und kochend heißem Wasser, vor Mädchen und Fangen und schließlich davor, in der Führerscheinprüfung durchzufallen – eine endlos lange bedrückende Liste, die von Tag zu Tag länger wurde.

Die dünne, besorgte Stimme seiner Mutter begleitete ihn fast ständig: *Mach die Jacke zu, sonst erkältest du dich. Schau dich immer gut um, wenn du zur Schule radelst. Hast du deine Hausaufgaben ordentlich gemacht? Du wirst deinen Vater doch wohl nicht stören, jetzt, wo er über seine Predigt nachdenken muss? Du weißt doch, dass er seine Ruhe braucht, also stell doch bitte das Radio leiser, hörst du.*

Seine Tage waren eine einzige Anhäufung aneinander gereihter Qualen, und manchmal hatte er sogar ernsthaft an das so ziemlich Unverzeihlichste und Verächtlichste überhaupt gedacht: Selbstmord.

Im Geiste sah er sich dann auf seiner Bahre liegen, kalt und reglos, und seine Eltern vor Trauer und Selbstvorwürfen zusammenbrechen. Diese Vorstellung trieb ihm solch demoralisierende Gedanken rasch wieder aus.

So überwand er das Problem – sein Glaube musste schon damals existiert haben, ohne dass er sich dessen bewusst gewesen wäre –, und als er achtzehn war, begegnete er Gott.

Eines Nachts in seinem Zimmer, Auge in Auge.

Am nächsten Morgen wusste er nicht, ob es ein Traum gewesen war oder ob es sich wirklich ereignet hatte, aber seine frühere Unsicherheit und Ängstlichkeit waren so gut wie verschwunden.

Zur maßlosen Freude seiner Eltern erzählte er, dass er es seinem Vater gleichtun und sich zum Pfarrer einer freikirchlichen Gemeinde ausbilden lassen wollte. An der überschwänglichen Reaktion erkannte er, dass sie Zweifel an dem Glauben ihres Sohnes gehabt hatten. Gerührt hatte er sich vorgenommen, sie nie zu enttäuschen.

Von Tag zu Tag wurde er mutiger, und mit einem Mal war die frühere Verzagtheit vollkommen verschwunden.

Ein für alle Mal, hatte er gedacht. Aber vor ein paar Wochen hatte sich die quälende Angst zurückgemeldet.

Nach über dreißig Jahren Pause.

Die Symptome erkannte er sofort wieder: die Unsicherheit, die Blicke über die Schulter, all das Abscheuliche, das er so lange Zeit los gewesen war.

Zum ersten Mal empfand er Erleichterung darüber, dass seine Eltern von ihm gegangen waren: Sie mussten ihn nicht in dieser Verfassung erleben. Aber nun gab es einen anderen Menschen, für den er Verantwortung hatte, eine Frau, die er anbetete, für die er alles tun würde. Und sie war ans Haus gebunden und ganz auf ihn angewiesen.

Er musste stark sein, schon allein für seine Frau. Denn etwas Böses bedrohte ihn. Bedrohte sie beide: ihr Glück, ihre gesamte Existenz.

Agne Bravander war ein nüchterner, alles andere als abergläubischer Mensch, der dem, was man im Allgemeinen Intuition nannte, skeptisch gegenüberstand. Doch nun wurde er von der Angst gepackt. Da war sie, so nah, dass er fast danach greifen konnte.

Und dabei ging es nicht nur um die unerklärlichen Schwingungen, die ihm zuerst aufgefallen waren. Es gab auch eindeutige Anzeichen wie die anonymen Anrufe im Büro und bei ihm zu Hause.

Aber am meisten beunruhigt hatte ihn der Zettel auf dem Fahrersitz im Auto.

Danke, für diese Abendstunde,
Danke, für den vergang'nen Tag

Den Text, der dem bekannten Lied »Danke« der freikirchlichen Erweckungsbewegung entstammte, hatte er sofort erkannt.

Aber warum? Was hatte die Botschaft zu bedeuten?

Diese zwei Zeilen erschreckten ihn mehr als alles andere. Die Theorie, dass es sich nur um einen harmlosen Scherz handelte, verwarf er sofort. Stattdessen schien ihm wahrscheinlicher, dass es sich um eine offene Drohung oder zumindest eine Warnung handelte. Hätte er nur die seltsame Botschaft erhalten, hätte es trotz allem etwas Harmloses sein können – aber im Zusammenspiel mit allem anderen ...

Danke, für diese Abendstunde,

Danke, für den vergang'nen Tag

Ihm kam es so vor, als beschwörten die Worte einen dramatischen Abschied herauf.

Wieder fragte er sich: Warum? Was hatte er falsch gemacht? Wodurch hatte er diese heftige Abneigung eines anderen auf sich gezogen? Und wie ernst war das Ganze eigentlich zu nehmen? Sollte er mit jemandem reden? Die Polizei verständigen?

Ratlos lenkte er das Auto durch die herbstdunklen Straßen in die Stadt.

Vielleicht war es eine Idee, ganz vorsichtig auszukundschaften, ob jemand anderem in der Gemeinde etwas Ähnliches widerfuhr. Würde er es wagen, im Rat darauf zu sprechen zu kommen? Womöglich hatte es der anonyme Plagegeist darauf abgesehen, den Gottesboten insgesamt zu schaden.

Wie Blitze fuhren die Gedanken durch seinen Kopf.

Konnte es sogar sein, dass ein Mitglied der Gottesboten dahinter steckte?

Beschämt über seine ketzerischen Grübeleien, schob er diese Frage beiseite.

Kurz dachte er über die ausgeschlossene Familie Samuelsson nach, die im Sommer von einer so entsetzlichen Tragödie getroffen worden war. Konnte es sein ...?

Doch auch den Gedanken verwarf er umgehend.

Er hatte sich doch rückhaltlos hinter das Ehepaar gestellt, vor und nach ihrem Ausschluss, hatte sich ausdrücklich für ihren Verbleib in der Gemeinschaft ausgesprochen, war zu einem höchst eigenmächtigen Abweichen von dem Kurs bereit gewesen, den die Gemeinde seit ihren Ursprüngen verfolgte.

Die anderen hatten allerdings für den Ausschluss gestimmt, und er hatte sich natürlich mit dem Ergebnis abfinden müssen. Die Gottesboten waren schließlich demokratisch organisiert.

Falls also die Samuelssons hier ihre Hände im Spiel hatten – was Gott verhüten mochte –, hätten sie sich auf die übrigen Ratsmitglieder konzentrieren müssen, nicht auf den Einzigen, der sich nach besten Kräften für sie eingesetzt hatte.

Agne Bravander kam in der Einfamilienhausgegend in Bro an, einem östlichen Stadtteil ein Stück hinter dem Krankenhaus. Als er sich seinem Haus näherte, wurde er wie gewohnt von Zärtlichkeit übermannt, während er das fragende Gesicht seiner Frau vor sich sah.

Sie durfte sich keine Sorgen machen. Um keinen Preis.

Der Gedanke, dass ihr etwas zustoßen könnte, vertiefte den Schrecken noch. Es durfte einfach nichts passieren!

Er war angelangt und stellte den Wagen in der Garagenauffahrt ab. Der Wind raschelte in den Laubhaufen. Er spürte die Abendluft auf den Wangen. Der Herbst ließ nicht auf sich warten, sondern kam mit großen Schritten.

Erschreckt fuhr er zusammen, als sich eine Gestalt aus der Dunkelheit auf der anderen Straßenseite löste. Ein dunkler Schatten kam näher, die Kapuze hochgezogen. Bravander ballte automatisch beide Hände zu Fäusten.

Aber als er merkte, dass da nur ein Mann seinen Hund, der kaum größer als eine ausgewachsene Ratte war, Gassi führte, entspannte er sich wieder und nickte dem Vorbeigehenden erleichtert zu. Dann ging er rasch um die Garagenecke zum Haus, nachdem er noch eben die Post aus dem Briefkasten geholt hatte, offenbar hauptsächlich Rechnungen und Reklame.

»Liebling, ich bin da«, rief er, während er seinen Mantel ablegte.

»Wie schön«, hörte er zur Antwort. »Ich habe so auf dich gewartet.«

»Es war ein bisschen mehr zu erledigen, als ich gedacht hatte. Entschuldige, dass ich so spät dran bin.«

»Ach, das macht doch nichts.«

»Ich hätte anrufen sollen.«

»Setz lieber Kaffee auf, bitte.«

»Sofort«, erwiderte er und ging zu ihr ins Zimmer.

Nancy Bravander saß an ihrem Lieblingsplatz, den Rollstuhl an einem Ende des Esstischs, drei Meter vom Fernseher entfernt. Sie stellte ihn mit der Fernbedienung aus.

»Du brauchst nicht …«

»Da lief sowieso nichts Interessantes«, unterbrach sie ihn, »hab mir nur so ein wenig die Zeit vertrieben.«

»Kaffee kommt gleich, erst mal das«, sagte er, trat auf sie zu, beugte sich über sie und gab ihr einen flüchtigen Kuss auf die Wange. Er bemühte sich, so wie immer zu wirken. Sie durfte absolut nichts von dem mitbekommen, was an ihm nagte.

»Aber was ist mit dir, Agne?«, fragte sie, das Gesicht ihm zugewandt. »Ist etwas passiert?«

Er versuchte ihr auszuweichen, indem er einen heiteren Ton anschlug: »Passiert? Was um alles in der Welt soll denn einem wie mir schon passiert sein?«

»Etwas stimmt doch nicht. Denkst du, ich hätte keine Augen im Kopf?«

Sie liest in mir wie in einem offenen Buch. Was bin ich bloß für ein erbärmlicher Schauspieler! Das war ich schon immer, kann mich nicht verstellen. Muss mir mehr Mühe geben!

»Nancy, Liebes, wie kommst du nur darauf?«
»Sei nicht albern.«
»So glaub mir doch.«
Es dauerte lange, bis er sie beruhigt hatte. Und er war sich nicht sicher, dass es ihm gelungen war, als sie das Thema endlich aufgab.

Während er in der Küche mit dem Kaffee hantierte, kam ihm der Gedanke, auch Nancy könnte von dem verhassten Verfolger belästigt worden und deshalb so beunruhigt sein. Doch das Risiko schätzte er als minimal ein – so etwas hätte sie ihm doch sicherlich anvertraut. Nicht sie war diejenige, die Geheimnisse hatte.

Sie machten es sich gemütlich mit Kaffee und belegten Broten (Schinken und Meerrettich, Käse, Gurke und Paprika), die er mit geübter Hand hervorgezaubert hatte.

Als er anderthalb Stunden zu Hause war, nahm er sich endlich die Zeit, die Post durchzusehen. Ein unfrankierter Brief ohne Namen des Adressaten war wohl direkt in ihren Briefkasten eingeworfen worden. Schon bevor er den Umschlag öffnete, hatte er eine böse Vorahnung.

Und tatsächlich. Ein einzelner weißer Din-A4-Bogen steckte darin, auf dem die eine Zeile stand:

Danke, o Herr; auch für die Leiden, denn du meinst es gut.

Mehr nicht.

Aber es war mehr als genug.

2 Der Sommer versuchte sich gegen die Bedrängungen des Herbstes zu halten, solange es eben ging. Noch arrangierte er sich so einigermaßen mit dem raueren Ton seines Nachfolgers, der die Alleinherrschaft anstrebte. Denn diese Zeit des Jahres gehörte nun einmal traditionell dem Herbst. Mit der Hitze war es jedenfalls vorbei.

Aber sie hatten einen ausnehmend schönen September gehabt. Den heißesten und sonnigsten seit Menschengedenken. Und etwas von dieser verschwenderischen Großzügigkeit rettete sich noch in den Oktober hinein, keine zehn Wochen mehr vor Heiligabend. Der Monat hatte zwar mit heftigen Regengüssen angefangen. Danach war die Wärme aber wiedergekehrt, befördert von einer Sonne, die in diesem herrlichen Jahr 1999 offenbar einen Hang zum Exhibitionismus ausbildete.

Die Leute redeten übers Wetter wie nie. Und das wollte was heißen, weil die Leute schon immer übers Wetter geredet hatten, auch wenn es überhaupt nicht der Rede wert gewesen war.

Der Mann, der durch das etwas abgelegene ruhige Viertel lief, hatte keinen, mit dem er übers Wetter reden konnte. Und selbst wenn er jemanden zum Reden übers Wetter gehabt hätte, hätte er mit demjenigen nicht übers Wetter geredet, weil seine Gedanken um etwas ganz anderes kreisten.

Er ging mit hochgeschlagenem Kragen gegen den eher lauen Wind und wählte absichtlich verschiedene Routen, die ihn aber jedes Mal an den Ausgangspunkt zurückführten: ein Haus an einer Kreuzung in der Nähe des östlichen Kanals.

Nach einem zwanzigminütigen Spaziergang hatte er genug. Er stellte sich in den Schatten einer riesigen Kastanie in einer kleinen Grünanlage schräg gegenüber dem Gebäude, von dem ihn alle seine Wege dieses Abends weggeführt hatten.

Sein Gesicht zeigte einen angespannten, besorgten Ausdruck.

Etwas musste geschehen.

Zwei Stimmen stritten sich in seiner Brust.

Die eine sagte: »Warnungen reichen. Jedenfalls für den Anfang.«

Die andere entgegnete: »Überhaupt nicht.«

Ein erbittertes Hin und Her schloss sich an: »Natürlich reicht es.«

»Überhaupt nicht. Noch lange nicht. Wer schert sich schon um leere Worte?«

»Scharfe Drohungen können eine ausgezeichnete Wirkung erzeugen.«

»Quatsch! Worte tun nicht weh. Nur Taten.«

»Hörst du nicht! Eine Warnung ist genug.«

»Es reicht nicht, hab ich gesagt. Wie oft muss ich dir denn noch ...«

Nach einer Weile begann es in seinem Schädel eintönig zu rattern. Wie ein Zug, der auf fehlerhaft geschweißten Schienen vorandonnerte: *reicht-reicht-nicht – reicht-reicht-nicht – reicht-reicht-nicht ...*

Verzweifelt presste er die Hände auf seine Ohren, um den Lärm zu dämpfen.

Etwas musste also getan werden.

Und zwar schnell.

Die Wurzel des Übels musste ausgerissen werden, um weiteren Schaden zu begrenzen. Wenn er zuließ, dass es immer so weiterging, würde es bald zu spät sein. Dann halfen keine Operationen mehr. Er war gezwungen, die Verantwortung zu übernehmen. Jemand musste alles in Ordnung bringen, und das Schicksal hatte eindeutig ihm diesen Auftrag zugedacht, da offenbar niemand sonst die Probleme zu lösen vermochte.

Vorsichtig trat er einen Meter weiter in den Schatten zurück, als der Scheinwerfer eines Kastenwagens am anderen Ende der Straße in Sicht kam.

Das Fahrzeug fuhr vorbei, und der Mann mit dem hochgeschlagenen Mantelkragen horchte auf die Stimmen: *reicht-reicht-nicht – reicht-reicht-nicht – reicht-reicht-nicht ...*

Bis ihm schließlich klar war, auf welche von beiden er hören musste.

Es war ganz einfach seine Pflicht, da gab es kein Vertun.

Mit einem Mal kam ihm alles ganz klar und natürlich vor. Er hatte keinen Grund, länger zu zweifeln. Die Sache musste ihren Lauf nehmen.

Er sah, wie das Licht in einem der Fenster des Hauses, das er bewachte, ausging.

Jetzt hieß es volle Kraft voraus.

Aber es musste nicht unbedingt hier sein, nicht als Erstes. Die Hauptsache war, überhaupt anzufangen.

Die Reihenfolge an sich war nicht so wichtig, da ja der ganze Auftrag auszuführen war. Und wenn er einmal mit der Sanierung begonnen hatte, musste alles so schnell wie möglich abgewickelt werden.

Als er wegging, war er sich dessen bewusst, dass es keinen Weg zurück geben würde.

Er war zufrieden. Und das Allerbeste war, dass ihn die aufdringlichen Stimmen im Kopf nicht mehr plagten.

3 Das Bett war gemacht, das Geschirr vom Mittagessen gespült, das Staubsaugen erledigt, die Korrespondenz des Tages im Briefkasten: Endlich hatte sie etwas Zeit für sich.

Mia sah auf die Uhr.

Sie hatte noch reichlich Zeit.

Diesmal würde sie es schaffen, sich ordentlich vorzubereiten, anstatt überstürzt und mit Herzklopfen aufzubrechen. Letztes Mal hatte sie sich nur kurz unter den Armen gewaschen, Deo aufgesprayt und die Bluse gewechselt – alles war improvisiert, die knapp bemessenen Minuten mussten ausgenutzt werden.

Diesmal war es anders.

Sie ging ins Badezimmer und ließ Wasser in die Wanne.

Eine halbe Stunde im dampfenden Bad war für sie mit das Beste, was sie sich vorstellen konnte. Natürlich nicht das Allerbeste, aber gut genug. Darin konnte sie sich entspannen und sich frei fühlen. Es war ein Luxus. Und das Gefühl danach – nach der obligatorischen kalten Dusche – war so herrlich erfrischend.

Ingmar war ein leidenschaftlicher Saunagänger. Schon

fast fanatisch. Einmal hatte er ihr sogar vorgeschlagen, dass sie sich eine Sauna im Keller einbauten. Das Projekt hatte sie abgeschmettert, denn es schien ihr keine besonders glückliche Idee zu sein. Sie ging nicht gern in die Sauna. Für sie gab es Wichtigeres im Leben.

»Eine überflüssige Geldausgabe«, verteidigte sie ihren Standpunkt. »Außerdem brauchen wir den Platz für anderes. Wir kriegen das Büro ja kaum unter. Und wir wollten doch die Firma ausbauen, oder?«

»Du hast sicher Recht«, hatte er gleich nachgegeben, wie so oft. »Wir wollen nichts überstürzen. Schließlich geht es um ziemlich viel Geld, das wir vielleicht woanders besser investieren können. Und natürlich, Mia, natürlich wollen wir expandieren.«

Manchmal ärgerte sie sich über seine Nachgiebigkeit. Er gab so leicht auf, beugte sich dem geringsten Widerstand, wie ein Rohr im Wind.

Aber meistens war sie natürlich zufrieden mit seiner Gefügigkeit. Sie war so praktisch.

So wie heute.

Das Wasser strömte aus dem Hahn.

Sie zog sich ein Kleidungsstück nach dem anderen aus und legte die Sachen fein säuberlich auf einen Haufen in den Wäschekorb aus weißem Stoff.

Den schwarzen Bügel-BH legte sie beiseite. Er gehörte zu ihren Plänen für den weiteren Verlauf des Abends.

Doch dann überlegte sie es sich anders. Es gab Alternativen. Und so wanderte auch der BH auf den Haufen im Wäschebehälter.

An der Rückseite des hohen Drehschranks mit den vielen Toilettenartikeln war ein zwei Meter hoher Spiegel angebracht. Kritisch musterte sie ihre Figur. Das war ein tägliches Ritual. In letzter Zeit ging sie dabei immer gründlicher vor, aufmerksam auf jedes kleine Anzeichen von Veränderung achtend.

Sie war sehr auf ihren Körper fixiert. Seit ein paar Monaten noch mehr als zuvor.

Vor wenigen Tagen war sie vierunddreißig geworden (Ingmar hatte sie in einem seltenen Anfall von Ausgelassenheit zu knoblauchgespickten Rinderrouladen mit Rotwein eingeladen), und ihre Sorge vor dem körperlichen Verfall wuchs.

Dabei hatte sie wirklich nicht den geringsten Grund dazu. Sie hatte eine rosigfeste Haut, einen wohlgerundeten Po und einen etwas fülligen Busen mit gerade vorstehenden Brustwarzen. Möglicherweise waren Taille und Oberschenkel etwas zu gut gepolstert. Aber das war kaum der Rede wert.

Einen kurzen Moment spürte sie ein Ziehen in der Leistengegend, während sie sich vorstellte, was sie an diesem Abend noch erwartete. Sie sehnte sich danach. Sehnte sich so, dass es wehtat.

Sie holte ein hellblaues Badelaken aus dem Schrank und legte es auf einen Hocker neben der Wanne, damit sie es gleich bei der Hand hatte, wenn sie fertig war. Als das Wasser knapp unter dem Badewannenrand stand, drehte sie den Hahn ab. Dann prüfte sie es mit einem Ellenbogen. Heiß – aber nicht siedend. Genau wie sie ihr Bad mochte.

Schwierig wurde es, als sie in die Wanne stieg. Das war der kritische Moment. Sie schnappte nach Luft, als hätte sie sich verletzt, musste sich erst nach und nach an die Hitze gewöhnen: erst die Füße, dann Waden, Schenkel und Gesäß, bis sie schließlich ganz eintauchte, sodass sie bis ans Kinn im Wasser lag.

Das Wohlbehagen stellte sich nicht unmittelbar ein. Gewöhnlich dauerte es ein paar Minuten, bis sich die Atmung normalisierte und der Körper sich dem brennend heißen Wasser angepasst hatte.

Sie streckte sich aus und schüttete Badesalz ins Wasser. Anschließend rührte sie mit den Händen um, damit sich die Kristalle verteilten.

Sie schloss die Augen und ließ ihren Gedanken freien Lauf.

Es war unvermeidlich, zunächst an das unmittelbar Bevorstehende zu denken. Es verschaffte ihr einen angenehmen Kitzel in der Magengrube, und sie bekam gerötete Wangen vor Erwartung. Sie musste sich beherrschen, um ihre Finger nicht Richtung Unterleib wandern zu lassen. Der Versuchung war schwer zu widerstehen. Sie konnte nicht behaupten, besonders stolz auf ihre Untreue zu sein.

Wie war es so weit gekommen?

Bei der Frage zog wie gewöhnlich der gesamte banale Hintergrund im Eiltempo vor ihrem inneren Auge vorbei. Wie sie schon mit sechzehn in diese Stadt gekommen war, um ihr Glück zu suchen, wie sie mit siebzehn schwanger geworden war, mit achtzehn eine Abtreibung gehabt hatte, jahrelang mit einem groben und ungehobelten Automechaniker zusammengewohnt hatte, den sie nach zermürbenden Szenen losgeworden war (danke, Herr Pastor, für die große Hilfe!), eine bessere Wahl getroffen und geheiratet hatte, anständig geworden war, eine anständige Mitinhaberin der Firma.

Durch und durch und alles andere als originell.

Es hätte schlimmer kommen können.

Verheiratet, anständig und ordentlich.

Jedenfalls solange ihr keiner auf die Schliche kam.

Aber war das Risiko wirklich ausgeschaltet? Wie sicher konnte sie sich genau genommen fühlen? War es nicht der reine Wahnsinn, die ereignislose, langweilige Eintönigkeit aufs Spiel zu setzen, die die letzten sieben Jahre ihren Alltag ausgemacht hatte?

Sekundenlang von Panik erfasst, hob sie sich sogar vor Verzweiflung ein Stück weit vom Wannenboden ab, ehe sie sich besann und zurücksinken ließ.

Vermutlich hatte sie nichts zu befürchten, selbst wenn …

Was bedeutete ihr Ingmar eigentlich?

Sicherheit, natürlich – das vor allem.

Soziale Akzeptanz – wichtig in dem Milieu einer mittelgroßen Stadt.

Geordnete finanzielle Verhältnisse – nicht zu verachten (jedenfalls für jemanden, der bei null angefangen und Vergleichsmöglichkeiten hat).

Prestigegewinn – sie hatte es allen gezeigt, die an ihr gezweifelt hatten.

Jetzt war sie mit einem Vertrauen einflößenden, gesellschaftlich geachteten Mann verheiratet. Gut, einige rümpften die Nase über sein aufopferungsvolles, fast schon obsessives Engagement bei den Gottesboten, aber ansonsten hatte niemand etwas gegen ihn vorzubringen.

Ingmar Alvin brachte seinen Mitmenschen Wohlwollen entgegen. Langweilig und farblos, das war er wohl – aber er hatte sich nie etwas zuschulden kommen lassen. Niemand konnte etwas anderes behaupten, ohne unglaubwürdig zu wirken. Wäre er nur nicht so fade, so fromm, so schulmeisterlich und düster mit seinen Moralpredigten. Freundlich und hilfsbereit sein ist das eine, in einer kalten, egoistischen Welt sogar ausgesprochen erstrebenswert. Aber manchmal – nun ja, ziemlich häufig – hatte er ihr zu wenig Mumm in den Knochen.

Das war ein Rückfall in die Ausdrucksweise ihrer schäbigen Jahre mit Mattias.

Zu wenig Mumm in den Knochen …

So etwas hätte sie nie, unter keinen Umständen, unter vier Augen zu Ingmar gesagt. So viel Respekt hatte sie vor ihm, dass sie den Mann, der ihr so viel Vertrauen entgegenbrachte, auf gar keinen Fall kränken wollte.

Und erotisch?

Sie verzog das Gesicht.

Dieser Teil ihrer Ehe war zweifellos der entbehrlichste, eine zeitraubende, klebrige, lust- und orgasmuslose Prozedur, auf die sie am liebsten ganz verzichtet hätte, der sie aber zu ihrem Glück nur höchst sporadisch ausgesetzt war – Ingmar hatte bei weitem nicht solche Gelüste wie der Mann, den sie bald treffen würde. Auch viel weniger Talent auf dem Gebiet, viel, viel weniger.

Sie versuchte sich einzureden, dass es aus diesem Grund nichts ausmachte, wenn sie ihren Mann mit einem anderen betrog, der mit ihrem Appetit auf Sex offenbar deutlich mehr anzufangen wusste.

Der Versuch, ihr Gewissen zu beschwichtigen, scheiterte jedoch kläglich. Sie durfte Ingmar nicht verletzen. Deshalb durfte niemand herausbekommen, was sie hinter seinem Rücken trieb; sie konnte nicht vorsichtig genug sein bei ihren außerehelichen Aktivitäten. Nicht auszumalen, wenn …

Die Unruhe war da und ließ sich nicht zerstreuen. Jemand konnte etwas gesehen haben, jemand schöpfte vielleicht Verdacht. Waren sie – ihr Liebhaber und sie selbst – wirklich vorsichtig genug gewesen? Sie waren ja schon seit einer ganzen Weile zusammen, und neugierige Augen und Ohren gab es überall. Ihre Affäre konnte schon aufgeflogen sein. Wenn es wirklich hart auf hart käme, hätte sie dann die Kraft, sich von ihrem Liebhaber zu trennen?

Die Hauptsache war, dass Ingmar verschont wurde. Wenn er nur nie von ihrem Fremdgehen erfuhr!

Ingmar war und blieb für sie so etwas wie eine Vaterfigur. Dagegen fiel es ihr schwer, ihn sich als Vater eines eigenen Kindes vorzustellen, ihn sich als Vater *ihres* Kindes zu denken. Sie wusste nicht recht, warum, aber der Gedanke kam ihr absurd vor. Infolgedessen führten sie eine kinderlose Ehe. Er hatte sich ihrem Wunsch nie widersetzt, sondern sich ohne nennenswerte Diskussion gefügt.

Wie bei allem anderen.

Ihr Mann war elf Jahre älter als sie. Doch der Altersunterschied kam ihr bedeutend größer vor. Mehr als einmal hatte man sie für Vater und Tochter gehalten. Mia machte das immer sehr verlegen. Ingmar hingegen ließ sich nie etwas anmerken. Er war ein Meister der Selbstbeherrschung.

Mia hatte nie Angst vor ihm gehabt (nicht einmal jetzt, wo sie Grund dazu hatte, wenn sie an ihr gefährliches Spiel hinter seinem Rücken dachte) – Ingmars stoische Ruhe war ein wohltuender Gegenpol zu dem, was sie in ihrer vorigen Beziehung erlebt hatte, als sich ihr ständig vor Angst der Magen umgedreht hatte.

Ihre Ehe war nicht vollkommen, davor verschloss sie nicht die Augen. Aber so schlimm war es nicht, dass sie bereit gewesen wäre, sich um der Neugier willen auf fremdem Terrain zu erproben, alles aufs Spiel zu setzen. Denn im Grunde war sie zufrieden mit dem, was sie hatte: einen Ehemann, ein Zuhause und den kleinen Betrieb, den sie selbst in bescheidenem Umfang mit aufgebaut hatte.

Sie kam zu dem Schluss, dass sie ihre Ehe mit Ingmar absolut nicht bereute. Früher war es ihr schlechter gegangen. Viel schlechter. Und solch eine Zeit wollte sie auf keinen Fall noch einmal erleben.

Aber das Problem war, dass sie auch nicht bereit war, ihn, den anderen, zu verlassen, ihn, der ihr das gab, was Ingmar ihr nicht bieten konnte, all das, was sie brauchte, um sich als Frau zu fühlen.

Sie seufzte.

Sie musste versuchen, ihre Affäre zu beenden, auch wenn ihr nicht klar war, wie sie das schaffen sollte. Auf jeden Fall musste es ja noch nicht heute Abend sein.

Weit weg klingelte das Telefon.

Wieder verspürte sie das Ziehen in der Magengrube, und im ersten Moment wollte sie schon losstürmen, um dranzugehen. Aber dann wurde ihr klar, dass sie es doch nicht schaffen würde, deshalb ließ sie es. Der Anrufer würde es sicher nochmal versuchen, wer auch immer es war.

Sie zählte die Klingeltöne. Vier waren es. Dann war es wohl auch nichts so ungeheuer Wichtiges.

Das Telefonklingeln versetzte sie in eine etwas ruhelose Stimmung, sodass sie früher als geplant aus dem Bad stieg. Nach der erfrischenden Dusche schlenderte sie eine Weile mit nichts bekleidet außer der schwarzen Strumpfhose durchs Haus, damit sie nicht als Nachwirkung zu schwitzen anfing.

Nach vielleicht sechs, sieben Minuten ging sie wieder ins Bad. Dort war die Luft immer noch so feucht, dass der Spiegel beschlagen war. Deshalb ging sie mit ihrer Kosmetiktasche ins Schlafzimmer. Sonst hielt sie sich am liebsten in dem verschwenderisch großen Badezimmer auf. Auf ihren Wunsch hin hatten sie eins der Zimmer umgebaut, und außer Toilette, Badewanne, Dusche und einem überflüssigen Bidet gab es darin einen großen Schrank, in dem sie einige ihrer Kleider aufbewahrte.

Mia ließ sich Zeit mit dem Make-up. Eine diskrete Kosmetik erforderte mindestens ebenso viel Zeit wie eine dick aufgetragene Kriegsbemalung.

Bei dem schrillen Klingeln sprang sie vom Hocker auf.

»Mia Alvin«, schnaufte sie, ganz außer Atem durch den Spurt zum Telefon.

»Hallo Mia«, sagte eine tiefe Stimme. »Hier ist Konrad Mattsson.«

»Ach, du bist es«, sagte sie in einem Ton, der verriet, dass sie jemand anderes erwartet hatte. In Wahrheit hatte sie befürchtet, dass er es war, der andere, der ihr geplantes und heiß ersehntes Tête-à-tête des Abends absagte.

»Es geht dir doch hoffentlich gut?«

»Aber ja, und dir?«

»Alles bestens«, versicherte er. »Sag mal, ist dein Mann zu Hause?«

»Ingmar?«

»Ja, so heißt er wohl, wenn ich mich recht entsinne.«

Sie lachte kurz auf. »Ist er denn nicht bei dir? Habt ihr heute nicht eine Sondersitzung im Rat? Als Ingmar losfuhr, hat er so etwas erwähnt.«

»Das stimmt allerdings. Die anderen sind schon da. Aber Ingmar nicht, obwohl er doch sonst immer so pünktlich ist. Ich habe mir gedacht, vielleicht hat er sich in der Zeit geirrt, aber na ja, selbst er kann sich mal verspäten, so unwahrscheinlich das auch klingt. Er taucht bestimmt jeden Moment auf. Mach dir deswegen bloß keine Sorgen.«

»Aber nein«, versicherte sie. »Grüß Viola.«

Nach dem Gespräch blieb Mia mit gerunzelter Stirn sitzen. Ein leises Unbehagen überfiel sie.

Verspätet zu einer Ratssitzung? Ingmar? Das musste das erste Mal in der Geschichte sein. Hatte er etwa Verdacht geschöpft?

Doch dann fiel ihr ein, dass Ingmar etwas von einer kurzen Besorgung in der Stadt vor der Sitzung bei Mattsson gesagt hatte, und sie beruhigte sich wieder.

Eine Viertelstunde später war sie fertig zum Aufbruch. Kurz überlegte sie sich, die roten Stöckelschuhe anzuziehen (die sie nur in Ingmars Abwesenheit trug, da sie seine Einstellung zu solchen Dingen kannte). Doch diese halbherzige Absicht gab sie wieder auf, als sie nur den einen Schuh fand – sie hatte einfach keine Lust, auf allen vieren in dem voll gestopften Schrank weiterzusuchen.

Stattdessen nahm sie ein Paar schwarze Schuhe mit halbhohen Absätzen und elegant überkreuzten Fesselriemchen. Das Schwarz passte gut zu ihren Dessous. Sie würde ihm schon tüchtig einheizen.

Mit einer vagen Spur von Selbstvorwurf machte sie einen letzten Kontrollgang durch die Wohnung. Alles machte einen ordentlichen Eindruck. Wenigstens würde Ingmar nicht in ein unaufgeräumtes Durcheinander heimkommen.

Als sie zum Auto ging, fiel ihr ein Artikel ein, den sie tags zuvor gelesen hatte. In einem Staat der USA – sie wusste nicht mehr, in welchem – hatte sich als Ergebnis einer Umfrage herausgestellt, dass von Personen, die seit über fünf Jahren verheiratet waren, einundfünfzig Prozent der Männer mindestens einmal fremdgegangen waren. Die entsprechende Prozentzahl der Frauen war kaum geringer: siebenundvierzig Prozent.

Das war die Sorte Statistik, die sie bestärkte.

Außer ihr waren noch andere untreu.

Sie brauchte sich nicht allein mit ihrer Sünde herumzuquälen.

4 »Nein, er kann die Zeit nicht verwechselt haben. Mia wusste von unserer Ratssitzung. Also muss er es natürlich auch gewusst haben. Wahrscheinlich verspätet er sich einfach bloß.«

Konrad Mattsson trat ins Zimmer und versuchte, die Reaktionen der anderen zu deuten.

»Bruder Ingmar verspätet?« Agne Bravander zog die buschigen Augenbrauen hoch. »Wie ungewöhnlich. Das hat es doch noch nie gegeben. Ich hätte nie gedacht, dass wir das bei dem … (das Wort Pedant lag ihm auf der Zunge) einmal erleben würden.«

Gillis Edh, selbst extrem pedantisch und penibel, sagte nichts, sondern begnügte sich damit, verwundert dreinzuschauen. Auch er hätte nicht erwartet, je zu erleben, dass Ingmar Alvin – der Pflichtbewussteste unter ihnen – einmal zu spät kam.

»Hat sich Ingmar in letzter Zeit nicht ein wenig verändert?«, fragte Mattsson. »Oder kommt mir das nur so vor?«

»Also mir ist nichts aufgefallen«, sagte Edh und sah Bravander an. »Dir vielleicht?«

Der Angesprochene schüttelte seinen eiförmigen, glänzenden Kahlkopf.

Mattsson zögerte kurz. Dann sagte er, leise, als würden sie von unerwünschten Zuhörern hinter der Tür belauscht: »In der Stadt kursieren Gerüchte, dass er Probleme hat mit seiner …«

Das unterbrach Bravander mit einer sehr bestimmten abwehrenden Geste beider hochgehaltener Hände, wie sie einem Prediger der Erweckungsbewegung anstand.

»Schluss jetzt! Seit wann hören wir Gottesboten auf üble Nachrede?«

»Nachrede, na ich weiß nicht.« Mattsson klang gekränkt. »So war das nicht gemeint, das verstehst du doch sicher. Aber wenn nun einer unserer Brüder, noch dazu einer aus dem Rat, Kummer hat, müssen wir unsere Hilfe anbieten. Das sind wir ihm ganz einfach schuldig.«

»Aus Gerüchten entsteht selten Gutes«, sagte Bravander mit Nachdruck. »Bestimmt ist das nur loses Geschwätz böser Zungen.«

»Dann hast du also auch davon gehört?«

Ein zurückhaltendes Klopfen befreite Bravander von der Notwendigkeit einer direkten Antwort.

Die Tür ging auf, und Mattssons Frau zeigte sich im Rahmen.

»Entschuldigt bitte die Störung, aber soll ich den Kaffee jetzt oder später bringen? Alvin ist ja noch nicht da, wie ich sehe.«

»Warte bitte noch ein bisschen«, bat ihr Mann. »Er kann jeden Moment auftauchen.«

Viola Mattsson nickte und ging wieder: ein farbloser Schatten, höchst effektiv in ihrer unauffälligen Rolle als Gastgeberin. Dies war das Forum der weisen Männer – kein Außenstehender hatte Zutritt zu den Ratsversammlungen, nicht einmal die nächsten Familienangehörigen. Ganz gleich, ob es sich um eine reguläre oder um eine Sondersitzung handelte: Niemand durfte die vier Großen von ihrer wichtigen Tätigkeit ablenken, sie mussten sich ungestört auf die wesentlichen Fragen konzentrieren, damit es ihnen gelang, die klügsten Beschlüsse zu fassen.

Allzeit einsatzbereit, hielt sie sich im Hintergrund. Das hieß in der Praxis, dass sie sich um die leiblichen Bedürfnisse kümmerte. Manchmal gab es eine richtige Mahlzeit, dann wieder – so wie jetzt – nur Kaffee mit Gebäck.

Die Mattssons waren im gleichen Alter, es lagen nur fünf Wochen zwischen ihnen. Doch während man der Ehefrau von Gebaren und Aussehen her ihre achtundfünfzig Jahre durchaus ansah, war das Alter des Mannes nicht so leicht auszumachen.

Sein grobknochiger Körperbau und der schwerfällige, plattfüßige Gang schienen zu einer älteren Person zu gehören, weit im Rentenalter. Er war groß, schwerfällig und wabbelig, wenn er so wie ein gutmütiger Bernhardiner dahertrottete.

Sein Gesicht mit den Apfelbäckchen hingegen strahlte Jugend aus. Es war füllig, glänzend und faltenfrei wie das eines Riesenbabys. In seinen wuscheligen Haaren war nicht eine graue Strähne zu sehen. Wer ihn nicht kannte, war sich sicher, dass er den dichten Schopf färbte. Wer ihn kannte, war vom Gegenteil überzeugt.

»Also?«

Konrad Mattsson nagelte Agne Bravander mit seinem Blick fest. Der Pastor sah ein, dass seine Schonfrist abgelaufen war. Verlegen wand er sich.

»Ihr wisst doch, wie viel getratscht wird«, versuchte er es.

»Ich befürchte«, sagte Mattsson, »dass Bruder Ingmar von der Affäre seiner Frau Wind bekommen hat. Und ich will nicht, dass der Mann leiden muss.«

»Wer will das schon?« Bravander klang ungewöhnlich scharf. »Aber falls seine Frau ihn wirklich betrogen hätte – genau wissen wir das ja nicht –, wüsste ich nicht, was wir da unternehmen könnten.«

»Natürlich einschreiten«, sagte Konrad Mattsson, was ihm ein zustimmendes Nicken von Gillis Edh einbrachte.

»Absolut nicht! Wir haben nicht das Recht, uns einzumischen …«

Es klingelte an der Tür.

Mit gedämpfter Stimme sagte Bravander: »Damit ist diese fruchtlose Diskussion beendet. Kein Wort weiter zu dem Thema, meine Herren.«

Sie hörten Schritte im Flur, als Viola zur Tür eilte. Nach kurzem Gemurmel ging die Wohnzimmertür auf. Mit entschuldigendem Lächeln betrat Ingmar Alvin das Zimmer.

»Bitte entschuldigt mich«, sagte er, während er Frau Mattsson seinen Mantel überließ. »Ich hatte noch etwas auf der Bank zu erledigen, und da waren furchtbar lange Schlangen. Donnerstagabend, ihr wisst ja, da haben sie länger auf. Tut mir schrecklich Leid.«

»Das macht gar nichts«, versicherte Mattsson, »wegen so einer kleinen Verspätung braucht man sich doch nicht aufzuregen.«

Alvin sah auf seine Armbanduhr. »Siebzehn Minuten. Das nenne ich keine kleine, sondern eher eine tüchtige Verspätung. Unmöglich, eine Ratssitzung so weit hinauszuschieben.«

In vieler Hinsicht war er wie eine etwas jüngere Kopie von Agne Bravander. Die beiden Männer hatten den gleichen schmächtigen Körperbau mit hängenden Schultern und schmalem Knochengerüst, fast identische wässrig blaue Augen, die gleichen kahlen Schädel – nur dass Alvin im Gegensatz zu dem rundum glatzigen Kopf Bravanders einen kleinen krausen Haarkranz direkt über dem Nacken aufzuweisen hatte.

Am meisten unterschieden sie sich durch das Kinn: spitz und klein das von Alvin, breit und mit einem Grübchen das des Hauptpfarrers der Gemeinde.

»Ich habe euch durch die Verzögerung doch hoffentlich keine Unannehmlichkeiten bereitet?«

»Überhaupt nicht, Bruder, überhaupt nicht«, beruhigte ihn Bravander. »Wir haben uns nur gefragt, ob du dich möglicherweise im Termin geirrt hast, weil es ja eine Sondersitzung ist.«

»Ich habe zur Sicherheit bei dir angerufen, um zu überprüfen, ob du nichts verwechselt hattest«, sagte Mattsson.

»War sie zu Hause?«

»Wer?«

»Mia. Meine Frau. Wer sonst?«

Bravander und Mattsson wechselten rasch und unauffällig Blicke.

»Ja, aber sie wusste, dass wir uns heute Abend hier treffen, und da merkte ich, dass alles seine Ordnung hatte. Aber vielleicht solltest du kurz anrufen, damit sie sich keine Sorgen macht.«

Ingmar Alvin machte Anstalten, zum Telefon im Flur zu gehen, überlegte es sich dann aber anders.

»Nicht nötig. Sie wird sich denken, dass ich in der Bank aufgehalten wurde.«

»Na also«, sagte Mattsson und rief, die Hände als Trichter um den Mund gelegt: »Viola, du kannst jetzt den Kaffee auftragen!«

Effektiv und schnell wie immer kam sie mit der Kaffeekanne und einem Tablett mit Schnittchen und Gebäck. Gedeckt hatte sie schon lange vorher.

Ein Sahnekännchen für Alvin und eine Silberdose mit Würfelzucker für Edh – die anderen beiden tranken ihren Kaffee schwarz und ungesüßt. Viola Mattsson kannte alle ihre Gewohnheiten – kein Wunder nach den vielen verantwortungsvollen Bewirtungen des Rats im Lauf der Jahre – und verschwand so unbemerkt, wie sie gekommen war.

»Will er seine Pläne, sich trauen zu lassen, tatsächlich verwirklichen?«, fragte Mattsson.

»Ja.«

»Er wird sich also nicht umstimmen lassen, wenn du ihm später am Abend unseren Standpunkt darlegst?«

»Den kennt er bereits. Er weiß von unserer Haltung. Ich habe ihm so schonend wie möglich beigebracht, wo wir in dieser Frage stehen. Aber er hofft natürlich, dass wir es uns anders überlegen.«

»Wir können ihn nicht überreden?«

»Ich kann es natürlich weiter versuchen, aber er wirkt absolut unbeirrbar. Wenn er sich nun einmal felsenfest vorgenommen hat, diesen Mann aus Norrland zu heiraten, so ist das seine Entscheidung. Und ich fürchte, wir können nichts daran ändern. Wir laufen Gefahr, uns in einer Pattsituation zu verkeilen.«

»Du meinst mit anderen Worten, dass wir ihn nicht davon abhalten können«, sagte Konrad Mattsson. »Gesetzt den Fall, dass er seine Pläne andernorts verwirklicht und trotzdem weiterhin der Gemeinde angehören will – was machen wir dann?«

»Das ist der springende Punkt.«

»Steve ist als Gottesbote auf die Welt gekommen«, führte Ingmar Alvin ins Feld. »In der vierten Generation einer von uns.«

Bravander seufzte laut. Dann biss er von einem belegten Brot ab und kaute umständlich.

»Gute Schnitten«, lobte er. »Viola verwöhnt uns jedes Mal.«

»Sein Urgroßvater war Gründungsmitglied unserer Gemeinde«, gab Alvin in mahnendem Tonfall zu bedenken.

»Als ob ich das nicht wüsste. Steve Larsson ist von einwandfreier Herkunft. Das macht alles umso schwerer. Aber kommen wir zu einem Beschluss. Ich sehe nur eine mögliche Lösung, sollte Steve darauf beharren, seine Absicht um jeden Preis zu verwirklichen.«

Die anderen warteten gespannt auf die Fortsetzung. Bravander ließ sich jedoch Zeit und biss noch ein paar Mal ins Brot:

»So schmerzhaft das auch sein mag, in dem Fall müssen wir ihn ausschließen. Wir können keinen verheirateten Homosexuellen in unserer Mitte dulden, das verstößt gegen die gesamte Ethik und Moral, für die wir eintreten. Wir verurteilen Bruder Steve nicht. Er kann nichts für seine abweichende Veranlagung, und er war immer ein gutes, engagiertes Gemeindemitglied. Doch wenn wir seinem Wunsch nachgeben, begehen wir nicht nur einen groben religiösen und weltanschaulichen Fehler, sondern schaffen außerdem einen gefährlichen Präzedenzfall.«

Damit brach er ab, um die Nägel seiner rechten Hand zu inspizieren, während sich die anderen vor Ungeduld wanden.

Endlich setzte er erneut an: »Ihr alle wisst, dass ich zurückhaltend und moderat im Urteil bin. Viel zu sehr, wie manche meinen. Doch selbst wenn mein Wahlspruch ›in dubio pro reo‹ lautet, weiß ich mir keinen anderen Rat, als dass wir Steve ausschließen müssen. Ich wiederhole, dass es mir schwer fällt, Gott ist mein Zeuge, aber ich kann mich auf keinen Kuhhandel mit meinem Gewissen einlassen oder gar an den ungeschriebenen Gesetzen der Gottesboten rütteln. Auch wenn ich zugeben muss, dass es mich hier drin schmerzt.«

Mit einer viel sagenden Geste fasste er sich an den Brustkorb.

Seine Ausführungen wurden durchweg positiv aufgenommen. Es war, als atmete der ganze Rat auf, als wiche eine Last von ihnen.

Gillis Edh sagte: »Am besten wäre es, wenn Steve von selbst seinen Ausschluss von den Gottesboten verlangt.«

»Natürlich«, sagte Bravander und nickte. »Es geht mir ungemein gegen den Strich, zu solch drastischen Methoden wie dem Ausschluss greifen zu müssen. Daumen nach oben oder nach unten, ihr wisst schon, wie in den alten grausamen Gladiatorenkämpfen. Ich habe erst einmal erlebt, dass wir jemanden vor die Tür setzen mussten, und damals habe ich Gott darum gebeten, nie wieder etwas Derartiges erleben zu müssen. Die Sache mit den Samuelssons damals quält mich noch heute.«

»Aber damals hatten wir doch keine andere Wahl«, betonte Mattsson. »Unsere ethischen und religiösen Regeln …«

»Ethik und Religion!« Bravander klang ungewöhnlich erhitzt. »Wie oft verstecken wir uns hinter diesen bequemen Wörtern? Ehrliche, fromme Leute kamen im Fall Samuelsson in die Klemme. Als ob die Ärmsten nicht schon genug leiden mussten. Eine furchtbare Tragödie.«

»Was hätten wir tun sollen?«, verteidigte sich Mattsson. »Uns blieb doch gar nichts anderes übrig.«

Agne Bravander lächelte wehmütig.

»Wirklich nicht? Nun ja, jetzt ist der Fall erledigt, und das ist auch gut so. Zeit zum Aufbruch, meine Freunde. Ich habe noch einen unangenehmen Hausbesuch vor mir. Ich danke euch allen. Und gute Nacht.«

Ingmar Alvin räusperte sich.

»Nur noch eins«, setzte er entschuldigend an.

Der Pastor hatte sich schon halb aus dem Sessel gestemmt. Nun ließ er sich wieder zurückfallen. Alle sahen besorgt Alvin an, voller Angst, was er wohl auf dem Herzen haben konnte.

War ihm etwas über Mia zu Ohren gekommen?

Mit leicht bebender Stimme fragte Bravander: »Um was geht's denn?«

»Vielleicht können wir das formlos besprechen«, schlug Alvin vor. »Es ist eigentlich kein großes Thema für den Rat, aber ich wollte es doch einmal erwähnen.«

Drei Paar Augen wichen seinem Blick aus, während er fortfuhr: »Es ist wegen Sverker Johansson und seinem übermäßigen Alkoholgenuss.«

Nur mit Mühe konnten die anderen ihre Erleichterung verbergen. Keine detaillierten schmutzigen Einblicke in eine schwere Ehekrise, kein Ausweinen über einen aufgeflogenen Seitensprung, keine gespielte Bestürzung und Überraschung: »Was sagst du da, Bruder? Das kann doch nicht wahr sein!« Statt allgemeiner Verlegenheit nur ein simpler

Fall von Alkoholismus bei einem ganz gewöhnlichen Gemeindemitglied, zudem einem, dessen Trunksucht allgemein bekannt war – was für eine Erleichterung! Alkoholismus war nichts Neues bei den Gottesboten und kein Grund für einen Ausschluss. Gewiss, ein wenig unpraktisch und lästig – aber nichts, was zu einer Vertrauensfrage im Rat führte.

»Wir alle kennen Bruder Sverker und seine schwere Belastung«, sagte der Pastor. »Ich habe selbst mehrmals versucht, ihn zur Vernunft zu bringen. Leider immer ohne Erfolg. Er lebt wie ein Herumtreiber und wohnt in einer verkommenen Bruchbude mit Sperrholzplatten an den Wänden. Hat die Hütte von seinen Eltern geerbt, die sie nur als Sommerhäuschen nutzten. Jetzt fällt sie völlig auseinander. Gibt es irgendwelche ihn betreffenden Neuigkeiten?«

»Nichts weiter, als dass sich einige andere Mitglieder mehr oder weniger beklagt haben. Er hat sie zu unpassenden Zeiten gestört, um Schnaps angebettelt, ihre Nähe gesucht.«

»Das ist ja schlimm, dass er jetzt schon andere Gemeindemitglieder belästigt«, sagte Gillis Edh. »So stand es früher nicht um ihn, es ließ sich immer noch mit ihm auskommen. Sein Alkoholismus muss sich verschlimmert haben.«

»Ich werde wohl wieder mit ihm reden müssen«, sagte Bravander. »Wenn es nicht besser mit ihm wird, müssen wir uns überlegen, ihn irgendwo in einen Entzug zu stecken. Das ist vielleicht die einzige Lösung, jetzt, da er auffällig wird. Früher trank er nur zu Hause hinter verschlossener Tür und hielt sein kleines Strandhaus wenigstens einigermaßen in Ordnung. Aber Bruder Sverker muss noch ein wenig warten. Es gibt Dringenderes.«

»Dann gehst du also heute Abend zu Bruder Steve?«

Agne Bravander lächelte matt.

»Das muss ich wohl leider.«

5 Sie hörte ihn im Nebenzimmer rumoren. Sorgfältig darauf bedacht, dass die Räder nicht quietschten, rollte sie bis zu der geschlossenen Tür. Die linke Hand wie einen Trichter ans Ohr gelegt, horchte sie konzentriert, und obwohl er den Ton leise gestellt hatte, drang die Musik bis zu ihr.

Leise, aber doch ausreichend, dass sie die Melodie und einzelne Textpassagen ausmachen konnte.

Wieder ergriff sie die Angst.

Was ging hier eigentlich vor?

Als sie hörte, wie er den Plattenspieler abschaltete, beeilte sie sich, an ihren Lieblingsplatz am Tisch vor dem Fernseher zurückzugelangen. Dort griff sie zu der letzten Ausgabe der Illustrierten, die sie seit Jahren abonniert hatte. Mit fahrigen Fingern schlug sie eines der vielen anspruchsvollen Kreuzworträtsel auf, eins, das sie schon angefangen hatte.

Dann stand er auf der Schwelle, und das Lampenlicht glänzte auf seinem kahlen Schädel. Sein Blick suchte sie.

»Wie kommst du mit dem Rätsel voran?«

»Es geht so. Das ist ein ziemlich harter Brocken, kann ich dir sagen.«

»Brauchst du Hilfe? Manchmal reicht es ja, wenn man ein richtiges Wort einsetzt, und alles andere ergibt sich wie von selbst.«

Sie lächelte ihm zu, gerührt über den Eifer, mit dem er sich vor ihren Fragen drücken wollte.

»Vielleicht später. Was hast du übrigens da drin gemacht?«, fragte sie, obwohl sie die Antwort bereits wusste.

Die verlegene, schuldbewusste Miene verriet ihn, wie bei so vielen Menschen mit aufrechtem Ehrbewusstsein. Den Erfahrenen, denen, die schon etwas auf dem Gewissen hatten, fiel es meist leichter, ein Pokerface aufzusetzen.

»Ach, nichts Besonderes.«

»Ich dachte, ich hätte was gehört … hattest du das Radio an?«

»Ich hatte nur zur Entspannung eine Platte mit Einar-Ekberg-Liedern aufgelegt. ›Wo ich auch geh' und stehe in Wald und Berg und Tal‹ und ›Ich weiß, Jesus wartet auf mich‹. Lauter solche wunderbaren alten Ohrwürmer. Du weißt ja, dass ich mir ab und zu diese Musik anhören muss.«

Ab und zu!

In der letzten Woche hatte er die Platte tagtäglich aufgelegt. Davor hatte er den Plattenspieler monatelang nicht angerührt. Etwas stimmte immer noch nicht, sie spürte es bis ins Rückenmark. Wenn sie sich doch nur trauen würde, ihn zu fragen!

Es war nicht zu übersehen, dass er etwas vor ihr verbarg, und zwar aus für ihn guten Gründen. Er war nicht der Mensch, der Geheimnisse haben konnte – am allerwenigsten vor ihr –, aber sie sah ein, dass er nicht mit der Sprache herausrücken würde. Jedenfalls noch nicht. Ihr blieb nichts anderes übrig, als abzuwarten und zu hoffen, dass sie schon irgendwann erfahren würde, was den Mann bedrückte, den sie so von ganzem Herzen liebte und dem sie sich so innig verbunden fühlte. Vor allem hoffte sie, dass es um nichts Ernstes ging.

Sie zwang sich dazu, geduldig zu sein, obwohl sie darauf brannte, ihn geradeheraus zu fragen, was ihn eigentlich bedrückte. Es konnte etwas sein, was die Gemeinde betraf (die Sondersitzung neulich deutete darauf hin), aber sie nahm eher an, dass es etwas Persönliches war, etwas, das mehr ihn selbst und weniger die Gottesboten betraf.

Außerdem musste sie die beängstigende Sorge unterdrücken, die an ihr nagte – sie durfte sich vor Agne nicht anmerken lassen, dass sie seine wie auch immer gearteten Probleme spürte. So seltsam hatte er sich noch nie benommen. Ein Vorteil war in dem Zusammenhang, dass sie eindeutig schwerer zu durchschauen war als er – vielleicht infolge ihrer Krankheit, über die sie sich so gut wie nie im Beisein ihres Mannes beklagte.

Sie nickte kaum merklich.

»Ekberg war ein wunderbarer Sänger. Ich höre ihn selbst sehr gerne«, sagte sie, bemüht, ihre Stimme unter Kontrolle zu halten.

»Ein großer Sänger«, stimmte er ihr zu, »und ein großer Mann. Und Verkünder. Er hatte die rechte Überzeugung und die Kraft, sie anderen zu vermitteln.«

Er zögerte, räusperte sich.

»Liebling, mir ist etwas dazwischen gekommen, deshalb muss ich leider nochmal kurz zu den Gottesboten. Ins Büro. Du weißt ja, seit dem Umzug herrscht bei uns noch ein großes Durcheinander. Aber es wird nicht lange dauern.«

Nancy, lass dir nichts anmerken! Wenn das hier ein Albtraum ist, dann geht er vorbei, nur Geduld.

»An so einem Abend«, sagte sie gespielt ungezwungen und deutete auf das Fenster.

Draußen wurden die Baumkronen von dem auffrischenden Sturm durchgerüttelt. Der Regen trommelte gegen die Fensterscheiben.

»Ich sitze doch drinnen und arbeite. Unser Gemeindehaus hat nämlich ein Dach«, scherzte er.

»Musst du alleine hin, oder kommen noch welche von den anderen?«

»Allein. Ich bin mit einigem Kleinkram im Verzug, der erledigt werden muss.«

»Kann das nicht bis morgen warten?«

»Da habe ich in Hede zu tun, das weißt du doch. Ich muss also leider …«

Sie winkte ihm mit der gesunden Hand zu.

»Ich verstehe. Du würdest mich an so einem Abend nicht allein lassen, an gar keinem Abend, wenn es nicht unbedingt nötig wäre. Das wolltest du doch sagen, oder?«

Was für eine phantastische Frau, dachte er erleichtert.

»Genau. Wir kennen uns in- und auswendig«, sagte er.

»Ist das ein Wunder, nach all den Jahren? Alles andere wäre eine Schande.«

»Nach all den glücklichen Jahren, hättest du sagen sollen.«

»Sie hätten besser sein können. Wenn ... na, du weißt schon.«

»Sag das nicht«, wehrte er ab. »So darfst du nicht denken.«

Ich muss für uns beide stark sein, dachte sie, besonders jetzt, wo er so nervös ist. In diesem Sturm hinausfahren, um diese Zeit. Er muss sehr verzweifelt sein.

»Nein«, sagte sie lächelnd, »ich habe keinen Grund zum Klagen, weil ich doch den besten aller Männer habe.«

»Und ich die liebste Frau. Wenn du willst, kann ich dich alle halbe Stunde anrufen.«

»Kommt nicht infrage«, wehrte sie ab. »Fahr einfach und mach keinen Aufstand. Tu, was du tun musst. Ich bin sowieso so müde, dass ich etwas früher als sonst ins Bett gehen werde. Übrigens nehme ich vielleicht eine Schlaftablette. Eine Nacht mit langem ungestörten Schlaf könnte ich jetzt gut gebrauchen.«

»Mach das. Ich schleiche mich auf Zehenspitzen herein, falls du schon schläfst, wenn ich komme. Wenn du noch wach bist und ich sehr spät komme, muss ich wohl mit dem Nudelholz rechnen. Das kannst du mir dann ruhig über den Schädel ziehen.«

»So eine Zielscheibe könnte ich gar nicht verfehlen.«

Sie umarmten sich.

Eine Viertelstunde später war er unterwegs. Der Regen hatte so zugenommen, dass seine Wildlederjacke nach dem kurzen Sprint von der Haustür zum Kombi, der gleich um die Ecke stand, völlig durchnässt war.

Auf der Fahrt Richtung Norden begegneten ihm kaum andere Autos. Er sah auch nur einen Fußgänger, ausgerüstet mit Schirm und Regenmantel, um der anstürmenden Herbstlaune die Stirn zu bieten.

Der Wind fuhr Agne Bravander schneidend ins Gesicht,

als er aus dem Auto stieg. Da er allein war, stellte er den Wagen genau vor dem Eingang ab, was er sonst nie tat. Sie hatten ja einen eigenen Parkplatz um die Ecke, den man eigentlich hätte benutzen sollen.

Das winkelförmige Gebäude trug denselben Namen wie die Gemeinde. DIE GOTTESBOTEN stand in roten, kursiven Versalien auf einem großen Schild vorne an dem Neubau, direkt vor dem Industriegelände, das sich Richtung Norden ausbreitete.

Schräg gegenüber lagen eine Tankstelle und ein Laden für Gartenmaschinen, aber ansonsten war es eine unbelebte Gegend. Dabei lag das Haus nur einen knappen Kilometer von der größten und besonders eintönigen Mietshaussiedlung der Stadt entfernt, eine Gegend, die der Volksmund Grönland getauft hatte.

Zu Beginn ihrer Ehe hatten Agne und Nancy kurz dort gewohnt, bis sie es sich leisten konnten, in einen bedeutend angenehmeren Stadtteil zu ziehen.

Bis auf zwei ständig brennende Außenlampen zu beiden Seiten des Haupteingangs war alles dunkel bei den GOTTESBOTEN. In der feuchtkalten, windigen Oktoberschwärze kam ihm das Haus ein wenig gruslig vor, und er schüttelte sich.

Kurz bereute er, dass er hergefahren war. Es wäre eigentlich gar nicht nötig gewesen. Zwar war er mit diversen administrativen Angelegenheiten im Verzug (was das betraf, hatte er Nancy nicht angelogen), aber das hätte auch durchaus noch etwas Zeit gehabt. Er hatte es nur als Vorwand genommen.

Der Hauptgrund für diesen späten Ausflug war ein ganz anderer. Während er sich die Platte mit dem »Danke«-Lied angehört hatte, war ihm ein Einfall gekommen: Warum konnte er nicht einfach in dem Kalender nachschauen, den er in seinem Büro hatte? Dort machte er sich täglich Notizen über die Aktivitäten der Gottesboten, und wenn er seine

Eintragungen der letzten zwei oder drei Monate einmal gründlich durchforstete, konnte er durchaus auf etwas stoßen, das er bislang übersehen hatte. Es kam jedenfalls auf einen Versuch an. Er brauchte Gewissheit darüber, wer ihm – und wahrscheinlich sogar der ganzen Gemeinde – so übel mitspielte.

Er ahnte, dass die Frage nach dem Wer in einer anderen Frage steckte: der nach dem Warum.

Außerdem brauchte er absolute Ungestörtheit, um seine Gedanken zu sammeln. Und den Frieden fand er zu Hause nicht. Nicht, wenn er wusste, dass Nancy in der Nähe war und ihn überwachte, während sie so tat, als wäre sie mit dem Lösen von Kreuzworträtseln, Fernsehen oder Lesen beschäftigt.

So wie vorhin. Sie hatte gehört, dass er die Einar-Ekberg-Platte spielte, obwohl er den Ton extra leise gedreht hatte.

Er schloss auf und fühlte sich schon besser, als er das Licht in der großen Eingangshalle anknipste. Auf dem Weg ins Büro warf er einen Blick in den eigentlichen Andachtsraum, wo durchschnittlich zweimal wöchentlich die Predigt gehalten wurde.

Direkt dahinter befand sich der Speise- und Versammlungssaal. In dem Seitenflügel neben dem größeren Hausteil lagen die übrigen Räume hintereinander aufgereiht – unter anderem sein Büro.

In diesen großzügigen neuen Räumlichkeiten logierten die Gottesboten erst seit wenigen Wochen. Davor waren sie Mieter in einem ehemaligen städtischen Gemeindezentrum aus der Zeit der Jahrhundertwende gewesen. Es lag relativ zentral am anderen Ende der Stadt und hatte unbestreitbar seine Vorteile gehabt. Die Atmosphäre war intim und gemütlich gewesen, aber die Räume waren schließlich zu klein für sie geworden. Ein Umzug war unvermeidlich, und nachdem sie sich ein paar Jahre nach einer geeigneten Alternative umgesehen hatten, hatten sie genau das gefunden, was sie suchten. Die alten Räume konnten sie einen Monat lang weiter nutzen, und ein Teil des Inventars stand noch dort.

Ihr neues Gemeindehaus war geprägt von Funktionalismus. Alles war modern, auf eine diskrete – um nicht zu sagen spartanische – Art und Weise. Nichts durfte von Dem Wort ablenken.

Selbstverständlich war Agne Bravander dankbar, dass sie ihr Platzproblem so reibungslos lösen konnten, doch insgeheim musste er zugeben, dass es ihm in ihrem alten Haus besser gefallen hatte; eine Ansicht, die er allerdings für sich behielt. Was würde das denn für einen Eindruck machen, wenn er, der allen anderen ein Vorbild sein sollte, sich öffentlich über das beklagte, was sie nach so langer Suche endlich gefunden hatten? So ein Benehmen ließe nur eine Deutung zu: gottlose Undankbarkeit.

Alles Bedrohliche, das sich in letzter Zeit ereignet hatte, ließ sich auf die Zeit nach dem Umzug aus dem Zentrum in die Nähe des Industriegeländes datieren. Konnte der Wechsel der Umgebung etwas mit der Angelegenheit zu tun haben? Ihm kam das unwahrscheinlich vor. Nicht ein Mitglied hatte sich kritisch gegen den Bezug eines eigenen Gebäudes laut geäußert. Alle hatten sich im Gegenteil ganz begeistert darüber gezeigt, dass sie jetzt ihre eigenen Herren waren und sich nicht mehr nach einem Mietvertrag richten oder gar eine Räumungsklage fürchten mussten.

Nein, das gesteigerte Unbehagen der letzten Wochen musste andere Ursachen haben.

Er ging in sein Büro und hängte die feuchte Wildlederjacke an einen Garderobenhaken neben der Tür.

Seine Gedanken wanderten zu seiner Frau. Hoffentlich konnte sie einschlafen. Wenn er sie aus irgendeinem Grund abends allein lassen musste, was selten genug vorkam, fiel ihr das gewöhnlich schwer. Und außer Haus hatte er nur sehr selten übernachtet – immer nur im Zusammenhang mit gelegentlichen weiten Dienstreisen.

Er plante seine Arbeitsabläufe so, dass er sich wenn möglich in Stad oder der nächsten Umgebung aufhalten konnte. Bei Besuchen in den beiden Unterabschnitten – die die meisten Filialen nannten – fuhr er anschließend ausnahmslos nach Hause. Sie waren ja leicht mit dem Auto zu erreichen, keine fünfzig Kilometer von seinem Wohnort entfernt.

Mit den von der Zentrale veranstalteten Bibeltagen, die manchmal zwei oder drei Tage dauerten, war es schon schwieriger. Und manchmal musste er in abgelegene Gegenden zu Konferenzen, die so lange dauerten, dass er nicht mehr am selben Tag per Zug oder Flugzeug nach Hause kam – und an eine Autofahrt war in dem Fall nicht zu denken.

Musste er beruflich mehr als einmal außer Haus übernachten, sorgte er dafür, dass Nancy entweder ihre Schwester oder die stets fürsorgliche Viola Mattsson zu Hilfe kam. Ganz selten waren sie gezwungen gewesen, einen Pflegedienst zu engagieren – diese Lösung sagte Nancy so gar nicht zu. Sie verabscheute es, Fremden zur Last zu fallen, auch wenn sie nichts dafür konnte.

Jäh nagte das schlechte Gewissen an ihm.

Er hätte sie an solch einem Abend nicht allein lassen, seinem spontanen Einfall nicht nachgeben sollen.

Nun ja, die Tablette half ihr sicher, besonders weil sie so selten zu Schlafmitteln griff. Und jetzt, wo er schon einmal hier war, konnte er ebenso gut versuchen, das Beste aus der Situation zu machen. Mit einigem Glück entdeckte er vielleicht einen Hinweis auf die Ursache der widerwärtigen Verfolgung, die ihn und damit indirekt auch die Gemeinde betraf.

Er setzte sich an den ausladenden Schreibtisch und warf einen Blick in die Dunkelheit hinter dem Fenster. In der undurchdringlichen Herbstfinsternis ließ sich unmöglich etwas erkennen, aber er wusste, dass ein Fahrradweg direkt am Fenster vorbeiführte.

Doch bei so einem unwirtlichen Wetter war wohl kaum jemand mit dem Rad unterwegs. Ihm fiel wieder ein, dass er auf der Fahrt hierher nur einen Fußgänger gesehen hatte: den Mann mit dem Regenmantel.

Ein überraschendes Geräusch ließ ihn erstarren. Es klang, als schlüge etwas gegen die Fensterscheibe. Ein paar Sekunden verharrte er reglos und wartete, was geschah. Sein Herz schlug schneller. Die Ereignisse der letzten Zeit hatten ihn offenbar reichlich nervös gemacht und verleiteten ihn dazu, übereilte Schlüsse zu ziehen.

Vermutlich hatte nur ein Zweig gegen die Fensterscheibe geschlagen. Entlang der ganzen Längsseite waren Sträucher gepflanzt.

Das erboste Aufheulen des Windes war ganz deutlich zu hören.

Er zuckte mit den Schultern und stellte den PC an. Die Gottesboten hatten sich mit der Anschaffung zweier Computer der neuen Zeit angepasst – der andere stand bei Konrad Mattsson zu Hause. Dieser war hellauf begeistert von dem praktischen Hilfsmittel, das ihm die Routinearbeiten so spürbar erleichterte.

Bravander war da nicht ganz so enthusiastisch. Er hatte sich der Anschaffung lange widersetzt, aber seit er nun einigermaßen gelernt hatte, das neumodische Ding zu bedienen, hatte sich seine Skepsis etwas gelegt. Der PC war nützlich, keine Frage.

Aber er brachte ihm immer noch ein gesundes Misstrauen entgegen.

Sein Kalender war im Computer gespeichert und außerdem auf DIN-A4-Seiten ausgedruckt, die in einem Ordner gesammelt und in dem Wandtresor aufbewahrt wurden.

Jetzt leuchtete ihm der Monitor entgegen, und er machte einen Doppelklick auf das mit Terminkalender bezeichnete Symbol. Seit einiger Zeit hatten die Gottesboten eine Homepage, deren Design Konrad Mattsson zu seinem ganzen

Stolz selbst verantwortete. Und alle waren sich einig, dass das Machwerk ihres Oberbuchhalters nicht nur informativ, sondern auch ansprechend gestaltet war.

Aber Bravander hatte keinen Grund, ins Internet zu gehen, um sich die Homepage anzusehen, weshalb er sich direkt in den Oktoberteil des Terminkalenders durchklickte, um zu überprüfen, ob er seine Aufzeichnungen der letzten Tage wirklich schon ausgedruckt hatte. Er wusste nicht mehr, ob er daran gedacht hatte. Er war zwar nicht übermäßig zerstreut, aber manchmal doch etwas geistesabwesend, da war nichts zu machen.

Er führte sein Vorhaben ohne jede Verzögerung aus und wunderte sich wie so oft darüber, wie rasend schnell das ging – noch ließen ihn die Schwindel erregenden Möglichkeiten der neuen Technik nicht kalt.

Mit geschärftem Blick las der Pastor, was da stand.

Es war ein Gefühl, als hätte ihm jemand einen kräftigen Fausthieb in die Magengrube verpasst.

Er schnappte nach Luft.

Ganz oben auf der Seite – genau über der Rubrik Oktober 1999 – hatte jemand eine Nachricht an ihn hinterlassen:

Danke, gedächtest du der Sünden, könnt' ich nicht bestehn.

6 Erschreckt und verwirrt, wie er war, wollte er schon zum Hörer greifen und die Polizei verständigen, was er womöglich längst hätte tun sollen. Als Nächstes verspürte er den Impuls, sofort die Flucht zu ergreifen. Dann fiel ihm ein, Nancy anzurufen, damit sie Hilfe herbeiholte.

Doch schließlich besann er sich und überzeugte sich selbst davon, dass er schon immer ein vernünftiger, realistischer Mensch gewesen war, der logisch denken konnte. Jedenfalls seit jener Nacht, als er Gott begegnet war, der ihn von all den Ängsten und Phobien seiner Kindheit befreit hatte. Also rief er sich zur Vernunft und mobilisierte seine Kräfte aus der Quelle, die ihm so viele wundervolle Jahre geholfen hatte.

Er lenkte seine Gedanken in ruhigere Bahnen und verwarf erst einmal alle drei spontanen Einfälle.

Die Polizei: Was hätte er der schon zu erzählen? Nichts Greifbares. Anrufe ohne ausdrückliche Drohungen, Auszüge aus einem alten Lied von Hultman; behelligte man damit etwa eine Behörde?

Flucht: Es bestand kein Grund, die Beine in die Hand zu nehmen – hier war er nicht weniger sicher als draußen in Regen und Dunkelheit. Sollte es wirklich jemand auf ihn abgesehen haben, konnte derjenige ihn dort ebenso leicht überfallen.

Nancy: Warum sollte er sie mit einem kopflosen Anruf ängstigen?

Etwas schlug gegen das Fenster. Er zuckte zusammen. Wieder der Strauch. Vorsichtig rutschte er ein Stück weiter nach links, bis er von draußen nicht mehr zu sehen war, falls tatsächlich jemand im Finstern herumstrolchte.

Denk nach, Agne Bravander, streng deine grauen Zellen an!

Jemand hatte sich also an dem Computer zu schaffen gemacht. Das müsste den Kreis der Verdächtigen eigentlich eingrenzen. Doch ganz so einfach war es nicht.

Die GOTTESBOTEN führten ein offenes Haus, das für viele Menschen wie ein zweites Zuhause war. Außerdem schloss er seine Bürotür auch dann nicht ab, wenn er unterwegs war. Und innerhalb der Gemeinde standen die Türen offen. Die Mitglieder kamen und gingen nach Belieben.

Mit anderen Worten: Jedes Gemeindemitglied konnte den Satz in den PC eingegeben haben. Außerdem auch ein völlig Außenstehender, der gemerkt hatte, wie frei und ungestört man sich im Haus bewegen konnte. Allerdings war er sich immer sicherer, dass ein Bruder hinter der ganzen Sache steckte; die Schwestern schloss er in Gedanken aus.

Aber wer?

In letzter Zeit hatte sich ein neuer potenzieller Täter herausgeschält.

Wie nicht anders zu erwarten, war Steve Larsson höchst bestürzt gewesen, als Agne ihm den einstimmigen Ratsbeschluss mitteilte: dass er innerhalb der Gemeinde unmöglich seinen Freund heiraten könne. Der junge Mann hatte alles versucht. Unter anderem führte er an, dass er Gottesbote in der vierten Generation war, spräche das nicht für ihn? Überdies habe er sich als Mitglied stets vorbildlich geführt, sei jederzeit allen Anfragen nach freiwilligen Hilfsdiensten nachgekommen, ohne zu murren, und habe sich eisern an die Regeln gehalten, die ihre gemeinsame Richtschnur seien.

Agne Bravander hatte ihm nichts davon abgesprochen, sondern dem aufgeregten Mann nur gut und anerkennend zugeredet.

»Die ganze Angelegenheit ist unerhört peinlich für uns alle. Da führt kein Weg dran vorbei. Niemand konnte mehr von dir verlangen, du warst in jeder Hinsicht ein gutes und treues Mitglied. Kein einziges Ratsmitglied hat auch nur eine Sekunde lang an deiner Ehrlichkeit und an den aufrichtigen Gefühlen gezweifelt, die du für deinen Freund empfindest. Auf gar keinen Fall trampeln wir darauf herum, das liegt uns fern. Es wäre schändlich und unwürdig. Es geht nicht um dich als Person, sondern um geheiligte Prinzipien. Es ist vollkommen ausgeschlossen, dass wir zwei Menschen gleichen Geschlechts trauen, das widerspräche allen religiösen und ethnischen Gesetzen. Bestimmt verstehst du das, wenn du dich beruhigt hast.«

Larsson verstand es ganz und gar nicht. Und beruhigen wollte er sich auch nicht.

Stattdessen wurde er ausfallend gegenüber dem Mann, zu

dem er immer aufgesehen, den er hoch geachtet hatte. Der Damm war gebrochen, und ein glühender Hass brach sich Bahn, nicht nur auf den Pastor, nicht nur auf den entscheidungsbefugten Rat, sondern auf die gesamte Gemeinde. Keiner kam ungeschoren davon, alle fielen seinem maßlosen Zorn anheim.

Agne hatte seinerseits seelenruhig das Kreuzfeuer ausgehalten, weil er den Schmerz des anderen, die Ursache seines unversöhnlichen Zorns gut verstand. Als er die hitzige Debatte irgendwann auf sich beruhen ließ, war ihm klar, dass er sich Larsson zu einem unversöhnlichen Feind gemacht hatte.

Also war Steve Larsson ein eindeutiger Kandidat für die Rolle des anonymen Quälgeistes – wäre da nicht ein wichtiges Aber gewesen.

Denn die Verfolgung hatte begonnen, lange *bevor* Larsson seine Trauung verweigert worden war. Und bis dahin hatten sie in äußerst harmonischer Beziehung zueinander gestanden. Zumindest kam es Bravander so vor.

Sein Blick fiel wieder auf die Nachricht auf dem Monitor:

Danke, gedächtest du der Sünden, könnt' ich nicht bestehn.

Hatte diese Zeile der Danksagung nicht etwas Endgültiges?

Eine Vorankündigung …

Fast wie in der vorherigen Botschaft: *Danke, für den vergang'nen Tag.*

Als an eine Tür im Flur geklopft wurde, erhob er sich halb aus dem Stuhl, während es in seinem Magen unangenehm rumorte.

Eine deutliche Vorahnung drohender Gefahr erschreckte ihn.

Er legte eine Hand auf das Telefon.

Was um alles in der Welt hatte ihn bloß geritten, noch so spät hier rauszufahren?

Er ließ den Hörer los, stand auf und machte ein paar zögernde Schritte in Richtung Tür. Noch konnte er abschließen und jemanden anrufen. Vielleicht Konrad Mattsson, der bestimmt zu Hause war.

Doch er blieb mitten im Zimmer stehen und wartete ab.

Vielleicht hatte er sich ja verhört.

Kein Klopfen mehr.

Wahrscheinlich hatte ihm der Wind noch einmal einen Streich gespielt, wie mit den Zweigen an der Fensterscheibe.

Zur Sicherheit ging er aus dem Zimmer und in den Flur hinaus. Falls wirklich jemand geklopft hatte, dann ja wohl an eine der Türen zum Hinterhof.

Mit drei energischen Schritten erreichte er die erste Hintertür. Er holte tief Luft und machte sie ganz vorsichtig auf, zentimeterweise. Ständig bereit, sie beim geringsten Anzeichen von Gefahr wieder zuzuschlagen.

Als nichts passierte, fasste er Mut und schließlich hatte er die Tür ganz aufgeschlagen.

Der Hof lag einsam und verlassen da.

Also war es doch der Wind gewesen. Er hörte, wie er drüben im Laub der Ulmen an der Ecke raschelte.

Gerade als er die Tür wieder zuziehen wollte, sah er den Lichtschein aus der Abstellkammer weiter hinten im Seitenflügel. Dass ihm der vorhin nicht aufgefallen war, lag natürlich daran, dass er vorne durch den Haupteingang hereingekommen war. Offenbar hatte ein Schludrian vergessen, das Licht zu löschen.

Agne Bravander ging ins Haus zurück und bog in den schmalen Gang zur Abstellkammer ein. Er griff nach der Klinke und öffnete die Tür.

Die Singstimme klang dünn, gar nicht menschlich, wie sie ihm so entgegenschlug. Sie erschreckte ihn so, dass sich die Haare auf seinen Armen sträubten.

Danke, ich darf um Gnade fleh'n …

Während ihm eine unvorstellbare Angst die Kehle zuschnürte, starrte er wie gebannt auf den kleinen Kassettenrekorder auf dem Fußboden.

Der Gesang ging weiter, und die Stimme traf seinen innersten Nerv, sie klang so gruselig, so abnorm …

Die Vernunft riet Agne Bravander, ohne langes Zögern die Flucht zu ergreifen. Dennoch blieb er auf der Schwelle stehen und starrte benommen das Gerät wenige Meter vor ihm an.

Kam ihm die Stimme nicht bekannt vor?

Im nächsten Augenblick traf ihn die Tür mitten ins Gesicht.

Sie schlug ihm gegen Nase und Mund, sodass er ins Wanken geriet, beinahe umgehauen von dem heftigen Stoß. Noch ehe er sich von dem Schock erholt hatte, packte ihn jemand an der Schulter.

Der Schlag traf ihn, während er mit den Armen ruderte, um sein Gleichgewicht wiederzufinden. Etwas Spitzes drang mitten in seinen ungeschützten Schädel ein. Der Schmerz gesellte sich nicht unmittelbar dazu, erst, als er zum zweiten Mal getroffen wurde, etwas weiter hinten.

Jetzt fiel die unerträgliche Qual von verschiedenen Seiten über ihn her. In der verzweifelten Hoffnung, seinen Schädel vor den spitzen, gnadenlosen Attacken zu schützen, konnte er eine Hand hochreißen. Er spürte etwas Klebriges, merkte, dass es sein eigenes Blut war, begriff, dass er nicht mehr lange durchhalten würde.

Sein Versuch zu schreien wurde brutal von groben Fingern in Handschuhen unterbunden, die von der Schulter zu seinem Mund fuhren. Jemand zog ihn an sich, jemand, der die andere Hand immer wieder zum Schlag erhob, der in einem fort zuschlug, der mit schier unerschöpflichen Kräften immer wieder auf ihn einhieb.

Bravander brüllte durch die unbarmherzigen Finger, halb wahnsinnig vor Schmerz, ging vor seinem Angreifer in die Knie, spürte, wie ihn allmählich das Bewusstsein verließ.

Seine Kräfte versiegten.

Komm, Dunkelheit, flehte er, flennte er.

Jetzt war er auf den Boden gerutscht. Sein Kopf kam ihm so groß vor wie ein Ballon, der Schmerz schrie aus offenen Wunden. Er starb und wusste es in einem klaren Moment mitten in all der unwirklichen Fieberhitze.

Nancys Gesicht tauchte vor ihm auf, ihr Gesicht und der Rollstuhl, und dann trat sein Vater an ihre Stelle, ehe sein Blick brach.

Danach nichts mehr.

7 Sten Wall mochte den Oktober recht gern. Es war ein angenehmer Monat, wenn er selbst in der richtigen Verfassung war. So wie heute.

Genüsslich atmete er die frische, kühle Morgenluft durch die offenen Küchenfenster ein. Nicht ein Wölkchen am klaren blauen Himmel; das Firmament kam ihm so hoch vor wie schon lange nicht mehr. Das Gewitter der Nacht hatte sich verzogen, wie weggeblasen von dem heulenden Wind, der am Vorabend an den Fensterscheiben des alten zugigen Mietshauses gerüttelt hatte, in dem er seit Ende der fünfziger Jahre wohnte.

Für ihn hatte der Herbst durchaus das Zeug zur großartigsten Jahreszeit, wenn man einmal davon absah, was danach kam. Umso mehr wusste er jedoch die schönen Tage zu schätzen, die noch bevorstanden, ehe Schneematsch und Winterelend das Regiment über die kommenden Monate übernahmen.

Er duschte rasch und beeilte sich mit dem Frühstück, damit ihm noch Zeit für einen Spaziergang vor der Arbeit blieb.

Als er vor die Tür trat, wäre er fast auf dem Bürgersteig, der die meiste Zeit des Tages im Schatten einiger mächtiger Fichten lag und mit Moos bewachsen war, ausgerutscht.

Aus der Bergsgatan ging er in flottem Tempo an den Fluss hinunter, an dessen Ufern noch vor kaum einer Woche erwartungsvolle Angler gestanden hatten. Jetzt war die Saison vorbei, und er konnte ungestört an dem tosenden, dunklen Wasser entlangwandern.

Etliche Seehunde waren aus der nahe gelegenen Meeresbucht abgewandert und hatten zum großen Verdruss der Hobbyangler mächtig unter Lachs und Lachsforellen aufgeräumt. Doch ein Versuch, die gierigen Eindringlinge mit hohen Schallwellen zu verscheuchen, hatte offensichtlich Erfolg gehabt, denn im Herbst nahm das Anglerglück beträchtlich zu. Eine in der Lokalzeitung »Bladet« abgedruckte Top-Ten-Liste verriet, dass einige Glückspilze Exemplare von zwölf Kilo oder sogar mehr an Land gezogen hatten.

In den verschwenderischen Sonnenstrahlen passierte Wall lange Reihen von Erlen, Ulmen und Birken. Er steuerte die Trauerweide auf dem Hang vor der Poliklinik an – in seiner Jugend war die Klinik noch ein Pflegeheim gewesen – und ging weiter Richtung Zentrum.

Hier und da machte er einen Bogen um große Pfützen herum. In der Nacht hatte es ordentlich geschüttet – ihm fiel wieder ein, dass er vom Regenprasseln auf dem Fensterbrett geweckt worden war. Ein paar kleinere Pfützen im Schatten waren von einer dünnen Eisschicht überzogen. Er überquerte die Straße und bog in eine der gewundenen Kopfsteinpflastergassen ein, die ins Zentrum führten.

Eine letzter Hauch Nachtfrost, der jeden Moment vor den Sonnenstrahlen kapitulieren würde, glänzte noch schwach auf dem schwarzen Walmdach des Rathauses. Offenbar hatte sich in den frühen Morgenstunden ein leichter Kälteeinfall zum Regen gesellt. Das Thermometer zeigte um die null Grad an, und der Lokalsender hatte vor überfrierender Nässe auf den Waldwegen in den nördlichen Landstrichen der Gemeinde gewarnt.

Immer wieder kamen Wall Leute entgegen, die gut gelaunt und freundlich grüßten.

Er wusste, dass ihm überall in der Gegend sein Ruf vorauseilte, womit er sich zwar nie brüstete, was ihn aber insgeheim freute, eitel wie er war. Seine Zielstrebigkeit und der engagierte Einsatz für Gerechtigkeit waren sein Markenzeichen als Kriminalkommissar. Selbst die kriminellen Elemente, die er tagtäglich bekämpfte, brachten ihm eine gewisse Achtung entgegen. Es kam sogar vor, dass Menschen, die er hinter Gitter gebracht hatte, ihm Weihnachtskarten schickten – ehrlich gemeinte, soweit er das beurteilen konnte. Freilich nicht allzu oft, doch dass es überhaupt geschah, freute ihn mehr, als er offen zugab.

An der marmorverkleideten Freitreppe vor der Polizeidirektion hörte er hinter sich jemanden seinen Namen rufen. Als er herumfuhr, sah er einen hoch gewachsenen, hageren Mann vom Parkplatz herüberschlendern, den Distriktleiter. In dem hellen Tageslicht wirkten seine schütteren weißen Haare wie Schnee.

»Gut, dass ich dich erwische«, sagte Helge Boström und hustete in seine behandschuhte linke Faust. »Muss ein paar Worte mit dir wechseln. Ziemlich dringend. Hast du Zeit? Guten Morgen übrigens.«

»Grüß dich. Zeit? Ja, klar, aber eigentlich bin ich schon spät dran. Es ist …«

»Ich weiß, wie spät es ist«, unterbrach ihn der Distriktleiter. »Habe schon mit fünf Jahren die Uhr lesen gelernt, auch wenn ich anfangs den großen mit dem kleinen Zeiger verwechselte.« Er entblößte eine Menge gelblicher Zähne und fuhr fort: »Aber zu einer Tasse Kaffee kann ich dich doch wohl überreden? Ethel trinkt leider in letzter Zeit nur noch Tee ohne Geschmack, und mir bleibt nichts anderes übrig, als die Brühe mitzutrinken. Was die sich neuerdings so alles in den Kopf setzt – Tee, wo es doch Kaffee gibt!«

Fünf Minuten später saßen die beiden Männer in einer

Ecke der Cafeteria. Sie waren fast allein in dem großen Saal. Nur wenige der anderen Tische waren besetzt.

Überall galt Rauchverbot außer gerade in dem kleinen Abschnitt, wo Wall (der noch nie auch nur einen heimlichen Zug genommen hatte) und Boström (der den lieben langen Tag wie besessen drauflosqualmte) Platz genommen hatten.

Der Distriktleiter zündete sich eine Zigarette an, zog genussvoll den Rauch ein und paffte wohl geformte Ringe aus. Wall wartete ungeduldig, was der andere ihm wohl zu sagen hatte.

»Sag mal, Wall, ist dir das auch schon passiert, dass du dich plötzlich richtig uralt gefühlt hast, einfach so aus heiterem Himmel? Mir nichts, dir nichts?«

Aha, das steckte also hinter der »ziemlich dringenden« Angelegenheit.

»Was meinst du?«

»Na ja«, sagte Boström zögernd, »ich weiß nicht recht, wie ich anfangen soll. Aber sagen wir mal, es hat mit alten Studienschulden zu tun. Und damit meine ich wirklich sehr alte Schulden.«

Wall verstand kein Wort. In leicht erhöhtem Tempo fuhr Boström fort.

»Ich habe Jura in Uppsala gebüffelt, wie du weißt, dort hab ich schließlich auch Ethel kennen gelernt. Genau wie die meisten anderen musste ich jede Menge Studienkredite aufnehmen, und es sah so aus, dass ich die Raten bis in alle Ewigkeit würde abzahlen müssen. Aber was blieb mir anderes übrig? Ich hatte keinen reichen Erzeuger, der mir die Last abnehmen konnte. Damals lag der Tag der Befreiung in weiter Ferne. Mir kam es so vor, als würde ich den Rest meines Lebens abstottern müssen. Aber jetzt …«

Er verstummte, drückte die Zigarette im Aschenbecher aus und zündete sich sofort eine neue an. Nach einem leichten Hustenanfall räusperte er sich und fuhr fort.

»Vorige Woche habe ich die letzte Rate der Schuld bezahlt, die mich so lange gedrückt hat. Und …«

»Und?«, drängte Wall ungeduldig.

»Ich habe gemerkt, dass ich uralt geworden bin. Ein Fossil.«

»Das verstehe ich nicht.«

»Stell dir das mal vor: Da habe ich nun seit damals nur darauf gewartet, eines Tages den ganzen Schuldenberg loszuwerden. Was habe ich mich nach dem Tag gesehnt, an dem ich die Abschlusszahlung leisten und den ganzen Mist ein für alle Mal los sein würde. Und dann kam er, der Tag. Vorige Woche war es so weit, und ich bezahlte gewissenhaft, wie ich es über dreißig Jahre lang regelmäßig getan hatte. Aber glaubst du, ich hätte Erleichterung verspürt? Befreiung? Von wegen! Im Gegenteil, wehmütig, schon fast betrübt war mir zumute. Das ist doch bescheuert. Ich hatte einen regelrechten Kloß im Hals. Da fragt man sich doch, was eigentlich in einem vorgeht.«

»Du hättest also am liebsten noch ein Weilchen weiterbezahlt?«

»Mit dem größten Vergnügen. Um ehrlich zu sein, ich habe sogar kurz mit dem Gedanken gespielt, ihnen vorzuschlagen, dass ich weiter bezahle, wenigstens eine symbolische Summe, nur damit ich das Altwerden noch etwas hinausschieben kann. Ist das noch normal?«

»Nein«, erwiderte Wall lächelnd.

Und dann stand er auf, um Kaffee nachzuholen. Er schenkte ihnen beiden noch eine halbe Tasse ein. Offiziell hätte er zwar vor fünf Minuten bereits im Dienst sein müssen, aber deswegen hatte Wall kein schlechtes Gewissen – er leistete mehr unbezahlte Überstunden als sonst jemand im Haus und hatte dabei nie so genau auf die Uhr geschaut.

Mit einem Blick auf den bedrückten, hageren Mann ihm gegenüber am Tisch wurde ihm klar, dass der Distriktleiter noch mehr auf dem Herzen hatte. Hat man jahrelang zusammengearbeitet, sind die Zeichen meist leicht zu deuten.

Helge Boström sagte: »Mir macht noch etwas anderes zu schaffen.«

Na bitte.

»Es ist wegen Ethel.«

Das habe ich geahnt.

»An sich ist es ja nur eine Bagatelle, aber sie hat jedenfalls ein Schild über dem Klo in unserem Badezimmer angebracht.«

Worauf will er jetzt hinaus?

»An dem Schild ist nichts auszusetzen, im Gegenteil, es sieht sogar ziemlich elegant aus, mit goldenem Text und Rahmen vor schwarzem Hintergrund. Ethel hat es auf einem Flohmarkt entdeckt und hält es für einen genialen Fund. Das Ding hat nur fünf Kronen gekostet. Ich würde liebend gern fünfhundert bezahlen, nur um es loszuwerden.«

»Und wo ist der Haken?«

»Das, was draufsteht, mein lieber Wall. Das macht mir Sorgen.«

»Und was ist das?«

»Es ist auf Englisch.«

»Rück einfach raus damit.«

»Das verdammte Schild hängt direkt überm Klo.«

»Das hast du bereits erwähnt.«

»Und jeder, der draufgeht, sieht es natürlich.«

»Helge!«

»Also, da steht: *Please don't put anything into this toilet unless you have eaten it first.*«

Wall musste sich beherrschen, um nicht laut loszulachen.

»Was hältst du davon?«, fragte Boström neugierig.

»So schlimm ist das doch wohl nicht.«

»Es ist vulgär. Grob.«

»Dann müsste man es doch bloß abhängen? Wo ist das Problem?«

»Ethel ist das Problem. Sie ist so stolz auf das Schild, findet den Text raffiniert, bildet sich ein, ich würde ihre Begeisterung teilen. Manchmal hat sie so einen merkwürdigen Humor. Und ich will ihr nicht auf die Füße treten, indem ich ihr ins Gesicht sage, was ich von dem Schild halte.«

»Ich bin mir ganz sicher ...«

Boström fiel ihm ins Wort: »Das ist noch nicht das ganze Problem. Den albernen Spruch hätte ich schon noch ertragen können, wäre womöglich sogar so weit gegangen, einen gewissen verschrobenen Witz darin zu erkennen, aber nun kriegen wir am Samstag Besuch. Erstens kann ich Einladungen überhaupt nicht ausstehen, bei uns genauso wenig wie bei anderen Leuten, das weißt du ja. Und zweitens kommt diesmal ein ausgesprochen humorloses Ehepaar. Besonders der Mann ist fürchterlich hölzern.«

»Warum ladet ihr sie dann ein?«

»Weil die Leute vom Rotary-Club das verlangen. Er ist nämlich Präsident, und da ich als sein Nachfolger gehandelt werde, ist es ein Muss, dass wir ihn und seine Frau einladen. Ich habe versucht, das Ganze abzubiegen, aber Ethel ... na ja, du weißt, wie unvernünftig sie sein kann, wenn sie sich was in den Kopf gesetzt hat.«

»Vielleicht kann er ja kein Englisch?«, schlug Wall vor, immer noch im Kampf mit anbrandenden Lachattacken.

»Er ist Rotarier«, sagte Boström und starrte finster vor sich hin.

Die Zeit verstrich, und Wall musste sich zusammenreißen, um nicht nach der Uhr zu schielen.

»Ach, das geht schon in Ordnung«, versuchte er es. »Ein bisschen Humor wird er doch wohl trotzdem haben?«

»Eben nicht. Er ist der größte Langweiler unter der Sonne. Konventionell wie noch was. Knochentrocken. Ganz anders als die anderen Clubmitglieder.«

»Aber habt ihr kein Gäste-WC?«

»Wegen Reparatur geschlossen. Wie es der Zufall so will.«

Wall probierte einen anderen Ansatz: »Vielleicht hat er ja eine mächtig große Blase? Zum Ausgleich für andere Defizite?«

»Ach was. Der hat's an der Prostata und muss andauernd. Er steht keine Rotary-Versammlung durch, ohne auszutreten. Im Lauf des Abends wird er dieses geschmacklose Schild mindestens achtmal lesen.«

»Aber warum hängst du es dann nicht einfach an dem einen Abend ab? Wenn die Gäste weg sind, machst du es halt wieder dran. Ethel merkt es vielleicht gar nicht.«

»Ethel! Die hat Adleraugen, der entgeht nichts.«

Wall zuckte resigniert mit den Schultern. Er hatte getan, was er konnte. Boström lamentierte unbeirrt weiter: »Zu allem Überfluss ist er auch noch wählerisch mit dem Essen. Was der alles nicht verträgt …«

Rasche, hallende Schritte näherten sich, und die beiden Polizisten drehten sich um.

Terje Andersson, einer der jüngeren Kommissare, kam auf sie zugelaufen, und Boström und Wall merkten sofort, dass etwas Ungewöhnliches geschehen war. Andersson war die Aufregung schon von weitem anzumerken. Außer Atem nach dem Spurt durch die Cafeteria, trat er an ihren Tisch.

Boström drückte die Zigarette aus, während Wall aufstand.

»Und?«

Nach Luft ringend, quetschte Terje seine Nachricht hervor.

Die anderen beiden lagen richtig.

Es *war* etwas geschehen.

8 Sten Wall war noch nicht am Fundort angekommen.

Während er im Hinterhof stehen blieb, klang ihm Terje Anderssons Stimme in den Ohren, wie er hervorhaspelte: »Es ist was passiert. Ein Mann erschlagen oben im Norden, offenbar ein Priester. Vor nicht mal zwei Minuten hat es jemand gemeldet. Dalman und die Techniker sind schon unterwegs. Modigh wird gerade verständigt. Offenbar wurde der Mann grausam zugerichtet. Schädel eingeschlagen. Ausgerechnet ein Priester!«

Mit dem Gefühl, sich mental wappnen zu müssen, atmete Wall die klare Herbstluft ein. Noch eine Minute sammeln. Obwohl er seit vielen Jahren in dem Beruf war, Jahre, in denen er genug Makabres erlebt hatte, konnte er sich den Ekel, den heftigen Widerwillen beim Anblick eines Menschen, dem Leben und Würde geraubt waren, nicht abgewöhnen.

Er wusste, er würde nie so abgehärtet sein, dass ihm das nicht mehr unter die Haut ginge. Ein wahrer Profi bleibt kühl und gelassen und lässt sich nicht von seinen Gefühlen beeinflussen. Das hatte er frühzeitig lernen müssen, aber ihm fiel es schwer, das persönliche Engagement in seinen Fällen außen vor zu lassen.

Von Jahr zu Jahr nahm seine Wut über die verantwortungslose Auslöschung von Menschenleben zu, mit jedem neuen Tatort, bei jeder neuen Begegnung mit gebrochenen, verzweifelten Angehörigen von Opfern sinnloser Gewalt.

In diesem Beruf braucht man immer mehr Selbstüberwindung, dachte er, während er mit einem Schritt nach rechts aus dem Schatten in die Sonne trat. Im Grunde ist man ein Fakir, der sich freiwillig diesen Höllenqualen aussetzt. Wäre er nicht so alt, hätte er den Beruf gewechselt. Hätte er im Übrigen schon längst machen sollen.

Doch das war natürlich eine glatte Lüge. Das wusste er. Er hätte sich nie überwinden können, einen anderen Beruf auszuüben. Dies hier war seine Berufung – das klang vielleicht etwas pathetisch, aber so war es nun mal.

Er wusste auch, dass es besser wurde, wenn der erste, schlimmste Schock nachließ. So war es immer, und das war ein kleiner Trost.

Er gab sich einen Ruck.

»Der da drüben hat also Bravander entdeckt?«, fragte er und nickte in Richtung eines kräftigen Mannes, der etwas weiter weg an einer Wand lehnte und dumpf vor sich hin starrte.

»Ja, er heißt Konrad Mattsson«, sagte Carl-Henrik Dalman. »Er ist so etwas wie der Kassenwart und verantwortlich für die Finanzen bei den Gottesboten, der einzige fest Angestellte der Gemeinde, jetzt, wo der Prediger nicht mehr am Leben ist.«

Dalman war ein erfahrener Kriminalbeamter, dessen Gerechtigkeitssinn nie angezweifelt wurde, nicht einmal von seinen vielen Feinden. Aber er war ein intoleranter Moralapostel, dem Takt, Toleranz, Verständnis und psychologisches Einfühlungsvermögen völlig abgingen.

»Bravanders Frau hat ihn also angerufen?«

»Ja, Nancy«, bestätigte Dalman. »Ihr Mann brach gestern Abend gegen halb zehn von zu Hause auf, hierher ins Gemeindezentrum.«

»Halb zehn? So spät?«

»Nach Mattssons Worten, ja. Jedenfalls wurde er heute Morgen aufgeschreckt, als Nancy merkte, dass das Bett ihres Mannes leer war. Also war er nachts nicht zu Hause gewesen, und da machte sie sich natürlich Sorgen. Er wäre nie weg geblieben, ohne ihr Bescheid zu sagen. Daher rief sie in ihrer Panik Mattsson an und bat ihn, sofort hinzufahren und nachzusehen.«

»Konnte sie das nicht selbst?«

»Sie ist wohl krank. Körperbehindert, wenn ich es richtig verstanden habe. Sitzt jedenfalls im Rollstuhl.«

Wall unterdrückte ein Seufzen. Er spürte, dass sie vor einem schwierigen, heiklen Fall standen, in dem es allerlei Rücksichten zu nehmen gab. Wo war nach dem Motiv einer solchen Tat zu suchen? Ein ermordeter Priester mit körperbehinderter Ehefrau – die Schwierigkeiten bei den Ermittlungen waren förmlich abzusehen.

»Verstehe«, sagte er. »Aber warum hat sie sich erst heute Morgen gemeldet? Warum hat sie nicht schon gestern Abend bei Mattsson angerufen, als ihr Mann nicht nach Hause kam?«

»Sie hatte eine Schlaftablette genommen.«

»Ah, ich verstehe.«

»Sie rief, wie gesagt, Mattsson an, und als der hier eintraf ...«

»... entdeckte er Bravander drinnen auf dem Fußboden«, ergänzte der Kommissar. »Wie geht es der armen Frau denn? Kümmert sich jemand um sie?«

»Ja. Konrad Mattsson hat sich der Sache angenommen. Seine Frau ist gleich zu ihr gefahren, die beiden sind wohl seit langem gut befreundet. Mattsson selbst hat das Krankenhaus angerufen. Ein Arzt oder Psychologe ist zu ihr unterwegs. Vielleicht sogar schon da.«

»Offenbar sehr besorgt, dieser Mattsson«, stellte Wall fest.

»Außerdem beherrscht. Hat die Tragödie anscheinend sehr gefasst aufgenommen«, meinte Dalman.

»Was hattest du erwartet?«

»Vielleicht das übliche religiöse Gewäsch. Worte, Worte, Worte. Gefolgt von noch mehr Worten, Worten, Worten. Darum geht es doch bei der ganzen Frömmelei: Worte, nichts als Worte.«

»Wie auch immer, wir sollten uns wohl langsam in Bewegung setzen. Kommst du mit rein?«, fragte Wall.

Der Gerichtsmediziner Bert-Orvar Modigh war erst vor kurzem zusammen mit zwei Männern von der Spurensuche eingetroffen. Vor ihnen lag ein langwieriges Stück Arbeit, die reinste Geduldsprobe, denn sie würden die Umgebung noch ein paar Tage lang durchkämmen müssen.

Wall hatte sich noch nicht überwinden können, zu der Leiche hinüberzuschauen, die ein Stück entfernt zusammengekrümmt in der Abstellkammer lag. Doch nun nahm er allen Mut zusammen und richtete den Blick auf den Boden. Er zwang seine Augen, bei dem furchtbaren Anblick zu verweilen, obwohl er spürte, wie ihn die bekannte Übelkeit packte und sein Magen revoltierte. Der Leichengeruch machte es nicht besser, auch wenn es bei weitem nicht der schlimmste Gestank war, den Wall erlebt hatte.

Was ihm zuerst ins Auge sprang – und sich seinem Gedächtnis noch lange einprägen sollte –, war der ungeschützte kahle Schädel, der aussah wie von einer erstarrten klebrigen Blutschicht überzogen.

Wall überlief es kalt, als er sich die grässliche Szene vorstellte: die auf die nackte Haut einprasselnden Schläge, die Waffe, die durch die Haut bis zum Hirn eindrang, wie in einem Albtraum, immer und immer wieder. Der Schädel des Opfers wirkte zerbrechlich wie eine Eierschale; die fehlenden Haare machten ihn so besonders verletzlich.

Der Gerichtsmediziner hockte neben dem Leichnam, zu diesem Zeitpunkt sorgsam darauf bedacht, nichts anzufassen. Am nächsten Morgen würde die Obduktion hoffentlich einige klare Befunde ergeben. Jetzt begnügte er sich damit, die Position des Leichnams zu überprüfen und ihn in Augenschein zu nehmen.

Modigh nickte Wall zu – die beiden kannten sich seit über dreißig Jahren.

»Der Schädel ist eingeschlagen. An mehreren Stellen perforiert«, sagte der kleine Mediziner.

»Womit?«

»Weiß nicht. Ein scharfer Gegenstand, den Verletzungen nach zu urteilen.«

»Wie viele Schläge?«

»Lässt sich noch nicht sagen. Überall geronnenes Blut. Vielleicht vierzehn, fünfzehn. Ich muss das erst abspülen, um die Löcher zählen zu können. Das war ja das reinste Gemetzel.«

Der Kommissar wandte sich an den nächststehenden Mann von der Spurensicherung.

»Habt ihr die Mordwaffe gefunden?«

»Meine Güte, wir sind doch eben erst eingetroffen!«

»War ja nur eine Frage.«

Wall sah ein, dass es momentan im Gemeindezentrum nicht viel für ihn zu tun gab. Deshalb kehrte er ins Präsidium zurück, um in aller Eile alle anwesenden Fahnder zusammenzutrommeln. Dalman blieb am Tatort zurück, um sich noch einmal mit Konrad Mattsson zu unterhalten.

Die Zuständigkeiten wurden verteilt. Jeder bekam eine Aufgabe zugeteilt, und auf einer Konferenz später am Tag sollten die Einzelinformationen zusammengetragen und abgeglichen werden. Wall selbst übernahm den Besuch bei Agne Bravanders Witwe. Alles musste schnell geschehen. Jede Minute zählte.

Er wollte gerade los, als das Telefon klingelte.

Carl-Henrik Dalmans volltönende, dunkle Stimme klang außergewöhnlich aufgeregt: »Wir haben die Mordwaffe gefunden. Da gibt es praktisch keinen Zweifel.«

»Wo habt ihr sie gefunden?«

»Kaum zu glauben: in der Mülltonne hinter dem Gemeindezentrum! Seltsame Wahl des Verstecks. Dort sieht man doch zuallererst nach. Aber das ist noch lange nicht das Allerseltsamste. Du rätst nie, was diesem Pfaffen den Garaus gemacht hat.«

»Wenn ich es nicht erraten kann, erzählst du es mir wohl besser.«

»Ein roter Damenschuh. Mit nadelspitzem Stilettoabsatz.«

9

Das Gemeindezentrum war für die Öffentlichkeit gesperrt. Das ganze Grundstück war mit rotweiß gestreiften Plastikbändern abgetrennt, die eine deutliche Sprache sprachen: Halt – bis hierher und nicht weiter!

Schilder informierten darüber, dass die GOTTESBOTEN

bis auf weiteres geschlossen waren, ohne den Grund dafür anzugeben.

Natürlich hatte sich trotzdem das übliche Hyänenrudel versammelt, angelockt von der scharfen Witterung von Blut und Gerüchten. Ein paar Neugierige spielten sich ungeniert auf, standen breitbeinig vor der Haustür, zeigten auf dieses und jenes und wussten alles besser. Andere zogen aus taktischen Gründen ein eher unauffälliges Verhalten vor. Abwartend hielten sie sich im Hintergrund und murmelten hinter vorgehaltener Hand ihre Theorien.

Die Techniker von der Spurensicherung grummelten, weil sie nur zu zweit am Tatort waren.

»Eigentlich bräuchten wir noch zwei«, sagte der eine, »bei so einem Verbrechen.«

»Aber da wir offensichtlich keine Verstärkung kriegen«, stellte der andere fest, »können wir wenigstens ungestört arbeiten. Modigh konnte sich nicht durchsetzen, aber Wall hat erkannt, worauf es zu diesem Zeitpunkt ankommt. Jetzt haben wir wenigstens unsere Ruhe, ohne dass uns andere Leute zwischen den Beinen rumlaufen. Das ist nun wirklich das Mindeste, wo wir zu zweit die Arbeit von vier machen.«

Carl-Henrik Dalman hatte Konrad Mattsson schleunigst in das Gemeinschaftszimmer am anderen Ende des Hauses geleitet.

Der Inspektor ging ein paar Schritt hinter dem schwerfälligen Kassenwart und stellte fest, dass dieser deutlich ausgeprägte O-Beine hatte, was ihm zuvor noch nicht aufgefallen war.

Mattsson bot ihm eine Tasse Kaffee an, aber Dalman schüttelte den Kopf; seine grau melierten Haare waren so gut frisiert wie immer.

»Na dann«, sagte Mattsson und setzte sich an einen Tisch, »bringen wir es also so schnell wie möglich hinter uns. Am liebsten in null Komma nichts. Wir haben alles schon lang und breit durchgekaut, und jetzt will ich hier weg. Sie verstehen hoffentlich, dass ich an so einem Trauertag viel zu tun habe. Ich muss mich um tausend Dinge kümmern, praktische Sachen, weltliche Angelegenheiten. Und außerdem muss ich zu Nancy Bravander fahren, um ihr mein Beileid auszusprechen und sie meiner vollen Unterstützung zu versichern.«

Der Polizist nickte.

»Das sehe ich alles ein, aber die Ermittlungen in einem Mordfall müssen ...«

»Ja, ja«, Mattsson wedelte gereizt mit seinen knotigen Fingern, »schießen Sie einfach los.«

»Machte Bravander in letzter Zeit den Eindruck, dass er sich bedroht fühlte?«

Sah er da nicht ein kurzes Zögern? Mit gespannter Aufmerksamkeit beobachtete Dalman sein Gegenüber, während er auf die Antwort wartete.

»Nein«, hörte er schließlich, »mir ist nichts dergleichen aufgefallen.«

»Er wirkte also völlig normal?«

»Soweit ich das beurteilen kann, ja.«

»Wissen Sie, ob er irgendwelche Feinde hatte?«

»Agne Bravander war der anständigste Mann, dem ich je begegnet bin.«

»Ich habe gefragt, ob er Feinde hatte.«

»Und ich verbitte mir ab jetzt eine solche Arroganz, sonst ist das Gespräch hiermit beendet. Vergessen Sie nicht, wo wir sind! Dies ist das Haus des Herrn.«

Dalman lenkte ein: »Verzeihung, das sollte keine Kritik sein. Aber wie ist es damit? Könnte es jemanden geben, der ihn hasst?«

»Nein. Er wurde von allen geliebt.«

»Das kann nicht *ganz* stimmen«, betonte Dalman. »Sonst läge er nicht mit eingeschlagenem Schädel draußen in der kalten Abstellkammer.«

Konrad Mattsson war schon halb vom Tisch aufgestanden, setzte sich dann aber doch wieder hin. Mit zusammengekniffenen Lippen und Zornesfalten auf der Stirn stierte er den Inspektor an.

»Und?« Dalman gestikulierte mit beiden Händen. »Wie steht's? Ihnen muss doch genauso viel wie mir daran gelegen sein, den zu erwischen, der das auf dem Gewissen hat?«

»Es kann natürlich sein, dass er mit jemandem aneinander gerasselt ist«, gab Mattsson nach. »Jemand in seiner Position … mit so einem Gerechtigkeitssinn. Natürlich kann er jemandes Aversionen auf sich gezogen haben. Das lässt sich wohl kaum ausschließen.«

»Würden Sie das bitte präzisieren?«

»Beispielsweise kümmerte Bruder Agne sich persönlich um die Betreuung schwer misshandelter Frauen, armer Frauen, die in ihren eigenen vier Wänden Opfer von Gewalt wurden. So etwas geschah natürlich nicht in Gemeindekreisen. Bei uns Gottesboten kommt eine so rohe und brutale Gewalt zum Glück nicht vor. Vergehen an Wehrlosen sind für uns ein absolutes Tabu.«

»Besuchte Bravander die Opfer persönlich?«

»Ja. Und ihre Peiniger. Er versuchte, ihnen ins Gewissen zu reden.«

»Gelang ihm das?«

»Ich glaube schon. Jedenfalls manchmal. Er konnte andere Leute ganz wunderbar zum Zuhören bringen, und selbst primitive Geister haben manchmal ein Einsehen. Wie gesagt, das tat er aus eigener Initiative, aber natürlich mit der Zustimmung der Gottesboten. Aber …«

Jetzt horchte Dalman auf.

»Aber das ist jetzt ziemlich lange her«, fuhr Mattsson nach kurzer Pause fort. »Drei Jahre mindestens. Damals hörte er auf, denn er schaffte es einfach nicht mehr. Bei den Gottesboten wurde seine Arbeitslast immer schwerer, und auf seine Frau musste er ja auch Rücksichten nehmen. Ich habe ohnehin den Verdacht, dass Nancy ihn überredete, mit diesen riskanten Hausbesuchen aufzuhören. Sie befürchtete wohl, dass ihm etwas zustieße, wenn er so weitermachte. Wenn sie ihn um etwas bat, hörte er auf sie. So war es in allem. Ich kann mir also nicht vorstellen, dass in diesem Umfeld etwas für Sie zu holen ist.«

»Vielleicht nicht.«

»Gesetzt den Fall, irgendein Rohling hätte sich so über Bruder Agne geärgert, dass er beschlossen hätte, es ihm heimzuzahlen. Dann wäre das doch schon längst geschehen, oder?«

»Da ist zwar was dran, aber wir werden der Sache trotzdem nachgehen. Sonst noch was?«

Der Angesprochene biss sich auf seine fleischige Unterlippe. Er ließ sich so viel Zeit mit der Antwort, dass Dalman ausgesprochen ungeduldig wurde. Der Inspektor musste sich beherrschen, um den anderen nicht anzufahren. Ihm war klar, dass er es sich nicht leisten konnte, Mattsson zu verärgern. Das hätte den Gesprächsverlauf ernsthaft gefährdet.

Endlich machte Mattsson den Mund auf: »Da wären noch diese Ausschlüsse.«

»Ausschlüsse?«

»Unsere Gemeinde ist offen für alle mit dem rechten Glauben und der richtigen Einstellung. Wir wollen keinen von der Gemeinschaft ausschließen. Das würde alles abwerten, wofür das Christentum steht und wonach es strebt. Aber manchmal lassen sich Situationen nicht vermeiden, in denen wir die Heilige Schrift wörtlich nehmen und die Folgen daraus tragen müssen. Wir Gottesboten sind nicht isoliert von der übrigen Gesellschaft. Auch wir müssen uns an Gesetze, Regeln und Verordnungen halten. Und deshalb sah sich der Rat in der Zeit, in der die Gemeinde in dieser Gegend wirksam war, zu zwei Ausschlüssen gezwungen. Bedauerlich, ja geradezu tragisch, aber unvermeidbar.«

»Was genau ist der Rat?«

»Eine Art übergeordnetes Gremium, darum bemüht, den Willen des Höchsten geschehen zu lassen, immer zum Nutzen der Gemeinde.«

»Wie viele sind Sie im Rat?«

»Vier. Das heißt, jetzt sind wir nur noch drei, seit …«

Er unterbrach sich mitten im Satz.

»Auf den Rat kommen wir noch zurück«, sagte Dalman. »Jetzt erzählen Sie mal, wie das war mit diesen Ausschlüssen.«

»Zwei nacheinander«, sagte Mattsson, der mit seinen feuchten Glupschaugen aussah wie ein Cockerspaniel. »Man stelle sich vor! Da kommen die Gottesboten jahrzehntelang um ein so unliebsames Verfahren herum, und dann sehen wir uns dazu gezwungen, zweimal kurz nacheinander pflichtbewusste und anständige Mitglieder vor die Tür zu setzen. Im Abstand von wenigen Monaten. Zu betrüblich ist das.«

»Wenn ich es recht verstehe, müssen die Rausgeschmissenen …«

»Diesen Ausdruck verwenden wir nicht.«

»Warum nicht?«

»Wir führen keine so nachlässige Sprache im Mund. Sie wurden ausgeschlossen, nicht ›rausgeschmissen‹.«

»Wie auch immer«, erwiderte Dalman, »sie gehören jedenfalls nicht mehr der Gemeinde an, obwohl sie pflichtbewusst und anständig waren. Und da kann man sich ja fragen, was eigentlich vorgefallen ist.«

»Zuerst ging es um die Samuelssons. Torgny und Laura. In dem Fall lagen die Dinge glasklar auf der Hand. Wir konnten sie nicht behalten, weil sie bei ihrem kranken Sohn eine Bluttransfusion zuließen.«

»Das war der Grund?«

»Nach unserem Glauben darf man sich unter gar keinen Umständen mit den Organen oder dem Blut eines anderen Menschen vermischen.«

»Nicht einmal, um Leben zu retten?«

Mattsson antwortete nicht.

»Nicht einmal, um Leben zu retten?«, wiederholte Dalman scharf. »Warum nicht das ärztliche Können, die vorhandenen wissenschaftlichen Erkenntnisse nützen?«

»Trampeln Sie nicht auf unseren Überzeugungen herum. So sind nun mal unsere Normen, unsere Ansichten, das müssen Sie respektieren, ob Sie wollen oder nicht.«

»Was wurde aus dem Sohn?«

»Er starb. Leider. Wir litten mit ihm während der kurzen schweren Krankheit, wir litten mit seinen Eltern, aber wir konnten nichts machen. Alles lag in den Händen einer höheren Macht, darauf hatten unsere Bitten keinen Einfluss.«

»Wie alt war er?«

»Acht oder neun.«

»Und wann ist es passiert?«

»Irgendwann im Frühsommer, meine ich. Im Juni. Ich kann den genauen Tag feststellen, wenn Sie wollen.«

»Danke, später. Die Eltern wurden also ausgeschlossen, als der Junge verstarb?«

»Einige Wochen zuvor. Sowie die Bluttransfusion genehmigt war, wurden sie automatisch aus dem Mitgliederverzeichnis ausgetragen.«

»Wie nahmen sie den Ausschluss auf?«

»Beide waren sich darüber im Klaren, was passieren würde.«

»Was machen sie jetzt?«

Konrad Mattsson bedrückte das Thema sichtlich. Er wand sich. Das große, glänzende, babyglatte Gesicht nahm einen etwas röteren Farbton an.

»Ich glaube, sie leben getrennt und in Scheidung. Torgny Samuelsson ist noch hier in der Stadt, ich habe ihn gestern erst gesehen. Er grüßte mich nicht, sondern sah stur geradeaus, als ob ich Luft wäre. Seine Frau, oder besser seine Ex-Frau, ist im Sommer in den Norden gezogen. Wohin genau, weiß ich nicht, aber das lässt sich ja leicht feststellen.«

»Hat der Rat ihren Ausschluss betrieben?«

»Muss ich das wirklich noch einmal durchkauen? Die Samuelssons haben sich selbst ausgeschlossen, indem sie die Bluttransfusion zuließen, die doch nicht half. Der Ratsbeschluss war eine reine Formsache. Bruder Agne wollte, weich wie er war, Gnade vor Recht ergehen lassen, doch er konnte uns andere nicht umstimmen. Wir waren gezwungen, Torgny und Laura auszuschließen, so ungern wir eine so drastische Maßnahme auch durchführen. Alles andere wäre ein« – er suchte nach dem Wort – »Dienstvergehen gewesen.«

»Wurde darüber abgestimmt? Ich meine, weil Bravander das Ehepaar doch behalten wollte.«

»Es wurde abgestimmt. Die Ratsmitglieder haben je eine Stimme. Das Ergebnis lautete also drei zu eins für den Ausschluss.«

»Was passiert bei einem Ergebnis zwei zu zwei?«

»Die Stimme des Pastors gibt den Ausschlag.«

»Und wie verhielt es sich in dem zweiten Fall?«

Mattsson räusperte sich verlegen. Eine Weile ähnelte er einem auf frischer Tat ertappten Teenager.

Ein Chamäleon, dachte Dalman. Erst ein Cockerspaniel, dann ein Teenager. Hatte er noch mehr Verkleidungen auf Lager?«

»Und?«

»Es ging um Homosexualität«, sagte er leise.

Das Unbehagen kroch dem heterosexuellen Dalman das Rückgrat hoch. Seine Aversion gegen Homosexualität war allgemein bekannt und tief verwurzelt. Ihm fehlte jegliche Toleranz gegenüber dem, was er offen als »krankhafte Perversion« bezeichnete. Fast alle Kollegen im Polizeipräsidium verurteilten seine unversöhnliche Einstellung.

Er konnte sich nicht zurückhalten: »Gibt es solchen Unfug etwa auch in Ihren Kreisen? Und das lassen Sie zu? Streben Sie denn nicht nach Reinheit?«

Mattsson platzte der Kragen, und sein Gesicht wurde noch eine Spur röter.

»Sie sollten sich was schämen«, polterte er los. »Behalten Sie Ihre Arroganz und Ihre Vorurteile für sich. Wir Gottesboten würden uns nie zu so intoleranten Formulierungen hinreißen lassen. Kein Mensch soll für seine Gefühle oder Triebe verurteilt werden. Niemand darf verfolgt werden, wie abweichend und abstoßend uns seine Neigung auch erscheinen mag.«

»Erzählen Sie, was geschehen ist, anstatt mir Moralpredigten zu halten«, verlangte Dalman angriffslustig.

»Eines unserer Mitglieder wollte eine Ehe mit seinem ... Freund schließen. In unserer Gemeinde. Wollte sich von Agne Bravander trauen lassen.«

»Aber Sie besaßen so viel Anstand, das abzuwenden?«

»Nennen Sie es wie Sie wollen, aber wir haben selbstverständlich abgelehnt. Der Rat war sich einig. Wir können nicht zur Schließung eines unheiliges Bundes beitragen. Das verstößt gegen die Naturgesetze, gegen den Glauben und die Religion, der wir uns verschrieben haben. Doch wie ich vorhin schon sagte, tolerieren wir deswegen noch lange nicht jegliche Verfolgung von Gruppen mit abweichenden Verhaltensweisen oder Bedürfnissen.«

Beim letzten Satz warf er Dalman finstere Blicke zu, die dieser unbekümmert erwiderte.

»Aha«, sagte der Kommissar. »Und wie heißt unser Knäblein?«

»Unser Knäblein, wie Sie ihn so abschätzig nennen, heißt Steve Larsson, ist siebenundzwanzig und ungefähr einen halben Kopf größer als Sie. Sein Urgroßvater war Mitbegründer der Gottesboten in diesem Bezirk, sein Vater ein engagiertes, zuverlässiges Mitglied, das in den siebziger Jahren sogar für den Rat nominiert wurde, und Steve selbst hat die Gemeinde immer nach Kräften unterstützt. Niemand hatte irgendetwas gegen ihn vorzubringen.«

»Aber ausgeschlossen wurde er trotzdem?«

»Nur weil er sich weigerte, unseren Beschluss zu akzeptieren. Er verlangte, dass Bravander ihn mit diesem anderen Mann traute. Und er ließ nicht mit sich reden. Es ging hart auf hart, und da blieb uns nichts anderes übrig. Er musste gehen.«

»Also ging er. Und wohin?«

»Das weiß ich nicht. Das war erst vor ganz kurzem.«

»Wer überbrachte ihm die Nachricht von seinem Ausschluss?«

»Bravander persönlich.«

»Und wie nahm Larsson das auf?«

»Laut Bruder Agne war er sehr aufgebracht und furchtbar enttäuscht. Aber es war ja nichts anderes zu erwarten. Man kann sich seine Ohnmacht und Verzweiflung leicht vorstellen. Er wollte natürlich bei den Gottesboten bleiben, und wenn er sich nicht auf diese Eheschließung versteift hätte, wäre das ja auch kein Problem gewesen. Dann hätte er Mitglied bleiben können.«

»Wer ist sein Freund?«

»Jemand aus dem Norden, Martin sowieso, seinen Nachnamen habe ich vergessen.«

»Wurde die Ehe woanders geschlossen?«

»Das kann ich mir nicht vorstellen.«

»Den müssen wir uns vorknöpfen«, murmelte Dalman ebenso an sich selbst wie an den Kassenwart gerichtet.

»Jetzt muss ich aber wirklich los«, sagte Mattsson. »Länger kann ich nicht bleiben. Das verstehen Sie sicher.«

»Nur noch ein paar kurze Fragen. Erzählen Sie bitte vom Rat. Wie setzt er sich zusammen?«

Auf sichererem Terrain gab sich Mattsson kooperativer als zuvor. Hier kannte er sich aus wie in seiner Westentasche – keine Fußangeln auf diesem Gebiet.

»Wir sind zu viert«, begann er, »und das war schon immer so. Ratsmitglied zu werden ist die größte Gunst, die einem als Gottesbote widerfahren kann, ein Privileg, das verpflichtet. Zwei stehen immer von vornherein fest, nämlich der vorsitzende Pastor und derjenige, der die Finanzen verwaltet, der Kassenwart. Also ich. Die anderen beiden werden von der Gemeinde gewählt, auf Vorschlag der Mitglieder.«

»Wie lange dauert so eine Amtszeit?«

»Pastor und Kassenwart sind, wie gesagt, feste Größen, die anderen beiden werden jeweils für zwei Jahre gewählt, und zwar zeitlich versetzt, um die Kontinuität zu sichern.«

»Bravander war also Wortführer, aber welche anderen ...«

Mattsson unterbrach ihn:

»Wir nannten ihn nicht Wortführer. Wie Sie sicher begreifen werden, ist unser Wortführer nicht von irdischer Gestalt.«

»Ja ja, und wer sind nun die anderen beiden im Rat?«

»Gillis Edh und Ingmar Alvin. Vertrauenswürdige Männer. In jeder Hinsicht untadelig.«

»Wie alt?«

»Beide Mitte vierzig. Alvin ein paar Jahre älter als Edh.«

»Verheiratet?«

»Alvin. Seine Frau ist übrigens sehr viel jünger als er. Edh ist Junggeselle, war aber früher einmal verlobt.«

»Was machen sie beruflich?«

»Edh ist Aufseher im Distriktsmuseum, Alvin betreibt mit seiner Frau eine kleine Druckerei.«

»War schon einmal eine Frau Ratsmitglied?«

»Nie.«

»Wurde je eine vorgeschlagen?«

»Nein.«

»Aha. Die Frage klingt zu diesem Zeitpunkt vielleicht taktlos, aber wer wird Bravanders Nachfolger als Wort... als Pastor?«

»Es ist noch viel zu früh, um sich dazu zu äußern. Du lieber Himmel! Vor noch nicht einmal zwei Stunden haben wir erst von dem furchtbaren Ereignis erfahren. Lassen Sie uns

Zeit, uns zu sammeln und die Tragödie zu verarbeiten. Wir haben einen geschätzten Bruder verloren, einen großen Mann, unser aller Vorbild. Fallen Sie nicht so grob und rücksichtslos mit der Tür ins Haus. Versuchen Sie wenigstens einen Funken Anstand und Mitgefühl zu zeigen.«

Von diesem Ausbruch völlig unberührt, stellte Dalman die nächste Frage.

»Ein Ratsmitglied?«

»Wohl kaum«, kam es schroff zurück.

»Warum nicht?«

Mattsson zuckte mit den Schultern.

»Beide sind in bestimmten Fällen zwar schon eingesprungen und haben die Befähigung zum Amt des Pastors, aber Edh hat bereits früher erklärt, dass er keinerlei Ehrgeiz hat, Pastor zu werden. Er ist mit seiner Rolle im Rat zufrieden, fühlt sich damit ausgelastet. Alvin hingegen ... aber ich frage mich, ob er nicht etwas zu scheu und zurückhaltend ist, um so eine Herausforderung anzunehmen. Allein schon die enorme Verantwortung, Pastor in einer so großen Gemeinde zu sein.«

»Wie viele Mitglieder haben Sie?«

»Über sechshundert. Und noch einmal so viele, wenn man unsere zwei Niederlassungen in den Nachbargemeinden mitzählt. Wir sagen Filialen dazu.«

»Und Sie?«

»Was meinen Sie?«

»Könnten Sie sich vorstellen, Bravanders Platz einzunehmen?«

Konrad Mattsson lachte kurz auf.

»Ich? Ich bin kein Verkünder. Ich kümmere mich um all das Profane, das selbst zu einem so sakralen Betrieb wie dem unsrigen nun mal dazugehört. Das heißt in einfachen Worten, dass ich für die Finanzen zuständig bin, die Buchführung mache und Budgetpläne ausarbeite, Spendenkampagnen organisiere, den Kontakt zu Ämtern und Behörden pflege, Rechnungen ausstelle und bezahle – also eine Art fest angestellter Buchhalter.«

»Bezieht sonst noch jemand ein Gehalt?«

»Bravander bekam seine Vollzeitarbeit natürlich bezahlt, aber ansonsten sind wir ganz auf ehrenamtliche und freiwillige Mitarbeit angewiesen. Ohne den aufopferungsvollen Einsatz unserer Mitglieder würden wir nicht existieren. Das habe ich doch bereits in unserem ersten Gespräch erwähnt.«

»Wie war Bravander als Prediger?«

»Glänzend. Ich habe jedenfalls noch nie einen besseren gehört. Er schlug die Zuhörer in seinen Bann, sodass sie andächtig lauschten, ohne in jedem zweiten Satz mit Fegefeuer, Jüngstem Gericht und Sündenfall zu drohen.«

»Dann danke ich Ihnen vielmals, dass Sie mir weitergeholfen haben, und hoffe auf Ihr Verständnis dafür, dass ich notgedrungen auch heikle Themen ansprechen musste. Sie nehmen mir das doch wohl nicht übel?«

Das beantwortete Mattsson mit einer Geste, die alles und nichts bedeuten konnte.

»Wir müssen natürlich wiederkommen«, sagte Dalman, »doch bevor ich für heute Schluss mache, habe ich noch eine kleine Frage.«

»Wenn es schnell geht?«

»Ja. Einiges deutet darauf hin, dass wir die Mordwaffe gefunden haben.«

»Diesen Damenschuh?«

Dalman nickte.

»Genau. Deshalb wüsste ich gern, ob …«

»Absolut nicht.«

»Lassen Sie mich auf den Punkt kommen. Der Stöckelschuh bedeutet womöglich eine Verbindung mit …«

»Ich verstehe Ihre Andeutungen sehr gut.«

»Ich deute gar nichts an«, fauchte Dalman, verärgert über die zweite Unterbrechung. »Ich behaupte auch nichts, sondern lasse nur den Gedanken zu, Bravander *könnte* eine Affäre gehabt haben. So etwas kommt schließlich auch in religiösen Kreisen vor, und soweit ich weiß, war seine Frau seit längerer Zeit krank.«

Mattsson war aufgestanden. Er lehnte sich drohend über den Tisch und sah dem Polizisten direkt in die Augen.

»Lassen Sie mich das ein für alle Mal klarstellen. Agne Bravander hätte nie im Leben seine Frau betrogen. Wenn das nicht so lästerlich wäre, hätte ich mein Leben darauf verwettet. Was auch immer das Motiv dieser abscheulichen Tat sein mag, eines kann ich Ihnen versprechen: Bruder Agne wurde nicht von irgendeinem eifersüchtigen Rivalen ermordet. Und wagen Sie ja nicht, Ihre abnorme Theorie in Nancys Nähe auch nur laut zu denken!«

»Wie erklären Sie sich den Schuh?«

»Wie erklärt man das bestialische Abschlachten eines guten Mannes, der allen wohlgesonnen war? Leben Sie wohl, Herr Inspektor. Sie finden ja wohl den Weg.«

10 Zwei Frauen machten Wall die Tür auf. Die erste – eine unscheinbare kleine Frau mit zurückgekämmten graubraunen Haaren – begrüßte ihn mit schlaffem, feuchtem Händedruck. Sie stellte sich als Viola Mattsson vor. Ihre Augen waren rot, die Stimme kraftlos.

»Ich bin Nancys beste Freundin und muss in dieser schweren Stunde stark sein. Ihr zuliebe. Sie hat genug gelitten. Wir anderen müssen uns unserer Verantwortung stellen und ihr helfen, diese furchtbare, bodenlose Tragödie zu verkraften.«

Der Kommissar nickte verständnisvoll, und die unscheinbare Person vor ihm rang verzweifelt die Hände.

»Wer kann ihr so etwas Böses zugefügt haben?«, klagte sie.

Sie hat *ihr* gesagt, dachte Wall, nicht *ihm*. Viola Mattsson hatte offenbar versucht, das Grauenvolle, das Agne Bravander zugestoßen war, zu verdrängen und ihr ganzes Mitleid stattdessen auf die Witwe übertragen, getrieben von der praktischen Erwägung, dass man sich um die Hinterbliebenen kümmern musste.

Die andere Frau war wesentlich jünger, größer und kräftiger. Sie hatte einen festeren, trockeneren Handschlag.

»Sylvia Hellström«, sagte sie mit einer angenehm tiefen Stimme, die sich auffallend von Viola Mattssons schriller Stimme abhob. »Ich bin Sozialfürsorgerin im Krankenhaus.«

»Wie hat sie es aufgenommen?«

Zur Verwunderung des Polizisten beugte sich Sylvia Hellström vor und flüsterte: »Fast besser als die andere.«

Laut fügte sie hinzu: »Bewundernswert gefasst. Ein starker Charakter. Mir ist das schon länger bekannt, weil wir wegen ihrer Krankheit bereits Kontakt miteinander hatten. Ich glaube, sie kann diesen schweren Schock verkraften, braucht aber natürlich die volle Unterstützung ihrer Umgebung.«

Sie wandte sich an Viola Mattsson, die sich etwas in den Flur zurückgezogen hatte.

»In dieser schweren Stunde braucht sie Freundinnen, wie Sie es sind.«

»Auf mich kann sie sich verlassen.«

Dann richtete sich die Sozialfürsorgerin wieder an Sten Wall.

»Ich habe ihr Valium gegeben und werde morgen wieder nach ihr sehen. Leider muss ich zu einem anderen eiligen Termin, aber im Laufe des Nachmittags kommt eine Krankenpflegerin. Nancys Schwester steigt bald in Södertälje in den Zug und ist gegen Abend da. Und bis dahin bleibt Frau Mattsson hier, das hat sie versprochen.«

Als ihr Name fiel, zuckte Viola Mattsson zusammen.

»Natürlich«, sagte sie. »Ich bleibe hier bei Nancy, so lange sie will.«

Dann reckte sie sich auf die Zehenspitzen und wandte sich über Sylvia Hellströms Schulter hinweg an Wall.

»Kann ich Ihnen eine Tasse Kaffee anbieten?«

Das Angebot rang ihm ein Lächeln ab.

»Danke, aber ich muss leider verzichten. Habe heute schon viel zu viele Tassen getrunken. Wir Polizisten vertragen zwar eine ganze Menge, aber es gibt doch Grenzen.«

Dann erwähnte Wall, dass er mit Nancy Bravander unter vier Augen reden müsste.

»Ich bin in der Küche, wenn was ist«, sagte Viola Mattsson.

»Und ich muss jetzt los«, sagte Sylvia Hellström.

Der Kommissar ließ sich das Wohnzimmer zeigen. Vorsichtig klopfte er an die angelehnte Tür.

»Herein.«

Er gehorchte. Im ersten Moment sah er sie nicht in dem großen Zimmer, dessen eine Wand ein gut gefülltes Bücherregal einnahm. Durch ein von grünen Stores gerahmtes Panoramafenster fiel die Sonne ein.

Doch dann entdeckte er die kleine Gestalt am Tisch, ein paar Meter vom Fernseher entfernt. Sie saß so, dass sie seinem Blick wegen des einfallenden hellen Lichts kurzfristig verborgen geblieben war. Jetzt, als sich seine Augen an die blendende Helligkeit gewöhnt hatten, war sie deutlich sichtbar.

Sie manövrierte ihren Rollstuhl in seine Richtung, ergriff seine ausgestreckte Rechte und drückte sie zwischen ihren knochigen Händen.

»Ich heiße Sten Wall«, sagte er, »Kriminalkommissar. Mein herzliches Beileid.«

»Danke. Würden Sie mir freundlicherweise ein paar Fragen beantworten, bevor wir anfangen?«

Ihr Sprachvermögen war kaum von der Krankheit beeinträchtigt: nur ein leichtes, kaum merkliches Zittern.

»Aber natürlich.«

»Bitten setzen Sie sich doch. Also, ich … wurde mein Mann wirklich ermordet?«

»Leider ja.«

»Es liegt also kein Irrtum vor?«

»So Leid es mir tut, nein.«

»Dann kann man auf kein Wunder von oben hoffen«, stellte sie bitter fest.

Wall schwieg.

»Sagen Sie mir nicht, wie es passiert ist. Ich will es nicht wissen. Jedenfalls noch nicht. Aber ich muss erfahren … hat er sehr gelitten?«

Mit ihrem klaren, intelligenten Blick sah sie ihn unverwandt an, bis er wegschaute.

»Ich weiß es nicht«, sagte er wahrheitsgemäß.

Sofort erfasste er ihren Schmerz und beeilte sich, hinzuzufügen: »Aber ich glaube, nicht.«

Der Schmerz wich nicht aus ihrem Gesicht, und er geriet in Panik.

»Es ging sehr schnell«, sagte er, ohne dass er es genau wusste.

Wie viele Schläge?

Lässt sich noch nicht sagen. Vielleicht vierzehn, fünfzehn.

»Hören Sie, ich muss Ihnen etwas sagen«, bat sie. »Es tut gut, das loszuwerden. Ich begreife beim besten Willen nicht, wer Agne das antun konnte. Einen besseren Mann als ihn gab es nicht. Er war zu allen so hilfsbereit, hätte sich nie einfallen lassen, einem anderen Menschen zu schaden. Er konnte buchstäblich keiner Fliege etwas zuleide tun, Herr Wall. Wenn mich eine Fliege plagte, versuchte er, sie wegzupusten oder fortzuwedeln. Ich glaube, dass alle ihn geliebt haben. Und dann geschieht etwas so Unfassbares!«

Der Inspektor tätschelte ihr vorsichtig die eingefallene Wange.

»Ich habe ganz den Eindruck, dass Ihr Mann ein feiner Mensch war, das wurde mir schon von verschiedenen Seiten bestätigt. Aber jemand muss trotzdem etwas gegen ihn gehabt haben, falls es sich nicht um eine unglückliche Verwechslung handelt.«

»Das bestimmt nicht«, stellte sie mit einer Vehemenz fest, die ihn überraschte.

Walls Gesicht war eine einzige Frage.

»Sie wundern sich, wie ich das so kategorisch behaupten kann. Ich will es Ihnen verraten. Normalerweise fühlte Agne sich sicher. Er war stabil und in seinem Glauben unerschütterlich. Harmonisch. Doch in letzter Zeit war er so verändert. Etwas hat ihn belastet, das merkte man, obwohl er sich große Mühe gab, es vor mir zu verbergen. Es war, als fürchtete er jemanden oder etwas, als rechnete er damit, dass etwas Schreckliches geschehen würde. Und so war es dann ja auch.«

»Redete er über seine Befürchtungen?«

»Natürlich nicht. Ich habe ja gesagt, dass er so tat, als ob alles wie immer wäre. Agne vermied alles, was mich beunruhigt hätte. Aber er war im Innersten erschüttert. Daran bestand kein Zweifel. Eine Frau merkt, wenn etwas mit ihrem Mann nicht stimmt.«

»Können Sie mir ein Beispiel geben?«

»Eigentlich hauptsächlich, dass er sich so anders als sonst verhielt. Er hatte ganz einfach Angst. Versuchte zwar, seine Angst zu überspielen, aber das gelang ihm nicht.«

»Haben Sie das nie angesprochen?«

»Nein, ich habe mitgespielt, weil es ihm sonst noch schlechter gegangen wäre. Nicht auszudenken, wenn er gemerkt hätte, dass ich etwas wusste. Ich habe gehofft, es ginge vorüber, aber …«

»Bekam er einen überraschenden Anruf? Oder einen Brief? Könnte irgendein bestimmtes Ereignis den Wandel in seiner Gemütsverfassung erklären?«

»Ich weiß es nicht, aber heute ist mir klar, dass sein Tod irgendwie auf eine unheimliche Art und Weise damit zusammenhing. Etwas ist mir nämlich eingefallen.«

Wall betrachtete sie aufmerksam. Sie drehte ihre Räder hin und her, bis sie die gewünschte Position erreicht hatte.

»Er spielte immerzu eine alte Einar-Ekberg-Platte.«

»War das etwas Ungewöhnliches?«

»Allerdings. Er hatte den Plattenspieler seit Monaten nicht mehr angerührt, aber in letzter Zeit saß er andauernd vor der Anlage. Vor allem ein bestimmtes Lied hörte er sich immer wieder an. Vielleicht spielte er überhaupt nur das eine? Ich habe gelauscht, bekam aber nicht alles mit. Aber dieses Lied habe ich auf jeden Fall gehört. Mehrmals.«

»Welches?«

»*Danke* von J. A. Hultman und August Storm.«

»Hultman, der Sonnenscheinsänger?«

»Ist er bekannt?«

»Allerdings. Und ich weiß noch, dass dieses Lied anfängt mit ›Danke, für diesen guten Morgen‹.«

Sie nickte.

»Genau. Jede Zeile beginnt mit dem Wort ›Danke‹, wenn mich nicht alles täuscht. Agne hat sich dieses Lied also immer und immer wieder angehört, aber ich habe mich nicht getraut, ihn nach dem Grund zu fragen.«

Sie redeten noch fast eine halbe Stunde weiter. Unter anderem versuchte Wall, ihr wenigstens den Namen eines verdächtigen Feindes ihres Mannes zu entlocken. Aber er erhielt immer nur dieselbe Antwort.

»Ich begreife das nicht, ich habe wirklich geglaubt, alle würden ihn lieben.«

Wall sah ein, dass er bald aufbrechen musste.

»Ich muss los«, sagte er, »aber ich möchte doch noch wissen, wie es Ihnen nun ergehen wird, Frau Bravander. Können Sie hier im Haus wohnen bleiben?«

»Hoffentlich. Wenn nicht, gibt es Alternativen. Meine Schwester, die gerade hierher unterwegs ist, hat mir gleich angeboten, bei ihr zu wohnen. Sie ist auch verwitwet. Aber nach Södertälje möchte ich nicht gerne ziehen. Nicht, dass ich etwas gegen die Stadt hätte; ich möchte nur meiner Schwester nicht zur Last fallen. Mit Stöcken kann ich mich leidlich bewegen, sodass ich mit der Hilfe einer Hauspflegerin vielleicht allein hier im Haus zurechtkomme.«

Sie ließ das Kinn auf die Hemdbluse sinken. Als sie kurz darauf wieder aufschaute, hatte sie Tränen in den Augen.

»Aber ich mache mir doch bloß was vor. Die Wahrheit ist, dass ich ohne tägliche Pflege nicht auskomme. Agne war so … Es gibt ja Tagespflegestellen. Vermutlich ist das auf längere Sicht die beste Lösung. Der Gedanke an ein Pflegeheim ängstigt mich.«

»Eine letzte Frage: Was halten Sie von den Aktivitäten der Gottesboten?«

»Kann ich einer Sache, der sich mein Mann mit Leib und Seele verschrieben hatte, anders als positiv gegenüberstehen? Aber darauf wollten Sie mit Ihrer Frage sicher nicht hinaus, Herr Kommissar.«

Eine phänomenale Frau, dachte Wall. Sie durchschaut mich genauso mühelos, wie sie ihren Mann durchschaut hat.

Er sagte: »Und wie steht es um Ihre eigene religiöse Überzeugung?«

Sie nickte. »Diese Frage habe ich erwartet. Und ich werde sie beantworten. Jetzt, da Agne mich nicht mehr hören kann, wage ich es. Mein Gott hat mich verlassen, als mich die Krankheit befiel und mir die Möglichkeit raubte, meinem Mann in allem eine Ehefrau zu sein. Jetzt hat mich der Allmächtige wieder verlassen. Dieses Mal hat er mich noch viel schlimmer gestraft, und das kann ich ihm nicht verzeihen. Was Agnes Mörder angeht, so würde ich ihn am liebsten … Ich sage jetzt nichts, was ich später bereuen könnte, aber im Moment fällt es mir schwer, an die göttliche Vergebung zu glauben.«

Sten Wall verabschiedete sich und verließ das Haus, um eine wertvolle Erfahrung reicher.

Ein von Tränen verschleierter Blick folgte seinen Schritten durch den Garten bis zum Auto am Straßenrand.

Wenig später rief Nancy Bravander nach ihrer Freundin und bat sie, eine Kleinigkeit für sie in dem drei Häuserblocks entfernten Kiosk zu besorgen. Viola Mattsson tat ihr natürlich den Gefallen und versprach, sich zu beeilen.

»Ach, es hat keine Eile«, versicherte ihr Nancy. »Lass dir Zeit. Nur keine Hektik.«

In Wirklichkeit wollte sie eine Weile allein sein. Ein dringendes Bedürfnis hatte sie erfasst. Sobald die Haustür ins Schloss gefallen war, griff sie zum Handy und wählte eine Nummer.

»Gottes Friede jedem, der anruft. Sie sind zu Hause bei Nancy und Agne Bravander. Leider können wir das Gespräch jetzt nicht entgegennehmen, aber wenn Sie freundlicherweise Name und Telefonnummer hinterlassen, versprechen wir, Sie so bald wie möglich zurückzurufen. Einen richtig schönen Tag noch, danke und auf Wiedersehen.«

Nancy legte auf, wartete kurz und wählte dann erneut.

Das wiederholte sie immer wieder, bis sie durchs Fenster Viola Mattsson um die Ecke biegen und mit einer Plastiktüte in der rechten Hand auf das Haus zukommen sah.

Das musste reichen.

Für diesmal.

11 »Die Pressekonferenz beginnt in einer halben Stunde, wir müssen uns also ranhalten.«

Sten Wall ließ den Blick über das versammelte Grüppchen schweifen.

Außer ihm waren noch vier Polizisten im Raum. Helge Boström, wie immer mit Zigarette, machte sich auf dem einzigen Sessel breit. Daneben hatten sich die Inspektoren, die zu dem inneren Fahndungstrupp gehörten, um den Tisch postiert.

Mit Genugtuung stellte der Kommissar fest, dass alle eine vorbildliche Entschlossenheit ausstrahlten, dass alle von ein und derselben Einstellung beflügelt waren: Dieses empörende Verbrechen musste so rasch wie möglich aufgeklärt werden, koste es, was es wolle.

Auch wenn sich Carl-Henrik Dalman lässig zurücklehnte und mit dem Stuhl wippte, war ihm das Engagement in diesem Fall deutlich anzumerken. Die blauen Augen blickten ungewohnt scharf drein. Keine Spur mehr von der laxen Arroganz, die sich sonst manchmal bei ihm bemerkbar machte.

Der Veteran Jan Carlsson rieb sich immer wieder die eine Wange, während Algot Malmström – zurückgekehrt von einer Sitzung auf dem stillen Örtchen – ausnahmsweise einmal nicht alle anderthalb Minuten an seinem Spitzbart zupfte.

Allen war klar und deutlich ihr Vorhaben ins Gesicht geschrieben: Der Mörder sollte nicht ungestraft mit seinem unverzeihlichen, bestialischen Verbrechen davonkommen. Gewaltverbrechen waren die Leute von der Kripo natürlich gewöhnt – die gehörten notgedrungen zu ihrem Alltag –, und sie waren bemüht, *jeden* Fall zu lösen, mit dem sie es zu tun bekamen – auch wenn ihnen klar war, dass es sich oft genug nur um fromme Wünsche handelte. Doch dieser Fall hatte ein besonderes Gewicht. Ein Mann im Dienste des Guten, ein wahrer Humanist, niedergemetzelt in einem Gotteshaus, den Schädel zertrümmert durch einen allem Anschein nach geplanten Überfall – niemanden mit auch nur dem kleinsten Rest Pflicht- und Anstandsgefühl konnte eine so grauenhafte Tat gleichgültig lassen.

»Können wir die Tat eines Wahnsinnigen ausschließen, begangen in einem Moment geistiger Umnachtung?«

»Ja«, sagte der Kommissar, »auf jeden Fall. Das steht fest. Die Vorgehensweise deutet auf einen geplanten Mord hin. Das geschah nicht im Affekt. Vergesst nicht, was mir seine Frau erzählt hat. Ihr Mann hatte sich in letzter Zeit seltsam verhalten, als fürchtete er, etwas Schlimmes könnte geschehen.«

»Ich stimme Sten zu«, sagte Jan Carlsson. »Agne Bravanders Mörder ging bewusst vor, er verfolgte eine bestimmte Absicht. Aber welche?«

»Wir müssen die Sache komplexer betrachten«, sagte Wall. »Hier haben wir auf der einen Seite einen vertrauenswürdigen, angesehenen Mann, über den seine Umgebung nur Gutes zu berichten weiß. Laut einstimmiger Angaben war Bravander großzügig, rücksichtsvoll und warmherzig. Immer zur Stelle, wenn jemand Hilfe brauchte. Ohne Umschweife.«

»Großzügig, rücksichtsvoll und warmherzig? Stets zur Stelle, wenn Not am Mann war, ohne Umschweife? Ich muss leider sagen, Leute wurden schon aus geringerem Anlass umgebracht.«

Ohne sich um den Einwurf zu kümmern, fuhr Wall fort: »Die Informationen, die wir bisher zusammentragen konnten, deuten darauf hin, dass er im Großen und Ganzen auffallend beliebt war. Aber andererseits ...«

»... wimmelt es anscheinend nur so von Leuten mit möglichen Motiven, ihm zu schaden«, warf der Distriktleiter ein.

»Genau so ist es. Die Gemeinde war gezwungen, das Ehepaar Samuelsson und Steve Larsson aus völlig unterschiedlichen Gründen auszuschließen, und außerdem ließ Agne Bravander sich offenbar auf Auseinandersetzungen mit Rohlingen ein, die sich damit vergnügten, ihre Frauen und Freundinnen zu misshandeln. Passende Motive sind nicht schwer zu finden. Und der Mörder *kann* sich hier irgendwo verstecken, unter den Ausgeschlossenen oder den Schlägertypen, aber ...«

Er verstummte.

»Aber?«

»Das *muss* natürlich nicht so sein«, vervollständigte Wall.

»Es kann auch jemand völlig Außenstehendes sein. Oder auch ein Mitglied der Gottesboten. Vielleicht sogar jemand aus dem mächtigen Rat.«

»Das ist eher unwahrscheinlich«, merkte Dalman skeptisch an. »Jemand aus diesem ehrenwerten Verein sollte ein so barbarisches Verbrechen begehen?«

»Vielleicht nicht. Aber ausschließen können wir gar nichts. Soweit ich weiß, hat keiner der Ratsmitglieder ein Alibi für die Tatzeit, egal, ob Bravander gestern Abend gegen 22 Uhr oder etwas später ermordet wurde. Auf jeden Fall können wir davon ausgehen, dass der Pastor seinem Mörder spätestens gegen Mitternacht begegnet ist, da er sich nie länger als nötig von seiner kranken Frau entfernte. Und er hatte ihr gesagt, er würde zwei, höchstens drei Stunden wegbleiben, als er gegen 21 Uhr 30 aus dem Haus ging. Vielleicht liefert die Obduktion morgen früh ein genaueres Ergebnis, auch wenn wir uns nicht zu große Hoffnungen machen sollten. Und wie ist es dir mit Konrad Mattsson ergangen, CeHa?«

»Kein Alibi«, bestätigte Dalman. »Laut seiner eigenen Aussage saß er zu Hause in Söder im Arbeitszimmer und war im Laufe des Abends mit dem Aufarbeiten von Bürokram beschäftigt. Seine Frau hatte sich früh schlafen gelegt, um ihre Migräne auszukurieren. Sie leidet immer mal wieder unter starken Kopfschmerzen. Daher kann sie seine Aussage nicht bestätigen. Und dann – nun ja, ihr wisst ja, dass Mattsson Bravander heute Morgen entdeckte und uns benachrichtigte.«

Wall nickte und wandte sich an seinen ältesten und besten Freund.

»Jan?«

»Ich komme direkt von Gillis Edh im Distriktsmuseum, habe aber nur ein paar Worte mit ihm gewechselt. Er musste in die Zentrale fahren, um etwas für eine Ausstellung zu holen, die er vorbereitet, aber wir haben uns auf einen Termin heute Nachmittag verständigt. Auf jeden Fall wirkte er genauso schockiert und mitgenommen wie alle anderen.«

Jan Carlsson rieb sich an einem Ohrläppchen.

»Bevor wir uns trennten, erzählte er, dass er gestern nach der Schließung eine Gruppe aus dem Kultur- und Freizeitamt in Höganäs führte. Normalerweise schließt er gegen vier, aber diesmal kam er erst so gegen acht nach Hause. Da blieb er dann den ganzen Abend, deshalb kann niemand seine Angaben bestätigen.«

»Edh ist also der einzige Junggeselle im Rat?«

»Genau.«

»Und was genau macht er im Museum?«

»Er nennt sich Hauswart und gilt als eine Art Faktotum. Stets dienstbeflissen und hilfsbereit, sagen alle, mit denen ich bisher sprechen konnte. Kümmert sich um fast alles, so wie es aussieht. Der Geschäftsführer hält ihn für so ziemlich unentbehrlich.«

»Entweder man ist unentbehrlich, oder man ist es nicht«, schulmeisterte ihn Dalman. »So ziemlich gibt's nicht.«

»Das hat der Museumsdirektor gesagt, nicht ich«, verteidigte sich Jan Carlsson.

»Diese Gottesboten müssen ja Heilige sein«, machte Dalman weiter. »Durch die Bank dienstbeflissen, hilfsbereit und fehlerfrei, so wie es aussieht.«

Helge Boström mischte sich ein.

»Seltsam, dass Eldh Zeit für die Gottesboten hat, so viel beschäftigt, wie er ist.«

»Soweit ich weiß, ist beides sein ganzer Lebensinhalt: die Gemeinde und das Museum. Außerdem heißt er Edh, nicht Eldh.«

»Von mir aus kann er heißen, wie er will.«

»Mit anderen Worten, kein Alibi für Gillis Edh. Und wie steht's um Ingmar Alvin?«, fragte Wall Algot Malmström.

»Auch nichts zur Tatzeit«, lautete die Antwort. »Jedenfalls wenn der Mord gestern vor 23 Uhr geschah. Er betreibt eine kleine Druckerei zusammen mit seiner Frau, und im Laufe des Abends war er mit Auslieferungen ins Umland unterwegs. Die Zeit verstrich, er hatte Probleme mit dem Wagen, einen Platten vor Hede, und kam erst kurz vor elf nach Hause. Da war seine Frau zwar schon im Bett, aber noch wach. Sie las ein Buch.«

»Hast du mit ihr gesprochen?«

Malmström schüttelte den Kopf und zupfte sich zum ersten Mal seit einer Viertelstunde am Bart.

»Noch nicht. Hab nur mit ihm geredet. Sobald wir hier fertig sind, fahre ich zu ihr. Die beiden haben ihren Arbeitsplatz zu Hause. Das ist praktisch.«

»Sonst noch was über ihn zu sagen?«

»Schüchtern und zurückhaltend. Er tat mir irgendwie Leid, kam mir so linkisch und unbeholfen vor. Ist den Gottesboten vollkommen verfallen. Ich habe ja weder Edh noch Mattsson kennen gelernt, kann mir aber kaum vorstellen, dass jemand noch fester in seinem Glauben ist als dieser Alvin.«

»Noch ein Heiliger«, stellte Dalman fest. »Zweifelsohne eine sakrosankte Vereinigung, diese Ratsherren.«

Helge Broström zündete sich noch eine Zigarette an, ohne sich um Dalmans strengen Blick zu scheren.

»Das hätten wir also. Haben wir den Schuh schon eingeordnet?«

Kurz vor dem Treffen war das Schnellanalyseergebnis des Blutes am Stöckelschuh in der Fahndungsleitung eingetroffen. Wie erwartet, stimmte es mit Bravanders Blutgruppe überein. Die Polizisten waren sich einig, dass die Mordwaffe gefunden war.

»Wir wissen nicht, wem der Schuh gehört«, sagte Wall. »Noch nicht. Aber wir arbeiten dran.«

»Könnt ihr mir eine vernünftige Erklärung dafür geben, warum der Mörder diesen Schuh in die nächste Mülltonne wirft?«, fragte Boström. »Das ist doch absurd. Dort sucht man doch zuallererst.«

»Verzweiflung?«, versuchte es Jan Carlsson. »Er war danach so außer sich, dass er nicht mehr klar denken konnte. Er wollte nur noch die blutige Waffe loswerden. Und da bot sich die Mülltonne zuerst an.«

»Dann hätte er den Schuh ebenso gut gleich direkt neben der Leiche liegen lassen können«, bemerkte Malmström.

»Ist es nicht vielleicht so«, überlegte Wall laut, »dass er den Schuh sogar in voller Absicht dort platziert hat?«

Die anderen sahen ihn mit großen Augen an. Boström hustete ein paar Mal in seine linke Armbeuge.

»Du meinst, er wollte, dass der Schuh gefunden wird?«, fragte Dalman.

»Ja, ist das so unmöglich?«

»Nein, das klingt im Gegenteil sehr wahrscheinlich. Dem Mörder muss doch klar gewesen sein, dass man den Schuh in der Mülltonne im Hof finden würde.«

»Mir macht etwas anderes zu schaffen«, sagte Wall. »Wenn der Mörder den Schuh nun absichtlich leicht auffindbar für uns deponierte, könnte das bedeuten, dass er unsere Aufmerksamkeit auf etwas Bestimmtes lenken wollte.«

»Zum Beispiel darauf, dass Bravander eine Affäre hatte?«, warf Jan Carlsson ein.

»Der Gedanken ist mir jedenfalls gekommen«, gab Wall zu. »Der Pastor auf Abwegen. Vielleicht sogar mit der Person, der besagter Schuh gehört.«

»Sollte der Puritaner wirklich über die Stränge geschlagen haben?«, fragte Boström misstrauisch. »Das kommt mir unwahrscheinlich vor.«

»Schon«, räumte Wall ein, »aber es sind schon seltsamere Sachen passiert.«

»Der Mann war doch alt und kahlköpfig«, grummelte Boström und warf Wall einen viel sagenden Blick zu.

»Als ob ihn das von kleinen Vergnügungen ausschließt«, sagte Malmström. »Muss man Haare auf dem Schädel haben und unter fünfzig sein, um rangelassen zu werden?«

Dalman machte eine energisch abwehrende Geste.

»Als ich Konrad Mattsson gegenüber diese Möglichkeit andeutete, lehnte er das völlig ab. Er verwettete sein Leben darauf, dass Bravander seiner Frau nie untreu war. Ja, er regte sich richtig darüber auf, dass ich überhaupt die Frechheit hatte, mit solchen Unterstellungen zu kommen. Für ihn war das fast wie eine Lästerung. Ich dachte schon, gleich fällt er mich an.«

»Okay«, hielt Wall fest. »Nach allem, was ich jetzt über Agne Bravander gehört habe, kommt er kaum als Kandidat für außereheliche Abenteuer in Betracht. Ich glaube selbst nicht an diese Theorie. Überhaupt nicht. Aber man darf nichts ausschließen. Und der Schuh *kann*, ja *muss* geradezu etwas bedeuten. Schließlich gibt es ja handlichere Mordwaffen für einen, der sein Opfer erschlagen will. Ein Schraubenschlüssel, ein Senkblei, ein Baseballschläger, ein Eisenrohr – ich könnte jede Menge zu diesem Zweck geeignete Gegenstände aufzählen.«

»Lass es«, bat Boström. »Denk an die Pressekonferenz.«

»Auf jeden Fall müssen wir herausfinden, wem der Schuh gehört«, befand Dalman.

Wall hielt beide Hände hoch.

»Einverstanden! Um weiterzukommen, müssen wir so bald wie möglich die Samuelssons befragen.«

»Die Frau wohnt nicht hier«, wusste Dalman zu berichten. »Ist umgezogen. Nach Sandviken, glaube ich. Daher kommt sie wohl, aus der Gegend. Nach dem Verlust des Sohnes hielt sie es in dieser Stadt nicht mehr aus, aber ihr Exmann wohnt noch hier.«

»Dann müssen wir gleich im Anschluss versuchen, ihn zu erwischen. Und jemand muss die Kollegen da oben in Gästrikland anrufen, damit sie Frau Samuelsson umgehend befragen.«

»Darum kümmere ich mich«, erbot sich Boström. »Ich habe gute Kontakte in der Gegend. Zahllose Konferenzen, ihr wisst ja. Heutzutage meist in Nichtraucher-Räumlichkeiten, wo man sich eingesperrt fühlt wie ein Fisch im Aquarium.«

»Dann übernimmst du das, Helge. Und wie ist es mit Steve Larsson? Weiß wirklich keiner, wo er sich aufhält?«

»Wir konnten ihn noch nicht finden«, antwortete Jan Carlsson. »Zu Hause ist er jedenfalls nicht.«

»Und bei der Arbeit?«

»Da auch nicht. Aber diese Woche hat er auch frei. Und wer rackert sich schon in seiner Freizeit im Büro ab? Von dir natürlich abgesehen, Sten.«

»Wir müssen ihn erwischen. Und zwar schnell.«

»Kein Problem. Fribing ist auf ihn angesetzt, wird ihn jeden Moment aufspüren.«

Boström sah demonstrativ auf seine Uhr.

»Ich weiß«, nickte Wall. »Ich mache es kurz. Ehe wir die Aufgaben verteilen, muss ich noch etwas ansprechen. Bravanders Frau, eine starke Persönlichkeit übrigens, erzählt, ihr Mann habe sich in letzter Zeit in seinem Zimmer eingeschlossen und eine alte Einar-Ekberg-Platte gespielt. Vor allem hat er sich wohl das Lied der Erweckungsbewegung angehört, das ›Danke‹ heißt, immer und immer wieder.«

»Was ist daran so Besondres?«, wollte Dalman wissen. »Er war doch religiös. Da hört man sich doch wohl solche Lieder an, kann ich mir denken. ›Aus tiefer Not‹, ›Halleluja‹ und ›Tut mir auf die schöne Pforte‹, all so was.«

»Ich mag solche Musik auch«, hob Jan Carlsson hervor. »Und ich halte mich nicht für besonders gläubig.«

»Das Seltsame daran«, erklärte Wall, »ist, dass Bravander den Plattenspieler zuvor seit Monaten nicht benutzt hatte. Aber dann fing er ohne jede Vorwarnung an, heimlich dieses Lied zu hören. Immer dieselbe Platte, tagein, tagaus.«

»Sagt uns das etwas?«

»Nicht unbedingt. Aber es *kann* bedeuten, dass sich seine Aufmerksamkeit aus irgendeinem Grund gerade auf dieses

›Danke‹-Lied richtete. Und dass in dem Text eine Botschaft steckt.«

»Eine so gut versteckte Botschaft, dass er sie nicht findet, sondern sich den Text tagelang anhören muss?«, fragte Dalman. »Kein Ruhmesblatt für einen, der Experte für die Heilige Schrift sein soll.«

»Wie ich eben schon sagte, hat es vielleicht gar nichts zu bedeuten. Vergessen wir aber nicht, dass Bravander nach den Worten seiner Frau in letzter Zeit verändert war.«

»Jetzt sind es noch sieben Minuten bis zu der elenden Konferenz«, ereiferte sich Boström, dessen gespanntes Verhältnis zur Presse allgemein bekannt war.

Aller Wahrscheinlichkeit nach war es der Distriktleiter, dem es von all seinen Kollegen im ganzen Land am allerwenigsten Spaß machte, im Rampenlicht zu stehen. Sowie sich ihm die geringste Chance bot, verzichtete er auf öffentliche Auftritte. Wall beschloss, ihn auf die Probe zu stellen, nur zum Spaß – er wusste ja doch, wie der andere reagieren würde.

»Und wenn du die Journalisten übernimmst, Helge?«, schlug er unschuldig vor.

»Um Gottes willen«, entfuhr es dem entsetzten Boström. »Bist du von allen guten Geistern verlassen? Das schaffe ich nicht. Mach du das, wie üblich. Du bist mit der Materie vertraut, du leitest die Voruntersuchung, du hast die Antworten auf ihre Fragen.«

»Du kannst dich doch wenigstens vorne mit ans Podium setzen. Falls jemand … du weißt doch, da kommen auch Vertreter von Rundfunk und Lokalsendern, nicht bloß von den Zeitungen.«

»Kommt nicht in Frage«, beendete Boström ein für alle Mal die Diskussion. »Ich muss mit den Staatsanwälten reden. Sie erwarten, dass ich rasch vortrage.«

»Aber Brockman und Westin sind doch beide vor Gericht. Dieser Prozess wegen Steuerhinterziehung …«

»Sie werden jede Minute zurückerwartet.«

Wall lächelte in sich hinein.

»Na gut. Dann legen wir mal los.«

Sie legten fest, dass Malmström Mia Alvin besuchen sollte, Jan Carlsson zu Gillis Edh im Distriktsmuseum zurückfahren und Fribing Verstärkung für seine Jagd auf Steve Larsson erhalten sollte. Dalman würde Informationen beschaffen, welche gewalttätigen Ehemänner Bravander besucht hatte, während sich Wall Torgny Samuelsson vornehmen wollte, den Vater des verstorbenen Jungen.

»Bleibt nur noch, einen Polizisten in Gästrikland auf Laura Samuelsson anzusetzen«, sagte Wall.

Darauf wedelte Boström mit seinen zerknitterten Jackenärmeln.

»Aber das hab ich doch übernommen.«

»Schaffst du das denn auch?«, neckte ihn Wall. »Die Pressekonferenz ...«

»Ein kurzes Telefonat nach Gävle oder Sandviken ist ja wohl etwas anderes, als sich zur Zielscheibe eines Haufens gieriger Reporter zu machen. Um das mit Laura Samuelsson kümmere ich mich schon, verlass dich drauf.«

»Dann muss ich mich wohl selber als Zielscheibe hergeben«, sagte Wall und stand auf, womit allgemeiner Aufbruch angesagt war.

Unterwegs zum Saal mit der Pressekonferenz steckte er den Kopf zur Tür des Dienstraums herein und rief den Dienst habenden Inspektor zu sich, den er zuerst zu Gesicht bekam. Zufällig war es Terje Andersson.

»Woran arbeitest du gerade?«

»Die Bombe im Briefschlitz des Iraners im Neubaugebiet Grönland.«

»Das muss warten.«

»Warten?! Das war ganz klar ein rassistischer Anschlag!«

»Hilft alles nichts. Den Fall nimmst du wieder auf, sobald es geht.«

»Na gut. Es geht um den Mord an dem Pastor, oder?«

»Genau, Dalman und Fribing brauchen Hilfe«, sagte Wall und legte ihm in knappen Worten den Sachverhalt dar.

Anschließend überlegte er kurz.

»Muss sofort zur Pressekonferenz. Bin schon verspätet. Aber du kannst mir einen Gefallen tun. Schick bitte einen Praktikanten in die Stadt.«

»Vorhin war da grade einer. Um was geht's?«

»Er soll eine CD mit einer Einar-Ekberg-Aufnahme der Danksagung von J. A. Hultman kaufen. Außerdem den Film ›Elmar Gantry‹ mit Burt Lancaster ausleihen. Nur für ein paar Tage. Den muss es in einem der vielen Videoshops geben, ansonsten müssen wir ihn über die Zentrale bestellen.«

Terje Andersson überraschte die ungewöhnliche Bestellung kein bisschen. Er war noch originellere Einfälle des Kommissars gewöhnt.

Er fragte sich nur, wer das alles bezahlen sollte.

Wall dachte kurz nach, ehe er antwortete.

»Er soll mir die Rechnungen mitbringen, dann sehen wir weiter.«

12 Mia Alvin machte ihrem Namen alle Ehre. Zumindest entsprach sie Algot Malmströms Erwartungen, wie eine typische Mia Alvin auszusehen hatte: blond (mit dunklem Haaransatz), blauäugig (ungeschminkt) und attraktiv (wenn auch etwas üppig). Nur in einem Punkt wich sie von seinem vorgefertigten Bild ab: Sie war deutlich jünger, als er sie sich vorgestellt hatte.

Was sicherlich daran lag, dass er sich am Aussehen ihres Mannes orientiert hatte: glatzköpfig, mittleren Alters, unansehnlich. Ein Mann mit einem solchen Erscheinungsbild hätte eine ältere Lebenspartnerin verdient, fand Malmström, eine Mia Alvin, die ihrem Namen zwar alle Ehre machte, aber mit mindestens fünfzehn zusätzlichen Jahren an Lebenserfahrung.

Das waren Vorurteile, sicherlich, aber so hätte es sich doch *gehört*.

So war es aber nun nicht. Ganz und gar nicht.

Die Rolle der Tochter würde viel besser zu ihr passen, dachte Malmström, als die der Ehefrau.

Und in den wenigen Sekunden, die er sie ansah, baute er seine Vorurteile weiter aus: Eine Frau, die so aussieht und so einen Mann hat, *muss* ja wohl ein Verhältnis haben.

Er machte sich selbst Vorwürfe wegen dieses übereilten Schlusses (der natürlich völlig verfehlt sein konnte), verachtete sich dafür sogar flüchtig selbst. Es galt, die Neutralität zu wahren und sich nicht in die Irre führen zu lassen.

»Mia Alvin?«, fragte er, nachdem er sich endlich vorgestellt hatte.

Sie nickte.

»Das habe ich mir gedacht«, sagte er.

»Gedacht? Sie haben doch angerufen und gesagt, dass Sie kommen. Hatten Sie erwartet, dass jemand anderes die Tür aufmacht? Eine andere Frau? Oder denken Sie, wir könnten uns Dienstboten leisten?«

Der Polizist kam sich wie ein dummer Junge vor.

»Natürlich nicht«, sagte er mit einfältigem Lächeln und gab ihr die Hand.

Die ihre fühlte sich warm und drall an. Es traf ihn wie ein elektrischer Schlag, und er ließ sie so rasch wie möglich wieder los. Die heißblütige Mia Alvin hatte eine magnetische Anziehungskraft, von der er sich fern halten musste, um nicht anstößigen Phantasien zu erliegen.

Er versuchte, nicht auf ihren straffen, vollen Busen zu starren.

»Ist Ihr Mann zu Hause?«

»Ja, im Büro. Aber kommen Sie doch rein, bleiben Sie nicht vor der Tür stehen. Setzen Sie sich, ich hole Ingmar.«

Sie zeigte auf einen Sessel im Wohnzimmer. Der Polizist tat wie geheißen und brauchte nicht einmal eine Minute zu warten.

Als das Ehepaar auf ihn zukam, fiel der Altersunterschied besonders ins Auge. Es war, als hätte die Ehefrau die Vitalität der ganzen Familie für sich gepachtet. Bei dem Vergleich mit ihrem Mann ging sie als strahlende Siegerin hervor. Ingmar Alvin wirkte grau und in sich zusammengesunken, ohne Glanz und ohne Leben. Malmström dachte sich, es müsse wohl in erster Linie an der Trauer um den Verlust eines geliebten Freundes und Gemeindebruders liegen.

Etwas zu trinken lehnte der Kriminalbeamte dankend ab, und nach einer Weile stand er auf, weil die anderen mitten im Zimmer stehen blieben.

»Keine neuen Erkenntnisse, seit wir uns zuletzt gesehen haben?«, fragte Ingmar Alvin.

»Die Ermittlungen sind in vollem Gange«, antwortete Malmström ausweichend, »aber wir haben noch nichts Konkretes in der Hand.«

»Dann können wir vielleicht etwas Konkretes beisteuern«, sagte Alvin mit einem Blick auf seine Frau. »Mia, erzähl von dem Schuh.«

Ihr Blick war offen.

»Konrad Mattsson hat angerufen und gesagt, dass Sie die Mordwaffe gefunden haben. Ein roter Stöckelschuh. Stimmt das?«

»Das ist gut möglich. Wir sind uns noch nicht hundertprozentig sicher, aber ...«

»Mit spitzem Absatz?«

Malmström neigte den Kopf.

»Dann ist es meiner«, sagte sie.

Ihr Mann wand sich vor Verlegenheit, während sie von ihrer Entdeckung vor einer Woche berichtete. Als sie die Schränke aufgeräumt hatte, war ihr aufgefallen, dass einer der beiden Stöckelschuhe fehlte.

»Zur Zeit trage ich sie zwar nie, aber seltsam war es ja doch, dass einer einfach weg war. Ich zerbrach mir nicht groß den Kopf darüber, hatte sowieso schon längst vor, die Schuhe auszusortieren, aber als Mattsson anrief, da … Ja, mir war natürlich klar, dass es dieser fehlende Schuh war, der als …«

Sie stockte. Ihr Mann legte ihr schützend einen Arm um die Schultern.

»Mia hat sich die Schuhe gekauft, bevor wir uns kennen lernten«, erklärte Ingmar Alvin, als sei es etwas Verbotenes, dass seine Frau so weltliche Besitztümer hatte.

Sie nickte zustimmend.

Warum hat sie die Schuhe behalten, wenn sie sie doch nicht mehr anzog?, wunderte sich Malmström.

Laut sagte er: »Sie müssen natürlich mitkommen, um den Schuh zu identifizieren, aber da er hier abhanden gekommen ist und offenbar zur Beschreibung passt, besteht wohl kein Zweifel.«

Ingmar Alvin kratzte sich verwirrt den kahlen Eierschädel.

»Merkwürdig«, murmelte er. »Wie konnte der Schuh nur von hier verschwinden?«

Mia sah ihn gereizt an.

»Natürlich hat ihn jemand gestohlen. Ich habe ihn jedenfalls nicht wie Aschenputtel verloren, wenn du das glaubst. Ich habe ja gesagt, dass ich die Stöckelschuhe nicht mehr trage, ich hatte es bloß noch nicht geschafft, mich von ihnen zu trennen.«

»Aber meine Liebe«, versicherte der Mann erschreckt, »nichts dergleichen habe ich auch nur angedeutet. Aber wer …«

»Haben Sie häufig Besuch?«, fragte Malmström.

»Na und ob. Bei uns finden Ratsversammlungen statt und auch noch andere Sitzungen. Die Gottesboten gehen hier ganz nach Belieben ein und aus. Natürlich steht unser Zuhause allen Mitgliedern offen; das wäre ja noch schöner. Außerdem empfangen wir praktisch täglich Kunden, wir haben ja unser Büro hier im Haus. Und dann gehen sie durch den Flur.«

»Außerdem pflegen wir Leute, die hierher kommen, nicht zu überwachen«, bemerkte Mia Alvin spöttisch. »Wir verlassen uns auf unsere Mitmenschen, glauben an das Gute in allen.«

Ein Drachen, dachte Algot Malmström, die den Alten unterm Pantoffel hat.

»Wo haben Sie die Schuhe aufbewahrt?«

»In dem Garderobenschrank im Flur. Jedenfalls habe ich den einen dort gefunden.«

»Also wäre es ein Leichtes gewesen, den Schuh zu entwenden? Derjenige musste nur in einem unbewachten Moment hineinfassen, sich nehmen, worauf er aus war, und es fortschaffen. Aber …«

Malmström brach gerade noch rechtzeitig ab.

»Aber?«, hakte Mia Alvin nach.

»Ach, nichts.«

Er konnte ja nicht gut sagen, was ihm auf der Zunge gelegen hatte: Der Dieb musste gewusst haben, dass eine potenzielle Mordwaffe in dem Schrank steckte – abgelegte Stöckelschuhe.

»Raus damit!«

Der Kriminalbeamte umschiffte die Klippen:

»So wie ich es sehe, muss er – oder sie – den Schuh rein zufällig gestohlen haben, in einer momentanen Eingebung.«

Damit gab sich Mia Alvin zufrieden.

Malmström wechselte das Thema.

»Was halten Sie von Agne Bravander?«

Sie sah ihm forsch in die Augen.

»Ich mochte ihn sehr. Ein guter Mensch. Ein Mann, zu dem man aufsieht. Feinfühlig. Und rücksichtsvoll. Zum Beispiel, wie er immer für seine Frau da war. Und für alle anderen auch, genau genommen. Man konnte mit seinen Problemen zu ihm kommen, ohne je abgewiesen zu werden. Er hatte ein offenes Ohr für alle, gab immer sein Äußerstes, nicht nur den Mitgliedern der Gottesboten, sondern jedem, der Hilfe brauchte.«

Während der ganzen Zeit brummte Ingmar Alvin zustimmend hinter den blondierten Haaren seiner Frau.

Algot Malmström fragte sich, ob Mia wohl mit ihren eigenen Problemen zu Bravander gekommen war, während er zugleich darüber nachdachte, dass der Pastor mit einem frivolen, aufreizenden Schuh ermordet worden war, der der Frau eines besonders angesehenen Bruders aus den Reihen der Gottesboten gehörte.

Was war von dieser seltsamen Fügung zu halten?

Für Malmström stand felsenfest, dass Mia Alvin wirklich zu Agne Bravander aufgesehen hatte – ihre Worte waren ehrlich gemeint, kamen von Herzen.

Aber auf welche Weise hatte sie den Pastor bewundert? Handelte es sich ganz allgemein um Hochachtung? Oder war es etwas Persönliches? Hatte sie sich womöglich gar ungehörig in ihn vergafft?

Der Polizist hatte das Gefühl, dass die junge Frau hinter dem Rücken ihres taktvollen Gatten Verbindungen unterhielt, aber er konnte sich Agne Bravander nur schwer in der Rolle des heimlichen Liebhabers vorstellen. Es stimmte kein bisschen mit dem Bild überein, das er sich von dem ermordeten Gottesboten gemacht hatte.

Außerdem wollte ihm nicht in den Kopf, dass sich die attraktive Mia Alvin zu einem so viel älteren Herrn hingezogen fühlte, der außerdem vom Äußeren her frappant an ihren Ehemann erinnerte.

Mia sagte: »Eines muss ich noch erwähnen.«

Hilfe suchend sah sie ihren Mann an. Der nickte ihr aufmunternd zu.

»Agne Bravander hat sich über einen ziemlich langen

Zeitraum um Frauen gekümmert, die von ihren Männern geschlagen wurden.«

»Das ist uns bekannt.«

»Aber wissen Sie auch, dass er meinetwegen damit anfing?«

Malmström konnte seine Verwunderung kaum verbergen.

»Nein«, gab er zu, »das überrascht mich.«

»Ich habe Agne nicht gebeten, etwas zu unternehmen, aber als ich ihm erzählte, was mir geschehen war, ergriff er selbst die Initiative, Frauen zu helfen, die das Gleiche durchgemacht hatten wie ich.«

Der Polizist sah Ingmar Alvin vorwurfsvoll an.

»Davon haben Sie vorher nichts gesagt.«

»Da habe ich einfach nicht dran gedacht. Sie müssen bedenken, dass ich unter Schock stand, als ich von Bruder Agnes Tod hörte, unter Schock über den Verlust eines nahen und geliebten Freundes.«

Der Polizist zupfte sich mit einer Hand am Kinnbart, während er Mia Alvin mit der anderen aufmunternd zuwinkte.

»Ich verstehe. Sie müssen entschuldigen, in diesem Beruf kann es leicht passieren, dass man manchmal ein wenig taktlos wird. Aber fahren Sie doch fort.«

Und Mia erzählte.

»Ingmar und ich sind seit sieben Jahren verheiratet. Davor habe ich lange mit einem richtigen Scheusal zusammengewohnt, Mattias Hermansson. Sein größtes Hobby war das Trinken. Sein zweitgrößtes mich zu verprügeln. Am liebsten nahm er mich einmal täglich in die Mangel, wie er zu sagen pflegte. Ich hätte ihn viel früher verlassen sollen, brachte es aber einfach nicht fertig. Schließlich kam ich los und lernte Ingmar kennen. Und da fing mein neues Leben an. Ein viel, viel glücklicheres.«

Die beiden tauschten einen zärtlichen Händedruck aus.

»Aber noch war nicht alles ausgestanden. Mattias heftete sich an meine Fersen, wollte mich nicht gehen lassen, versuchte mich zu überreden, zu ihm zurückzukommen. Er ließ nicht locker. Es war der reinste Albtraum.«

Ingmar Alvin ergriff das Wort.

»Als es gerade ganz schlimm war, erwähnte ich gegenüber Bruder Agne Mias Probleme mit diesem Hermansson. Er regte sich sehr auf – also Agne – und bestand darauf, den Störenfried sofort aufzusuchen und zur Vernunft zu bringen. Wir, Mia und ich, glaubten, mit vereinten Kräften könnten wir ihn von solch einem Schritt abhalten. Damit brachte er sich und uns in Gefahr. Aber Bravander nahm sich trotzdem des Problems an. Ich weiß nicht, was er unternommen hat, aber nach einer Weile ließ Hermansson uns in Frieden. Und noch etwas später verließ er die Stadt.«

»Wo wohnt er jetzt?«

»In Uddevalla, soweit ich weiß. Von da kommt er. Auf jeden Fall verließ er kurz nach Agnes Eingreifen die Stadt«, sagte Mia.

»Hat er seither von sich hören lassen?«

»Überhaupt nicht. Und das ist auch gut so. Ich hatte die schlimmsten Befürchtungen, er würde zurückkommen und uns bedrohen, aber das Schwein sind wir los. Ja, entschuldige, Ingmar, aber ich kann ihn nur als Schwein bezeichnen. Ganz bestimmt hat er eine andere gefunden, an der er sich austoben kann. Wenn er sich nicht zu Tode gesoffen hat. Man soll die Hoffnung ja nie aufgeben.«

»Mia!«

»Das war nicht ernst gemeint.«

Ingmar Alvin wandte sein vorwurfsvolles Gesicht von seiner Frau ab und dem Polizisten zu.

»Hören Sie nicht auf das, was ihr da rausrutscht, sie ist außer sich und weiß nicht, was sie sagt. Die erschütternden Ereignisse der letzten Zeit haben wohl jeden von uns aus der Fassung gebracht.«

»Was ist Hermansson von Beruf?«

»Beruf?«, schnaubte sie. »Der!«

»Aber mit etwas muss er doch seine Brötchen verdienen?«

»Schon mal was von Frührente gehört? Er kann wegen seiner Rückenprobleme keine feste Arbeit annehmen. Behauptet er. Also ist er meistens stempeln gegangen. Dann konnte er manchmal wieder ganze Tage am Stück arbeiten, meistens in einer Autoreparaturwerkstatt. In einem Sommer musste er als Kehrer in so einem Hangar draußen in Tuna arbeiten. Das war das Schlimmste, was ich je mit ihm erlebt hab, er ließ seinen ganzen Frust an mir aus.«

»Wir müssen uns natürlich mit ihm in Verbindung setzen«, sagte Malmström.

Ingmar Alvin fuhr zusammen.

»Muss das wirklich sein?«

»Leider ja.«

»Tun Sie es nicht«, bat Alvin. »Der Mann ist für alle Zeit aus Mias Leben verschwunden. Warum an alte Wunden rühren? Das kann zu nichts Gutem führen, für keinen der Beteiligten.«

»Er könnte in den Mord an Bravander verwickelt sein.«

»Nach all den Jahren? Das erscheint mir eher unwahrscheinlich.«

»Rachegelüste sind langlebig. Aber wenn sich Hermansson zur Tatzeit erwiesenermaßen in Uddevalla oder sonst wo außerhalb unserer Stadt aufhielt, brauchen wir keinen Gedanken mehr an ihn zu verschwenden. Hat er hingegen kein Alibi, müssen wir der Sache weiter nachgehen. Das verstehen und akzeptieren Sie doch sicher. Nun zu etwas anderem. Wie geht es mit den Gottesboten weiter? Ich meine jetzt mal rein praktisch. So wie ich es sehe, wird das tragische Ende Bravanders zu einigen Veränderungen führen, oder?«

»Natürlich. Wir im Rat werden uns noch heute Abend versammeln, aber es wird sicher noch eine ganze Weile dauern, bis wir eine klare Linie für die Zukunft ausgearbeitet haben. Als Nächstes werden auf jeden Fall drei Gedenkstunden für

Bruder Agne abgehalten. Die erste morgen, am frühen Nachmittag, in unserem alten Gemeindehaus in der Stadt.«

»Wer könnte wohl die Nachfolge Bravanders antreten? Sie vielleicht?«

Ingmar Alvin kaute nachdenklich und vorsichtig auf seiner Unterlippe.

»Ehrlich gesagt hätte ich nichts dagegen einzuwenden, doch zu dieser Frage müssen die Mitglieder zu gegebener Zeit Stellung beziehen.«

»Aber hast du Zeit dafür, Ingmar?«, fragte seine Frau. »Wegen der Firma, meine ich.«

»Sollte ich dieses Postens für würdig erachtet werden …«

»Würdig bist du«, unterbrach sie ihn, »das weißt du, das wissen alle. Aber was würde dann aus der Druckerei?«

»Gemeindepastor der Gottesboten ist eine entlohnte Vollzeitbeschäftigung. Das war es schon immer. Agne Bravander übernahm das Amt von seinem Vater Carl, und davor hatte es eine andere Vater-Sohn-Folge inne. Nun glaube ich zwar nicht, dass man damit an mich herantreten wird, bestimmt gibt es stärkere und bessere Kandidaten. Aber *falls* es wider Erwarten doch dazu käme, müsste ich zusagen. Das bin ich den Brüdern und Schwestern schuldig. Aber das heißt noch lange nicht, dass du das Unternehmen nicht weiterführen könntest, Mia. In dem Fall würde ich dich so weit wie möglich unterstützen. Vielleicht müssten wir den Betrieb etwas einschränken, oder wir könnten jemanden einstellen, aber die Druckerei müssten wir deshalb doch nicht aufgeben.«

»Was für Drucksachen stellen Sie her?«

»Zum Beispiel Visitenkarten, Briefpapier, Rechnungen, kleinere Broschüren, Material für Hochzeiten, Bestattungen und Geburtstage, kleine Festschriften, all so was. Solche Produkte sind sehr gefragt.«

»Keine Bücher?«

»Nicht im eigentlichen Sinne, nur kleine Schriften. Unsere Ausstattung ist noch zu bescheiden. Wir wollten mit kleinen Brötchen anfangen, nicht gleich am Anfang alles auf eine Karte setzen. Niedrige Betriebskosten, unkomplizierte Vertriebswege. Als wir unsere kleine Firma gründeten, konnte ich auf meine Erfahrung als Geschäftsführer einer Druckerei hier in der Stadt zurückgreifen. Mias Einsatz auf der administrativen Schiene war Gold wert. Nach einem bescheidenen Anfang konnten wir den Umsatz von Jahr zu Jahr erhöhen. Wir fühlen uns wohl mit unserer kleinen Firma und genießen offenbar das Vertrauen unserer Kunden. Von Vorteil ist dabei, dass bei uns Wohnräume und Produktion unter einem Dach sind.«

Er warf seiner Frau einen zärtlichen Blick zu.

»Ohne Mia wäre es nicht gegangen. Sie war großartig, hat sich im Nu in alles eingearbeitet und sich auch noch abends fortgebildet. So einen Kopf gibt's nicht noch einmal!«

Sie lächelte ihm zu.

Er ist so stolz auf sie, dachte Malmström, wenn sie ihn nur nicht enttäuscht! Genau wie bei seiner letzten Begegnung mit Ingmar Alvin packte ihn Mitleid mit dem Mann mit dem kahlen Schädel und den hängenden Schultern. Er wirkte so zerbrechlich, so verwundbar, so … hilflos.

»Um auf die Frage nach Bravanders Nachfolger zurückzukommen«, sagte der Kriminalbeamte. »Könnte eines der beiden anderen Ratsmitglieder dafür in Frage kommen?«

»Mattsson nicht. Er ist als Buchhalter angestellt und befasst sich nicht mit religiösen Fragen.«

»Und Gillis Edh?«

»Er hat wie ich eine schlichte Pastorenausbildung, die sich leicht vervollständigen ließe. Bei Bedarf ist er bei kleineren Verrichtungen zur Stelle und macht seine Sache gut, das muss man wirklich sagen. Ein gewandter Redner mit einem Glauben, der Berge versetzen kann. Aber den Posten als Hauptpastor wird er nie übernehmen.«

»Warum nicht?«

»Das müssen Sie ihn selbst fragen, aber ich glaube, er ist

vollauf zufrieden mit der Stellung, die er im Rat einnimmt. Und er kann sich auch nicht vorstellen, seine Aufgaben im Museum zu vernachlässigen. Das wäre schon ein Hindernis, denn man kann unmöglich zwei Stellen zugleich gerecht werden.«

»Haben Sie auch an jemanden von außerhalb gedacht?«

»Agne Bravander wurde brutal hingerichtet in dem Haus, in dem er im Geiste Gottes wirksam war, und diesen unerhörten Verlust haben wir noch nicht verwunden. Es braucht seine Zeit, die lähmende Trauer zu verarbeiten, die uns alle befallen hat. Sie müssen also schon entschuldigen, dass wir noch nicht dazu gekommen sind, uns in allen Einzelheiten mit der Frage seiner Nachfolge auseinander zu setzen. Doch sobald wir wieder klarer sehen können, werden wir der Polizei natürlich unseren Beschluss mitteilen, falls das der Ermittlung auf irgendeine Weise dienlich ist.«

»So war das nicht gemeint ...«

»Schon gut«, sagte Alvin freundlich und klopfte dem Polizisten auf die Schulter.

Eine Viertelstunde später verließ Algot Malmström die Alvins mit einem kaum bezwingbaren Gefühl der Beklemmung. Er konnte nicht genau ausmachen, was ihn so bedrückte. Bravanders Tod trug natürlich sein Teil dazu bei, aber nicht nur diese entsetzliche Tragödie, sondern auch etwas an Alvins harmlosem, sympathischem Wesen setzte ihm zu.

Seine Ehefrau war durch und durch sexy und gab sich nicht die geringste Mühe, das zu verbergen. Auf Malmström selbst hatte sie eine spürbare Wirkung ausgeübt, und ihm war klar, dass es anderen ebenso ergehen musste. Wenn sie also auch nur mit dem kleinen Finger winkte, dann ...

Er konnte nur hoffen, dass er mit seiner Theorie über Mia Alvins Auffassung von Moral falsch lag. Ihr Mann hatte etwas Besseres verdient, als schlicht und einfach betrogen zu werden.

Später sollte er sich allerdings davon überzeugen, dass er mit seinen Vermutungen leider ganz richtig lag.

Mia Alvin machte etwas aus der erotischen Triebkraft, die sie so offensichtlich ausstrahlte.

So wie es aussah, nahm sie sich einen Liebhaber.

Mindestens einen.

13

Sie bekam es gar nicht mal so sehr mit der Angst zu tun, als sie beim Betreten der Küche sah, wie er sich eine tüchtige Portion Absolut-Wodka in ein hohes Schnapsglas einschenkte.

Sie bekam keine Angst. Sie wunderte sich nur.

Und das an einem normalen Mittwochabend, obwohl er zur Zeit kaum noch unter der Woche trank, sondern sich das fürs Wochenende aufhob.

Vor zwei Jahren hätte sie solch ein Verhalten weit weniger erstaunt. Damals hatte er ständig vor sich hin gebechert; aber als der Arzt bei ihm miserable Leberwerte festgestellt hatte, hatte er ihm geraten, das Trinken einzuschränken.

»Sonst kann ich nicht für die Folgen garantieren«, sagte er. »Die Lage ist kritisch und kann sich nur verschlimmern, wenn Sie nicht sofort auf die Bremse treten.«

Und Mattias hatte sich tatsächlich im Großen und Ganzen an die strenge ärztliche Ermahnung gehalten. Ging es um seine eigene Gesundheit, verschloss er sich nicht den Meinungen von Experten – das Wohlergehen anderer bedeutete ihm weniger. Mit gewissen Ausnahmen sprach er nun nur freitags, sonnabends und sonntags dem Alkohol zu. Unter der Woche blieb er in der Regel nüchtern.

Diese veränderte Lebensführung hatte den positiven Nebeneffekt, dass er sich länger als einen Monat am Stück auf einer Arbeitsstelle halten konnte. In den ersten Jahren ihrer unglückseligen Verbindung hatte er nur sporadisch und mit größtem Widerwillen Jobs angenommen. Ansonsten versuchte er, Krankengeld zu beziehen für einen Rücken, der in der Freizeit offenbar völlig in Ordnung war, aber zu Problemen neigte, wenn ihm etwas so Anstrengendes wie Arbeitseinsätze abverlangt wurden.

Jetzt saß Mattias vor ein paar geöffneten Bierdosen und dem randvollen Wodkaglas am Küchentisch.

Und dieser Anblick war zwar überraschend, aber noch nicht besonders erschreckend. In letzter Zeit war er ja so erfreulich ruhig geblieben, dass sie sich schon fast Hoffnungen machte, er habe die schlimmste Aggressivität überwunden.

Seit September nur ein paar Ohrfeigen und ein Faustschlag auf die Schulter – nicht der Rede wert.

Verglichen damit, wie es früher war.

Und doch läuteten bei ihr ganz leise Alarmglocken. Kaum vernehmlich, eher so etwas wie ein geflüstertes »Nimm dich in Acht«; aber ausreichend für sie, um auf Nummer Sicher zu gehen und mit den Kindern zu ihrer besten Freundin zu fahren.

Man konnte nie wissen …

Als sie eine Stunde später wiederkam, merkte sie gleich, dass er schon betrunken war. Fragte sich nur, ob auf die passive oder die gefährliche Art.

Vorsichtig versuchte sie ein Gespräch anzufangen, drang aber nicht zu ihm durch. Er antwortete einsilbig, und sie wurde nicht schlau aus seiner Gemütsverfassung. Er kam ihr griesgrämig und aufgeräumt zugleich vor, wie auch immer das angehen konnte.

Sie kam zu dem Schluss, dass es durchaus anging. Was Mattias betraf, war *alles* möglich. Das hatte sie weiß Gott am eigenen Leib erfahren.

Und mit einem Mal packten sie Furcht und Schrecken.

Pirjo erkannte, dass es das Beste für sie wäre, so schnell wie möglich zu verschwinden und sich fern zu halten, bis die Gefahr vorüber war. Irgendein Vorwand würde ihr schon einfallen. Sie konnte bei Antonia übernachten und sich einen einigermaßen logischen Grund dafür einfallen lassen. Sie musste nur ihr Hirn ein klein wenig anstrengen. Ihre Freundin konnte zum Beispiel krank geworden sein oder aus irgendeinem anderen Grund Hilfe brauchen.

Wenn Mattias sich sinnlos betrank, gab er sich nicht jedes Mal mit ihr ab. Manchmal ging er auch aus und blieb bis zum frühen Morgen weg. Anfangs hatte sie gegen solche Unternehmungen protestiert, aber da wusste sie natürlich noch nicht, wie es in seinem tiefsten Inneren um ihn bestellt war. Außerdem hatte sie damals immer noch etwas für ihn empfunden; Gefühle, die jetzt nicht mehr da waren, brutal vertrieben durch allzu viele Schläge und Stöße, zu viele Schimpftiraden und Sticheleien, zu viel hinterhältige Gemeinheit.

Nein, die Sache war vollkommen klar: Sie musste dieses Haus so rasch wie möglich verlassen, bevor es zu spät war.

Am nächsten Morgen wäre die größte Gefahr bestimmt vorbei. Sein Kater konnte zwar furchtbar sein, aber harmlos im Vergleich zur Volltrunkenheit. Wenn der Rausch am heftigsten war, war Matthias am widerlichsten. Am Tag nach so einem Besäufnis schlich er meist wie ein Schatten seiner selbst umher und badete in Selbstmitleid; mit Prügeln und Poltern war es dann vorbei.

So wie sie ihn kannte, würde er nicht einmal fragen, wo sie in der Nacht gesteckt hatte. Er hatte dann mehr als genug mit seiner eigenen elenden Verfassung zu tun – zu seiner Arbeit würde er es unmöglich schaffen.

Fast ein wenig zerstreut fragte sie sich, wie lange sein Chef wohl noch Geduld mit ihm haben würde.

Nicht, dass ihr das etwas bedeutete. Nicht mehr. Früher hatte sie sich Sorgen gemacht, ob er rausflog und sie dann beide ganz auf ihren mageren Lohn angewiesen waren. Jetzt war ihr egal, was aus ihm wurde. Insgeheim schmiedete sie laufend Pläne, ihn zu verlassen, sobald sich eine günstige Gelegenheit böte.

Im Moment ging es allerdings noch nicht um die endgültige Flucht, sondern nur darum, woanders zu übernachten – aus reinem Selbsterhaltungstrieb.

Pirjo bereitete ihren Abgang sorgfältig vor. Sie bemühte sich, an alles zu denken, damit sie nicht in letzter Minute noch etwas umwerfen musste, wenn er sich quer stellte. In eine kleine Tasche packte sie das Notwendigste für sich. Als sie die neben der Haustür abgestellt hatte, blieb sie ein paar Sekunden zögernd stehen.

Ob sie sofort verschwand, ohne ihm was zu sagen?

Vielleicht war das die beste Lösung.

Oder?

Wenn sie einfach das Haus verließ, ohne etwas zu sagen, konnte ihm einfallen, sie zu verfolgen. Und dann würde er natürlich genau bei Antonia anfangen. Außerdem wäre er morgen früh wahrscheinlich milder gestimmt, wenn er im Voraus von ihren Plänen erfuhr.

Sie nahm nicht an, dass es besonders schwierig sein würde, von ihm wegzukommen. In aller Eile legte sie sich eine passende Lüge zurecht und ging dann zu ihm, den Mantel über den einen Arm gefaltet, den Autoschlüssel in der rechten Hand.

Er saß dem Anschein nach apathisch vor dem Fernseher, eine Dose Bier zwischen die Knie geklemmt. Auf dem gelb karierten Hemd zeichneten sich unter den Achseln hässliche Schweißflecken ab; unrasiert war er auch. Er ließ sich immer mehr gehen. Mit grimmiger Genugtuung registrierte sie den einsetzenden Verfall: den Geruch, die ersten grauen Stoppeln am Kinn, die zitternden Tränensäcke und den immer dickeren Bauch. Dem Kerl stand bestimmt keine glänzende Zukunft als Frauenschwarm bevor – wie hatte sie nur überhaupt auf so einen wie ihn hereinfallen können?

»Mattias«, setzte sie sanft an, »ich glaube, ich …«

»Wo willst du hin?«

»Hab da noch was zu erledigen. Muss zu Antonia. Sie hat vorhin angerufen.«

»Fahr du nur.«

Vor Erleichterung entfuhr ihr ein leiser Stoßseufzer.

»Meinst du wirklich?«

»Sicher. Fahr du nur.«

»Brauchst du etwas?«

»Alles easy. Ich komm schon klar. Wann kommst du wieder?«

»Ich weiß noch nicht«, log sie, »vielleicht etwas später heute Abend.«

Er rülpste in ihre Richtung. Der Mundgeruch ließ sie fast zurückschrecken.

»Also abgemacht. Bye-bye, Baby.«

Das ging ja wider Erwarten kurz und schmerzlos, dachte sie, winkte ihm zu und ging in den Flur hinaus, dankbar und erleichtert. Die Krise war überstanden.

Die Tasche stand noch neben dem Schirmständer. Gerade als sie sich bückte, um sie aufzuheben, hörte sie seine klobigen Schritte. Im nächsten Moment riss er sie an den Haaren herum.

»Und wo wolltest du hin?«

»Das hab ich doch gesagt, Mattias«, keuchte sie und versuchte, seinen Griff um ihr Haar zu lockern. »Ich will zu Antonia, sie hat vorhin angerufen.«

»Aber du hast nichts davon erzählt, dass du Gepäck mitnimmst. Wolltest du über Nacht wegbleiben, du Schlampe? Hast du dir das so vorgestellt?«

»Lass los, das tut weh.«

Er nahm die Hand aus ihrem Haar und sah sie höhnisch an.

»Weh? Das bisschen? Dann weißt du nicht, was wirklich wehtut.«

»Ich muss jetzt wirklich los.«

»Vergiss es.«

»Aber die Kinder sind da.«

»Vergiss es, hab ich gesagt!«, brüllte er. »Du fährst nirgends hin. Los, komm her.«

Sie gehorchte, schlich folgsam hinter ihm her in die Küche zurück. Die Selbstverachtung stand vorläufig noch hinter dem Schrecken zurück, der ihr wie ein Klumpen im Magen saß und immer größer und größer wurde.

»Setz dich!« Er zeigte auf einen Stuhl.

Er nahm ihr gegenüber Platz, mit dem Rücken zur Tür, sodass er den einzigen Weg aus der Küche versperrte, vom Fenster abgesehen. Aber wer wählt schon den Fluchtweg aus einem Fenster im zweiten Stock eines Mietshauses?

Ihr Herz klopfte wie wild, während sie sah, wie er das Schnapsglas halb mit Wodka füllte und den Inhalt mit einer genüsslichen Grimasse kippte.

Jetzt benahm er sich eindeutig bedrohlich. Nach all den Jahren – all diesen scheußlichen, grauenvollen, demütigenden Jahren – wusste sie die Zeichen zu deuten. Und jetzt im Moment waren sie so ungünstig, wie sie nur sein konnten.

Pirjo war nur froh, dass sie sich aufgerafft hatte, Marja und Harry über Nacht wegzubringen. Die beiden sollten auf keinen Fall erleben müssen, wie ihre Mutter in ihren eigenen vier Wänden erniedrigt und misshandelt wurde, nicht noch einmal dazu gezwungen sein, hilflos und verzweifelt widerwärtige Szenen mit anzusehen. Sie hatten mehr als genug mitgemacht.

Aber vielleicht machte sie sich übertriebene Sorgen. Sie sah ihn beunruhigt an, sah, wie er die Zähne zusammenbiss, wie die Nasenflügel zu zittern begannen und die Furche zwischen den Augenbrauen tiefer wurde: Anzeichen, die sie wieder erkannte, die nichts Gutes verhießen.

Schließlich wagte sie die Frage: »Ist etwas passiert, Mattias? Du bist so verändert.«

Völlig überraschend lachte er, kurz und freudlos. Bei dem

unerwarteten Laut verspürte sie ein Ziehen in der Magengegend.

»Er ist tot«, informierte er sie, während er seine Gesichtszüge wieder ordnete.

»Wer?«

»Du kennst ihn nicht. Der scheinheilige Schweinepriester ist abgekratzt. Jemand hat den Mistkerl umgebracht.«

Pirjo verstand nicht, was er meinte.

»Wer ist tot?«

»Vor kurzem haben sie ein Foto von dem Idioten in *Aktuelt* gebracht. Ganz der Alte. Hässlich und glatzköpfig. Und jetzt hat ihn wer um die Ecke gebracht, den Dreckskerl. Der hat sich verdammt nochmal einen Orden verdient. Das ist die beste Scheißneuigkeit seit langem.«

Sie wusste nicht, was schlimmer war: sein stechender Blick oder die unnatürliche Stimme. Hatte er vollends den Verstand verloren? Die Angst verzerrte ihre Stimme so, dass sie sich selbst kaum wieder erkannte.

»Aber lieber Mattias, von wem redest du?«

Im nächsten Moment baute er sich vor ihr auf, schwankend und bedrohlich, und als er den Mund aufmachte, sprühte Spucke von seinen Lippen.

»Er hat alles verdorben. Wenn er sich nicht eingemischt hätte, hätte ich sie wieder gekriegt, kapierst du das nicht, du verdammte stinkende Scheißschlampe!«

»Wen …«

»Eine wie Mia hätte ich haben können, und jetzt hab ich mir dich angelacht. Schau dich doch mal an! Eine echte Schreckschraube. Fette Schlampe. Scheiße, wie konnte ich mich bloß mit so einem Fettarsch einlassen? Ich muss den Verstand verloren haben. Sieh in den Spiegel, wenn du dich traust! Ich hab mit den Nachbarn über dich geredet, und die sehen es genauso. Eine Null hoch drei. Dich will doch keiner auch nur mit der Kneifzange anfassen. Haraldsson in der Werkstatt hat schon im Frühjahr gesagt, nach der dreht sich kein Schwein auf der Straße um. Und dann der Name! Pirjo Halkonen! Verdammt, das ist doch der reine Wahnsinn. Pirjo Halkonen! Da hat man eine Superfrau wie Mia, geil und schick, und dann gerät man an so was wie dich. Eine verblödete Finnin.«

»Ich bin auf Orust geboren und aufgewachsen«, stellte sie in dem verzweifelten Versuch klar, ein Fünkchen Selbstachtung anzufachen.

Die Bierdose kam geschossen und streifte sie an der Wange, ehe sie gegen die Wand klatschte. Der Inhalt ergoss sich über den Teppich.

»Wer hat dir erlaubt, die Schnauze aufzumachen?«, brüllte er. »Sieh dir an, was du mit dem Bier gemacht hast. Das wirst du mir verflucht nochmal ersetzen.«

Verschreckt trat sie einen Schritt zurück, aber er hatte sie schon erreicht und umklammerte brutal ihren Oberarm.

»Ich hab dich und deine Hurenbrut so was von scheißsatt, du schwabblige, eklige Kuh.«

»Sei doch nicht so, Mattias«, bat sie. »Lass mich fahren. Morgen geht es dir besser.«

»Und wer ist schuld dran, dass es mir so geht, hä? Der ermordete Scheißpriester und du, ihr seid an allem schuld.«

»Mattias, hör mir zu.«

»Nein, du sollst mir zuhören.«

Ihr blieb die Luft weg, als sie sah, wie er sich den Gürtel abschnallte und ihn in der Hand wog.

Der Albtraum war wieder da.

»Mattias! Bitte nicht!«

»Wenn du schreist, bring ich dich um. Und dann murks ich die Hurenbrut ab. Die Gören hab ich schon immer gehasst. Ganz die Mutter.«

»Bitte hör zu, tu mir den Gefallen ...«

»Halt die Klappe, verdammt! Runter mit den Kleidern.«

Ihre Stimme kippte.

»Die Kleider?«

»Alles runter. Und wenn du auch nur einen Laut von dir gibst, dann ist das dein letzter Laut in diesem Leben.« Er ließ den Gürtel durch die Luft sausen und schrie mit verzerrter Stimme: »Dieser Scheiß-Bravander, der alles verdorben hat, jetzt kann er sich die Radieschen von unten ansehn – beeil dich mit Ausziehen, verdammt, ich hab nicht ewig Zeit –, sein Bild im Fernsehen und alles, natürlich eine wichtige Persönlichkeit, nicht wie wir kleinen Leute, und jetzt hat ihn einer umgebracht, das geschieht ihm recht, schließlich hat er mir Mia weggenommen – dreh dich mit dem Rücken zu mir, Alte, und keinen Ton, dass du es weißt, den BH auch runter, runter damit, los, runter, zeig schon deinen Speck.« Sie konnte die Tränen nicht unterdrücken.

»Wehe du schreist, hast du kapiert, sonst hol ich das Messer raus.«

Der erste Schlag …

Kein Laut, nicht nachgeben, um keinen Preis.

… der zweite …

Morgen verlässt du das Dreckschwein, nimmst die Kinder und gehst zur Polizei.

… der dritte …

Beiß die Zähne zusammen, lass dir nichts anmerken, sei stark. Kann mir denn keiner helfen?

… der vierte …

Gott im Himmel, lass es genug sein.

… der fünfte …

Nie mehr. Bring ihn um, bring ihn jetzt um.

»Hör auf, Mattias, hör auf, hör auf! HÖR AUF!«

»Schweig, Hure! Hab ich nicht gesagt, du sollst schweigen!«

… der siebte …

Schrei! Schrei wie nie zuvor! Schrei so, dass alle im Haus dich hören!

Pirjo Halkonen schrie. Sie schrie wie nie zuvor. Sie schrie so, dass alle im Haus sie hörten.

14 *Es hat nicht gereicht.*

Das ist mir jetzt klar.

Eines habe ich gestern Abend im Gemeindehaus gelernt: Man soll nicht alles glauben, was in den Zeitungen steht. Das ist doch völliger Blödsinn, was in dem Artikel behauptet wird, in dem es heißt, es sei so einfach, jemanden mit dem Absatz eines Stöckelschuhs umzubringen. Ein gut gezielter Schlag, und alles sei vorbei.

Wenn es doch nur so einfach gewesen wäre.

Aber es ging. Es hat geklappt. Auch wenn es ganz schön anstrengend war. Wie viel Lebenswille in dem unsportlichen Körper steckte!

Und die Fortsetzung?

Die liegt bei mir, allein bei mir.

Es reicht-reicht-nicht – reicht-reicht-nicht – reicht-reicht-nicht …

Der Mann hastete den Bürgersteig entlang, eine Zeitung wie einen Regenschirm über den Kopf haltend.

Sten Wall wartete, bis er den Hauseingang erreicht hatte. Dann beeilte er sich, ihn einzuholen.

»Torgny Samuelsson?«, rief er.

Der Angesprochene drehte sich mit erschrecktem Gesichtsausdruck um.

»O Verzeihung, ich wollte Ihnen keinen Schreck einjagen«, sagte Wall mit entschuldigendem Lächeln und trat auf ihn zu, um sich vorzustellen.

Samuelsson nickte kurz, von der Entschuldigung offenbar noch nicht gänzlich besänftigt.

»Ich habe Sie bei der Arbeit angerufen und gehört, dass Sie auf dem Nachhauseweg sind, also habe ich mir erlaubt, hier auf Sie zu warten.«

»Um was geht es?«

Der Kommissar trug sein Anliegen vor und fragte, ob sie sich unterhalten könnten. Samuelsson willigte ein.

Gemeinsam betraten die beiden Männer das Treppenhaus und fuhren mit einem knarzenden, langsamen Aufzug in den dritten Stock hinauf, wo Torgny Samuelsson in einer Vierzimmerwohnung zu Hause war.

»Aber die behalte ich nur noch dieses Jahr«, erklärte er. »Habe sie schon gekündigt. Kein Grund, in einer so großen Wohnung zu leben, seit ich solo bin.«

Wall hängte seinen nassen Mantel im Flur auf und ließ sich in die Küche führen. Samuelsson war ein breitschultriger, kompakt gebauter Mann in den Vierzigern mit einer kräftigen Kinnpartie und dichten Haaren, feucht an den Seiten vom Regen. Die Zeitung hatte ihn nicht überall geschützt.

»Ein Glas Wasser oder Saft? Leider ist das alles, was ich Ihnen anbieten kann. Ich kaufe nicht mehr auf Vorrat ein. Habe mich noch nicht ans Singledasein gewöhnt.«

»Sie sind also geschieden?«

Ein finsteres Nicken.

»Laura und ich leben in Trennung. Im Sommer hat sie mich verlassen. Und jetzt habe ich nur noch über den Anwalt Kontakt mit ihr.«

»Wie bedauerlich«, sagte Wall mitfühlend. »Hoffentlich renkt es sich wieder ein.«

»Das ist leider ausgeschlossen. Aber Sie sind ja nicht hergekommen, um einen gebrochenen Mann zu bemitleiden. Bravander wurde also ermordet. Tragisch. Alle reden von nichts anderem. Aber warum kommen Sie zu mir? Ich habe nichts mehr mit den Gottesboten zu tun, habe im Gegenteil alle Verbindungen zu ihnen gekappt. Ein für alle Mal.«

»Das ist nur ein Gespräch von sehr vielen«, beruhigte ihn Wall. »Reine Routine, wie man so sagt.«

»Dann schießen Sie los.«

»Unter anderem möchte ich gerne wissen, was Sie von ihm hielten.«

»Bravander? Auf seine Art ein prima Kerl. Ich habe ihn

geachtet. Obwohl die Gottesboten uns vor die Tür gesetzt haben«, sagte Samuelsson und wischte sich einen Regentropfen vom Ohr.

»Wenn ich es richtig verstehe, hat Bravander wohl die übrigen Ratsmitglieder zu überreden versucht, Sie nicht aus der Gemeinde auszuschließen, obwohl Sie die Bluttransfusion Ihres Sohnes zugelassen hatten.«

»Ich weiß. Ich habe das Protokoll gelesen. Die Protokolle der Ratssitzungen sind für alle Mitglieder einsehbar. Aber er konnte sich nicht durchsetzen. Vielleicht hat er sich nicht genug bemüht.«

»Das kann ich mir nicht vorstellen.«

»Schon möglich. Er war auf jeden Fall besser als diese Speichellecker Alvin und Edh. Von dem Grobian Konrad Mattsson ganz zu schweigen.«

Wall sah den aufgebrachten Mann prüfend an, der sich in einem fort in den krausen blonden Haare kratzte.

»Es ist sonst nicht meine Gewohnheit, schlecht über andere zu reden«, sagte Samuelsson, »aber Sie müssen meine Verbitterung verstehen, nach allem, was ich durchgemacht habe. Und ich kann keine tief empfundene Trauer über Bravanders Ermordung vortäuschen. Ich muss mit meinen eigenen Sorgen fertig werden. Für mich sind die Gottesboten endgültig ein abgeschlossenes Kapitel.«

»Und der Ausschluss beruhte also darauf, dass Sie der Bluttransfusion bei Ihrem Sohn Lars zugestimmt haben?«

Samuelsson nickte.

»Und das lässt der Glaube der Gottesboten nicht zu?«

»Nein, die Regeln sind eindeutig. Wir dürfen unser Blut nicht mit dem anderer mischen. Das gilt als unrein. Man sieht ja, wie es vielen dieser armen unschuldigen Teufel ergangen ist, die nach Operationen plötzlich mit dem HIV-Virus infiziert waren.«

»Und Sie haben die Transfusion doch gestattet?«

»Ja, die Eltern müssen ihre Genehmigung erteilen. Das

Problem war nur, dass ich viel zu lange gewartet habe, ehe ich zustimmte. Meine Frau Laura … Sie warf mir mein langes Zögern vor. Sie gibt mir die Schuld an Lars' Tod. Mir und den Gottesboten.«

»Wo ist sie jetzt?«

»In Sandviken. Sie ist zu ihrer Mutter gezogen und will mich nie wieder sehen.«

Wall tat der verzweifelte Mann Leid. Hatte der Gram seine Furchen um Mund und Augen so vertieft?

»Besteht denn gar keine Hoffnung, dass Sie wieder zusammenkommen und sich versöhnen?«

»Überhaupt keine. Die Scheidung ist zwar noch nicht rechtskräftig, aber ich weiß, dass ich Laura nie zurückbekomme. Man könnte ja meinen, eine Tragödie wie die mit unserem Lars hätte uns noch enger zusammengeschweißt, aber es war umgekehrt. Ich weiß, dass sie mich hasst.«

Die nackte Verzweiflung des Mannes nahm Wall mit. Er räusperte sich ein paar Mal vernehmlich.

»Zurück zu den Gottesboten. Haben Sie Verständnis für den Ratsbeschluss, Sie auszuschließen?«

»Auf gewisse Weise schon. Ich hätte wohl auch nicht anders gehandelt, wenn ich in der Frage hätte entscheiden müssen.«

»Sie wussten also um die Folgen, als Sie den Ärzten grünes Licht gaben?«

»Ja. Ich wusste, dass wir vor die Tür gesetzt würden. Man verstößt nicht ungestraft gegen religiöse Gesetze.«

»Aber dann …«

»Ich bereue nur, dass ich Lauras Wunsch nicht schon vor einem Jahr nachgab. Hätte ich viel früher einem medizinischen Eingriff zugestimmt, hätte Lars gerettet werden können. Und unsere Ehe. Dann hätte ich nur meine Mitgliedschaft in den Gottesboten verloren, und das scheint neben allem anderen ja doch nebensächlich. Beinahe unwichtig. Jedenfalls im Vergleich mit dem anderen.«

»Bitte verstehen Sie das jetzt nicht falsch, aber diese Frage haben wir in den letzten Stunden schon sehr vielen Personen gestellt: Wo waren Sie gestern Abend zwischen halb zehn und Mitternacht?«

»Ist das die Tatzeit?«

»Das nehmen wir an.«

»Und jetzt verdächtigen Sie mich?«

»Überhaupt nicht. Wie gesagt, es ist reine Routine.«

»Das kann ich Ihnen glauben oder auch nicht. Ich weiß auch nicht, ob Sie auf legalem Weg eine Antwort von mir erzwingen können, aber was soll's. Ich habe den ganzen Abend hier vor dem Fernseher gesessen, bis ich schlafen ging. Das war nach den 23-Uhr-Nachrichten im Zweiten.«

»Allein?«

»Daran werde ich mich in Zukunft gewöhnen müssen.«

»Sie arbeiten im Kraftwerk Syd in Bro, nicht wahr?«

»Ja. In der Verwaltung. Sitze meistens vor meinem Monitor. Aber lange werde ich nicht mehr da bleiben, das steht für mich fest. Sobald ich woanders eine neue Stelle finde, schlage ich zu. Ich will nicht einen Tag länger als nötig in dieser Stadt wohnen bleiben.«

»Warum nicht?«

»Zu viele schlechte Erinnerungen. Sie müssen verstehen, ich habe alles verloren, bis auf diese Wohnung, die viel zu groß und zu teuer ist. Ja, meine langweilige Stelle habe ich noch, bis auf weiteres, aber da gefällt es mir überhaupt nicht. Muss mich jeden Morgen überwinden, zur Arbeit zu gehen. Alles andere ist weg. Mein Sohn. Meine Frau. Meine Mitgliedschaft bei den Gottesboten. Alles, was mir je etwas bedeutet hat.«

»Und wie ist es mit Ihrem Glauben? Ist der auch weg?«

Torgny Samuelsson antwortete mit einem wehmütigen Lächeln, das alles Mögliche bedeuten konnte.

15 In Stad genoss die Kultur von jeher hohes Ansehen. Häufig und mit hohem Qualitätsanspruch wurden Konzerte, Theateraufführungen und Lesungen veranstaltet, und großzügige kommunale Zuschüsse ermöglichten den engagierten Bildungsvereinen ein breit gefächertes und abwechslungsreiches Vortragsangebot.

Außerdem konnte sich die Stadt der landesweit meisten öffentlichen Kunstwerke pro Kopf rühmen. Werke so bedeutender Künstler wie Stig Blomberg und John Lundqvist schmückten Straßen und Plätze; etliche Mitglieder der berühmten Halmstadgruppe waren ebenfalls vertreten.

Und in der grandiosen Kirche, deren Schiff aus dem 13. Jahrhundert stammte, hatte der bekannte Einar Forseth die Deckenfresken ausgeführt, der Mann hinter den byzantinisch beeinflussten Goldmosaiken im Goldenen Saal im Rathaus von Stockholm.

Eine Zeit lang war es vor Ort sogar zu recht ausgedehnten Protesten gegen die Kulturpolitik gekommen. Kritische Stimmen behaupteten, die Interessen von Wirtschaft und Sport müssten hinter den kunstbeflissenen Verschönerungsversuchen der Verantwortlichen zurückstehen.

Außerdem fanden viele, die Stadt verhalte sich viel zu passiv hinsichtlich der in Schweden während der sechziger und siebziger Jahre an allen Ecken und Enden grassierenden Sanierungswut.

»Wir hinken doch der Zeit hinterher«, wurde gemurrt. »Eine moderne Gemeinde muss erneuert werden, auf den Zug der Entwicklung aufspringen. Von Nostalgie allein kann niemand leben.«

Mittlerweile schlug man einen anderen Ton an. Die früheren Nörgler waren nun dankbar dafür, dass man die zuvor so hochgehaltenen Ideen verworfen hatte. Waren sie wirklich so kurzsichtig gewesen, die Zerstörung alles Alten zu propagieren, nur um klotzige Kaufhäuser und sperrige Parkhäuser zu errichten?

So war der Stadtkern intakt geblieben, und Nostalgiker mit Sinn für das Pittoreske kamen auf ihre Kosten. Ein prominenter Kabarettist war von einem Besuch in Gamleby, dem ältesten Stadtteil, so begeistert, dass er die Gegend umgehend in Idyllien umtaufte.

Insgesamt gab es drei Museen in Stad. Das einzige Grafikmuseum Skandinaviens logierte in dem schönen Rathaus am Marktplatz, und im Distriktsmuseum, einem restaurierten alten Rauchstubenhaus mit Grasdach im Park, konnte man eine ansehnliche Sammlung von Gegenständen des täglichen Gebrauchs bewundern.

Das Distriktsmuseum lag in Bahnhofsnähe am Flussufer, kurz bevor dieser stromaufwärts zum Kraftwerk hin eine Biegung machte.

Der Springbrunnen vor dem Haupteingang war stillgelegt und würde nicht vor dem 1. Mai wieder lossprudeln. Doch dafür hatten sich die Himmelsschleusen geöffnet, als Jan Carlsson zur vereinbarten Zeit die Treppe hochstieg und auf die Klingel drückte.

Gillis Edh erschien sofort, nickte zur Begrüßung hinter der Glastür und schloss auf.

»Es ist also wieder so weit«, stellte er in alles andere als abweisendem Ton fest.

»Störe ich?«, fragte der Polizist.

»Überhaupt nicht. Wir sind ja um sechs hier verabredet. Ich bin sogar gerade eben fertig geworden. Muss nur noch eben die Uniform drinnen im Magazin aufhängen. Sie können gerne mitkommen.«

In dem großen Foyer hallten ihre Schritte auf dem blank polierten Steinfußboden bis hinauf zur gewölbten Decke. Jan Carlsson empfand etwas wie Andacht – genau wie bei seiner ersten Klassenfahrt, als sie das Schifffahrtsmuseum in Göteborg besucht hatten.

Zu beiden Seiten der weiß gekalkten Wände standen Glasvitrinen mit den Exponaten. Alles minuziös arrangiert.

Am Eingang zu Garderobe und Toiletten befand sich eine Verkaufstheke, auf der sich Bücher und Souvenirs stapelten.

»Um diese Jahreszeit laufen die Geschäfte schlecht«, sagte Edh, »aber im Sommer herrscht hier großer Andrang. Manchmal muss ich selbst aushelfen, wenn die Schlangen zu lang werden.«

»Ich habe den Eindruck, dass Sie an verschiedenen Stellen im Museum zum Einsatz kommen. Eine Art Mädchen für alles?«

»So würde ich es nicht ausdrücken, aber mich stellt es durchaus zufrieden, wenn ich unserer Direktorin nach bestem Vermögen ein paar lästige Routinearbeiten abnehmen kann. Sie hat weiß Gott auch so noch genug zu tun.«

Er warf dem Inspektor einen schalkhaften Blick zu und lächelte verschämt: »In gewisser Hinsicht haben wir ähnliche Berufe, wir beide. Hier muss man nämlich auch ein wenig detektivische Spürarbeit leisten.«

Ein Schild informierte darüber, dass Anfang November eine Ausstellung mit Werken skandinavischer naiver Malerei im Bürgermeistersaal im ersten Stock eröffnet würde. Jan Carlsson nahm sich vor, seiner Frau davon zu erzählen. Gun war sehr an Kunst interessiert und fuhr zum Beispiel dreimal jährlich nach Louisiana, dem Wallfahrtsort für moderne Kunst in Dänemark.

Ihm selbst bereitete das Herumstreifen durch Museen und Kunstsalons nur mäßiges Vergnügen – seine Geduld erschöpfte sich rasch. Ließ er sich doch einmal überreden, seine Frau zu irgendeiner Ausstellung zu begleiten, hastete er im Eiltempo durch die Säle. In der Regel arbeitete er an die fünfzig Exponate ab, noch bevor Gun sich an den ersten beiden satt gesehen hatte, und danach wartete er in der Cafeteria, bis Gun fertig war und sie wieder nach Hause fahren konnten.

Infolgedessen bat Gun ihn mittlerweile so gut wie nie

mehr um die Begleitung zu solchen Ereignissen, was er sehr zu schätzen wusste.

Gillis Edh vertauschte die Uniformjacke gegen einen dunkelblauen Blazer und kontrollierte in einem Wandspiegel, ob der Scheitel in seinem aschblonden Haar richtig saß. An den Schläfen waren ein paar graue Strähnen zu sehen. Seine Augen blickten offen und ehrlich drein.

Und fragend.

»Wir konnten uns ja vorhin noch nicht richtig unterhalten«, sagte Jan Carlsson, »und deshalb bin ich dankbar, wenn ich Ihnen ein paar ergänzende Fragen stellen darf.«

»Bitte sehr.«

»War Agne Bravander in der letzten Zeit verändert?«

»Davon habe ich jedenfalls nichts bemerkt.«

»Wirkte er nicht ängstlich? Nervös? Unruhig?«

»Nein.«

»Seine Frau sagte, er sei sehr verändert gewesen. Etwas habe ihn bedrückt, erzählte sie. Sie hatte selbst eine Vorahnung, dass etwas Furchtbares geschehen werde. Und so war es dann ja auch.«

Edh nickte.

»Sicherlich. Dies ist der schwärzeste Tag in der Geschichte der Gottesboten.«

»Sie haben keine Theorien, wer der Schuldige ist?«

»Bedaure, da kann ich Ihnen wohl leider nicht weiterhelfen.«

»Und wie ist Ihre Meinung zu Agne Bravander als Mensch?«

»Wie meinen Sie das?«

»Was hielten Sie von ihm, ganz allgemein?«

»Ich mochte ihn sehr gern. Wie wir alle. Ein rechtschaffener Mann. Und freundlich. Jedenfalls war Agne Bravander ein Mensch mit dem Herz auf dem rechten Fleck. Manchmal fast im Übermaß, nahm von allen nur das Beste an.«

»Könnte man ihn als ein wenig naiv bezeichnen?«

»Nein, das möchte ich nicht behaupten. Aber es war, als wäre er der Meinung, dass es keine Bosheit auf der Welt gäbe. Er hatte einen sehr hohen moralischen Anspruch.«

»Er war also doch ein klein wenig gutgläubig, genau genommen?«

Gillis Edh breitete mit einer ratlosen Geste die Arme aus.

Der Inspektor wechselte das Thema:

»Wann wird der neue Pastor berufen?«

»Weiß ich noch nicht. Damit werden wir uns wohl nach der Beerdigung auseinander setzen müssen.«

»Sie fühlen sich nicht verpflichtet, sich in einer solchen Notlage zur Verfügung zu stellen?«

»Auf gar keinen Fall.«

»Warum nicht?«

»Ich habe zwei Leidenschaften im Leben. Die Gottesboten und das Museum. So wie die Dinge jetzt liegen, bringe ich beides unter einen Hut. Ich weiß, dass ich beiden dienen kann, und damit möchte ich weitermachen, solange Gott mir meine Gesundheit lässt.«

»Bleiben Sie Ratsmitglied?«

»Natürlich. Ich wurde außerdem in die Jahreshauptversammlung gewählt, und wenn die Gemeinde danach wünscht, dass ich noch eine Zweijahresperiode bleibe, tue ich das nur zu gern.«

»Was bedeutet Ihnen der Rat persönlich?«

»Da Mitglied zu werden ist die größte Ehre, die einem Gottesboten zuteil werden kann. Ich bin stolz darauf, unserem beschlussfassenden Organ anzugehören, und habe immer mein Äußerstes getan, um das Vertrauen zu erwidern. Ohne überheblich zu werden, glaube ich, dass alle das bezeugen können.«

»Wer wird in Bravanders Fußstapfen treten?«

»Keine Ahnung.«

»Auch keine Vermutung?«

»Es muss jemand sein, der sich für die Weltanschauung

der Gottesboten einsetzt und ihre Traditionen hochhält. Aber wer das genau sein wird, wird sich noch zeigen. Ich bin überzeugt, dass wir einen ausgezeichneten Kandidaten finden werden, wenn wir uns damit befassen.«

Nach kurzem Zögern sagte Carlsson: »Soweit ich weiß, sind Sie der einzige Unverheiratete im Rat.«

»Und was ist daran auszusetzen?«

»Gar nichts, das fiel mir nur eben so ein, ohne Hintergedanken.«

»Der Zivilstand entscheidet nicht über die Eignung eines Ratsmitglieds«, sagte Edh. Er klang gekränkt.

Carlsson zeigte mit einem Schulterzucken an, dass für ihn die Diskussion beendet war, aber sein Gegenüber fuhr fort.

»In meiner Jugend war ich mit einem Mädchen aus Sydstranden befreundet. Wir waren verlobt und hatten schon das Aufgebot bestellt, als sie einen Rückzieher machte.«

»Manchmal kommt es anders, als man denkt«, bemerkte Carlsson unbeteiligt.

Gillis Edh lächelte völlig unerwartet.

»Sie gab mir den Ring zurück und zog aus der Stadt fort. Als ich zuletzt von ihr hörte, lebte sie mit Mann und drei Kindern in Neuseeland. Aber das ist schon vier, fünf Jahre her. Sonst noch was, oder kann ich jetzt schließen?«

»Nur noch eins.«

Jan Carlsson zögerte kurz.

Dann sagte er: »Es ist kein Geheimnis, dass wir annehmen, die Mordwaffe gefunden zu haben.«

»Mia Alvins Schuh?«

»Das hat sich also auch bis hierher herumgesprochen?«

»Bruder Ingmar hat angerufen. Sind Sie wirklich sicher ...«

»Es sieht so aus, und deshalb frage ich mich, ob es da einen Zusammenhang zwischen Pastor Bravander und Mia Alvin gegeben haben könnte.«

Jan Carlsson machten Edhs treuherzig fragende Blicke plötzlich zu schaffen.

»Könnten die beiden ein Verhältnis gehabt haben?«

Edh schnaubte verächtlich, und seine Stimme wurde frostig-schneidend.

»Wollen Sie etwa behaupten, dass Bravander ... völlig unmöglich! Schluss, fertig, aus. An so etwas auch nur zu denken, wäre verrückt.«

»Aber Sie müssen doch zugeben, dass es verdächtig ist, wenn ausgerechnet ihr Schuh als Tatwaffe verwendet wird. Warum? Haben Sie eine Vermutung?«

Der Aufseher war immer noch sichtlich empört. Seine Unterlippe zitterte.

»Alles lässt sich nicht erklären«, sagte er, »aber eins ist sicher: Bravander hat nie seine Frau betrogen.«

»Ich habe in Erfahrung gebracht, dass sein Lebenswandel untadelig war.«

»Absolut korrekt.«

»Hat Mia Alvin die gleiche Auffassung von ehelicher Treue?«

Die Frage war Jan Carlsson einfach so herausgerutscht. Er bereute sie sofort. Gillis Edh kam sicherlich kein Urteil über Mia Alvins eventuelle außereheliche Eskapaden zu.

Der Aufseher sah nicht amüsiert aus. Er runzelte die Stirn.

»Mia? Was hat sie damit zu tun?«

»Vielleicht mehr als wir ahnen«, versuchte der Polizist sich herauszureden.

»Woher soll ich wissen, was Mia Alvin treibt?«

»Sie hatten doch eine klare Meinung zu Agne Bravanders Moralauffassung.«

»Wir Gottesboten pflegen uns nicht über unsere Mitmenschen die Mäuler zu zerreißen. Jetzt *muss* ich aber wirklich abschließen. Danke und auf Wiedersehen.«

»Danke für das Gespräch. Wir kommen wieder.«

Der Regen hatte aufgefrischt. Die kalten Tropfen peitschten Jan Carlssons Gesicht, kaum dass er auf die Treppe hinaustrat. Gillis Edh bot an, ihm einen Regenschirm zu leihen, doch der Kommissar lehnte ab.

»Danke, nicht nötig. Ich habe das Auto dort drüben, genau hinter der Hecke.«

Damit schlug er den Kragen hoch und spurtete am Springbrunnen vorbei.

Von dem heftigen Sprint kam er mächtig außer Puste. Ich muss was für meine Kondition tun, dachte er, als er sich hinters Steuer setzte.

Mit finsterer Miene sah er zu, wie sich sein Bierbauch hob und senkte, während er mit dem Sicherheitsgurt hantierte. Es war wirklich höchste Zeit, etwas Sport zu treiben. Methodisch und gnadenlos.

Doch aus Erfahrung wusste er, dass der gute Vorsatz erbärmlich schwer zu verwirklichen war. Er war noch nie der Typ gewesen, der sich selbst in den Hintern trat.

»Vielleicht im Frühjahr«, sagte er sich, »wenn es draußen grün wird.«

Man sollte die Hoffnung schließlich nie aufgeben.

16 Bedrückt wanderte Sten Wall spätabends nach Hause. Die Sorgen drückten ihn. Er dachte an Agne Bravanders brutalen und sinnlosen Tod, an seine trauernde Witwe im Rollstuhl und an das Unglück in dem Einfamilienhaus in Öster, an das tragische Schicksal von Laura und Torgny Samuelsson, an alle prügelnden Ehemänner, mit denen sie es schon zu tun gehabt hatten, und an Steve Larsson, der aus der Gemeinde der Gottesboten ausgeschlossen worden war, nur weil er zu seinen Gefühlen stand.

Alle Mordfälle waren natürlich tragisch, doch hier hatten sich unleugbar besonders viele düstere Faktoren auf einmal zusammengetan.

Ein Trauerspiel mit kohlschwarzen Rändern, sagte Wall zu sich selbst, während er in die Bergsgata einbog.

Ein junger Mopedfahrer kam in hohem Tempo angerast und schnitt die Kurve. Die Reifen schlingerten durch eine breite Lache, sodass die Beine des Polizisten nass gespritzt wurden.

Doch Wall schien den Vorfall nicht zu bemerken. Er war vollständig in seine trüben Gedanken versunken.

Zu Hause angekommen, brühte er sich eine Kanne Tee auf und bestrich ein Knäckebrot mit Leberpastete.

Dann machte er es sich bequem, schloss die Augen und versuchte, sich das Wesentliche der abendlichen Sitzung in der Polizeidirektion ins Gedächtnis zu rufen. Alle Mitglieder des Fahndungstrupps hatten teilgenommen.

Sie waren schon ein kleines Stück weitergekommen.

Zwar hatten sie leider immer noch nichts aus Sandviken über Laura Samuelssons Alibi für den Vorabend gehört, aber Wall rechnete fest für Donnerstag damit.

Die wichtigste Information war, dass Steve Larsson von einem Zweitagesausflug nach Kopenhagen zurück war, wo ihn ein freikirchlicher Pfarrer am Dienstag um 17 Uhr 30 mit Martin Markström getraut hatte. Otto Fribing hatte sich den Trauschein zeigen lassen und auch in Erfahrung gebracht, dass die frisch Vermählten nach der Zeremonie in ihr Hotel an der Vesterbrogade in der Nähe des Hauptbahnhofs zurückgefahren waren und später ein Restaurant am Amagertorv aufgesucht hatten. Das Hochzeitssoupé hatte bis halb ein Uhr nachts gedauert, weshalb Steve Larsson natürlich nicht mehr als Täter infrage kam.

Steve, der mindestens zehn Zentimeter größer war als sein frisch gebackener Ehemann, hatte Fribing sowohl die Hotel- als auch die Restaurantrechnung vorgelegt.

Damit hatte er sich eigentlich ausreichend von jedem Verdacht befreit, aber Wall ging lieber auf Nummer Sicher. Er bat Fribing, früh am nächsten Morgen den Zug in die dänische Hauptstadt zu nehmen und in Hotel und Restaurant ein Foto von Steve Larsson zwecks Identifikation vorzuzeigen. Wall konnte es nicht leiden, wenn nicht alle Möglichkeiten ausgeschöpft waren.

Beim Aufbruch hatte Steve Larsson Folgendes gesagt (Fribing versuchte, ihn wörtlich zu zitieren): »Was Agne Bravander zustieß, ist die Rache Gottes. Intoleranz gehört ausgerottet. Vor dem Herrn sind alle gleich. Daher wundert es mich eigentlich nicht, dass er ermordet wurde. Aber mit der Tat habe ich nichts zu tun, was hiermit bewiesen wäre. Und dann will ich noch gesagt haben, dass Bravander nicht der Schlimmste war. Im Gegenteil. Es gibt viel Schlimmere.«

Carl-Henrik Dalman war im Polizeirevier zwar nicht als fleißigstes Arbeitstier bekannt, doch diesmal hatte er seine Sache gut gemacht, als es darum ging, Rohlinge aufzuspüren, die ihre Ehefrauen oder Partnerinnen als Punchingbälle oder Sandsäcke missbrauchten.

Kontakte mit dem Frauenhaus, aber auch mit dem Sozialamt ergaben, dass Agne Bravander intensiv mit diesen Institutionen zusammengearbeitet hatte. Dalman und seine Hilfskraft Maggie Larsson bekamen reichlich Namen, und sie hatten bereits einen Großteil der Liste abgearbeitet.

Bislang hatten sie noch keinen Verdächtigen ausfindig gemacht, dem ein Alibi zur Tatzeit fehlte. Stattdessen hatten sie die meisten Namen der gewalttätigen Männer streichen müssen. Doch die Liste war lang, und die beiden Polizisten wollten Donnerstag früh weiterfahnden.

Sie hatten die Aufgaben so verteilt, dass Dalman die Männer besuchte, während sich Maggie Larsson an die Frauen wandte, die deren Opfer geworden waren. Es war verblüffend, wie viele von ihnen noch mit den Typen zusammenlebten, die jahrelang so viel Leid über sie gebracht hatten.

»Man kann den Strolchen nicht ansehen, welcher der schlimmste ist«, hatte Dalman gesagt. »Einer war so mickrig, dass man ihn hätte umpusten können, aber seiner Frau das Leben zur Hölle machen, dazu war er offenbar kräftig genug. Und im Stadtteil Grönland draußen bin ich auf den größten Schrank gestoßen, den ich je gesehen habe. Ein einziger Schlag von der Pranke – und mein Kopf wäre ab gewesen.«

Wall nahm nicht an, dass diese Spur Ergebnisse bringen würde, weil Bravanders Engagement in der Sache schon so weit zurücklag. Aber sie konnten es sich nicht leisten, etwas auszuschließen.

Der Kommissar stand auf und trat in den Flur, wo er seine Tasche abgestellt hatte. Daraus holte er ein paar CDs und eine Videokassette hervor, auf der ein gelber Notizzettel klebte.

»Elmar Gantry war in keinem Videoshop auszuleihen, aber ein Freund von mir hat den Film mal aufgenommen. Du kannst ihn ausleihen, so lange du magst. Hoffentlich bringt er dich auf was. Terje.«

Auf der Einar-Ekberg-CD war das »Danke«-Lied nicht enthalten, dafür aber auf der Version mit einem Sänger namens Torkel Selin. Von dem hatte Wall noch nie zuvor gehört.

Das Telefon klingelte gerade, als er die CD eingelegt hatte.

»Hallo, hier ist Jerry Sandgren von der Nachtschicht. Störe ich?«

»Überhaupt nicht.«

»Du bist also noch nicht im Bett?«

»Nein.«

»Wir haben nämlich ein Fax aus Sandviken gekriegt. Von einem Inspektor Hansson. Ich dachte, du wolltest es hören.«

»Wir haben darauf gewartet.«

»Eigentlich ist es an Boström und Dalman adressiert.«

»Hast du sie erreicht?«

Sandgren hörte sich verschreckt an.

»Den Chef kann man doch um diese Zeit nicht mehr anrufen.«

Aber einen anderen kann man stören, dachte Wall. Ich bin zu nett, die Jüngeren haben keinen Respekt mehr vor mir.

»Und Dalman?«

»Der! Der wird doch immer so leicht wütend. Und lebt wohl zu allem Überfluss noch in Scheidung, soweit ich weiß. Oder?«

»Weiß nicht«, log Wall, der nicht das mindeste Interesse hatte, das Privatleben seines Kollegen vor jemand anderem auszubreiten.

»Ich hab gehört, dass er und Eva getrennt leben, und dass ...«

»Jerry! Lies jetzt bitte dieses Fax aus Sandviken vor, ja?«

Das half. Sandgren brauchte fast zwei Minuten, um den Inhalt wiederzugeben. Wall bedankte sich, gab Anweisungen, wo das Fax über Nacht abzulegen war, und beendete das Gespräch.

Danach hörte er sich das »Danke«-Lied viermal hintereinander aufmerksam an, ohne nennenswert klüger daraus zu werden.

Das Telefon klingelte wieder. Der Kommissar sah rasch auf seine Armbanduhr. Sechs Minuten vor Mitternacht.

»Wall.«

»Hier ist Algot Malmström. Bist du schon im Bett?«

»Nein.«

»Gut. Also, ich bin eben aus der Kneipe nach Hause gekommen. Mir war nach einem großen Bier. Nur einem. Es war ein höllischer Tag. Musste mich entspannen.«

»Algot, ich bin nicht dein Vormund. In deiner Freizeit kannst du meinetwegen so viel Bier trinken, wie du willst.«

»Ich hab nicht viel getrunken. Nur eins.«

»Komm zur Sache.«

Algot Malmström begann mit seinem Bericht.

»Wie ich so dasitze und an meinem Bier nippe, kommt ein alter Kumpel aus meiner Militärzeit dazu. Ove Jönsson. Er war ziemlich angeheitert und anhänglich, rückte mir auf die Pelle, schüttete mir sein Herz aus. Kann man nicht gut gebrauchen, wenn man nur allein dasitzen und sein einziges Bier des Abends genießen will. Er ist der poltrige, joviale Typ, weißt du, der gern einen ausgibt und einem dann seine Lebensgeschichte erzählt. ›Bestell dir einen Irishcoffee, bin in Spendierlaune.‹ Der Stil, du kennst das ja. Aber er hat's nicht geschafft, mir was aufzunötigen. Ich wollte ja nur *ein* großes Bier, also hab ich auch nur *ein* großes Bier getrunken.«

Wall wand sich ungeduldig. Malmström konnte unnötig umständlich werden, bisweilen nervtötend langatmig.

»Weiter.«

»Nach einer Weile kam er auf den Mord an Bravander zu sprechen, genau das, womit ich gerechnet und was ich befürchtet hatte. Ich hatte nicht die geringste Lust, den Fall mit ihm zu diskutieren, das verstehst du sicher. Aber ich erhielt doch eine wertvolle Information: Mia Alvin geht höchstwahrscheinlich mit einem Typen in der Südstadt fremd.«

»Ist das nur leeres Geschwätz, oder steckt da was dahinter?«

»Laut Ove ist die Sache sonnenklar. Er fing an mit dem üblichen ›Ich bin nicht der Typ, der rumtratscht, aber …‹, und dann spulte er alles ab.«

Wenig später war Wall fest davon überzeugt, dass Mia Alvin wirklich ein Verhältnis hatte.

»Es klingt überzeugend, das muss ich zugeben.«

»Sten, dazu muss ich etwas sagen. Als ich Mia heute Vormittag gegenüberstand, hatte ich gleich den Eindruck, dass sie ihren Mann durchaus betrügen könnte. Genau der Typ dazu, wenn du verstehst, was ich meine. Eine tickende Bombe. Ich selbst hätte nichts dagegen gehabt, wenn du verstehst … Sie hat sich regelrecht angeboten, direkt vor den Augen ihres Mannes, der offenbar nichts merkte. Und ich hab mir also gleich gedacht, dass sie eine von der läufigen Sorte ist, sie hatte so was Nuttiges.«

»Hm.«

»Ich weiß. Du hast Recht. Ein Vorurteil. Ich hab mich ja auch geschämt für meine Annahme. Das war so ... primitiv, irgendwie. Und ich hab gehofft, dass ich mich täuschte. Ingmar Alvin tat mir so Leid. So weich, so gutmütig, wenn du verstehst, was ich meine. So nett. Ich wollte nicht, dass er ... wie auch immer, meine Vorurteile wurden jedenfalls bestätigt. Und deshalb werde ich der Sache gleich morgen früh weiter nachgehen. Mal sehen, ob ich es auch von anderer Seite noch bestätigt kriege.«

Sie einigten sich, dass Algot das Morgenmeeting ausfallen lassen würde, um stattdessen gleich den Mann aufzusuchen, mit dem Mia Alvin aller Wahrscheinlichkeit nach ein heimliches Verhältnis hatte.

Nach dem Gespräch saß Wall nachdenklich am Telefon. Der Fall Agne Bravander war zweifellos außerordentlich komplex. Es würde nicht leicht sein, in diesem Labyrinth nicht in die Irre zu gehen.

Als Nächstes ging er mit sich selbst zu Rate, ob er sich Elmar Gantry jetzt oder später ansehen sollte. Nach kurzer Überlegung beschloss er, es aufzuschieben. Es war spät, und er musste seine Kräfte beisammenhalten.

Er stellte den Wecker auf 6 Uhr 15, zog seinen moosgrünen Seidenpyjama an und war sich sicher, dass er sofort einschlafen würde, so übermüdet war er.

Zwei Stunden später stand er auf, ohne auch nur eine Minute geschlafen zu haben. Die drei Tassen Tee forderten ihren Tribut, und als er von der Toilette wiederkam, stellte Wall den Wecker auf 6 Uhr 30 um.

Was aber nicht dazu führte, dass er schneller einschlief.

»Martin, hast du die Verachtung dieses schnurrbärtigen Muskelprotzes gespürt?«

»Na ja, man ist es ja nicht anders gewöhnt. Meine Güte, schließlich ist er straight. Nicht so eine Laune der Natur wie wir. Vorurteile gibt es auch oben in Norrland. Überall. Damit müssen wir leben. Wie hieß er übrigens, dieser Polizist? Ein komischer Name.«

»Nicht Friberg?«

»Nicht ganz, Steve, aber fast. Etwas Ausgefalleneres, wenn ich mich recht entsinne.«

»Wie auch immer. Ich glaube, er hatte mich im Verdacht, Bravander umgebracht zu haben, nur weil … du weißt schon.«

»Aber dafür hat er keine Beweise, wie auch immer er nun heißt.«

»Nein, denn unser Alibi ist ja bombensicher. Wir können wohl schlecht an zwei Orten zugleich gewesen sein, nicht wahr?«

»Wohl kaum. Und jetzt gehen wir schlafen.«

17 Der Fahndungstrupp war anders zusammengesetzt als am Vorabend. Helge Boström, Sten Wall, Jan Carlsson und Carl-Henrik Dalman waren auch jetzt mit dabei, aber Algot Malmström und Otto Fribing fehlten. Malmström suchte nach einem möglichen (wahrscheinlichen) Liebhaber Mia Alvins, während Fribing den Zug um 7 Uhr 47 nach Kopenhagen genommen hatte.

Dafür hatten sich Maggie Larsson und Thure Castelbo der Gruppe angeschlossen. Larsson würde später von ihren Ermittlungen über die Frauen berichten, die Opfer häuslicher Gewalt geworden waren, und Castelbo war gerade von einer Woche Herbstferien auf Rhodos zurück, braun gebrannt, erholt und voller Tatendrang.

Wall war froh über die Verstärkung. Castelbo war einer der engagiertesten Kollegen, die ihm in seinen vielen Jahren bei der Kripo begegnet waren, und die recht phantasievolle Polizeiassistentin Maggie Larsson verströmte einen überwältigenden jugendlichen Enthusiasmus.

Der Kommissar begann damit, Kopien von dem Fax zu verteilen, das ein gewisser Inspektor Kim Hansson in Sandviken verfasst hatte und das am Vorabend, also am Mittwoch, kurz nach 23 Uhr eingegangen war. Die Polizisten lasen schweigend.

An die Polizeibehörde Stad
c/o Landespolizeim. Boström/Krim.komm. Dalman
Verhör mit Laura Samuelsson wunschgemäß durchgeführt. Erreichte sie nicht vor 20 Uhr 30 heute Abend. Dies ist lediglich eine Zusammenfassung des Gesprächs. Ein Fax mit Wort-für-Wort-Abschrift wird donnerstags übersendet, sobald eine Schreibkraft verfügbar ist.
LS wohnt bei ihrer Mutter, einer Rentnerin, in einem Einfamilienhaus an der Barrsätragatan im Zentrum von Sandviken. Der Vater starb 1992. Wie Sie wissen, erlag LS' Sohn im Frühjahr einer Blutkrankheit. Die Mutter erzählte, dass es sich um eine akute Thrombozytopenie handelte. LS ist immer noch furchtbar aufgewühlt und behauptet, der Krankheitsverlauf hätte aufgehalten werden können. Sie wirkte regelrecht rachsüchtig gegenüber ihrem Exmann und den Gottesboten. Schadenfreude über den Mord an Bravander war jedoch nicht festzustellen. Sie hatte nichts Schlechtes über ihn zu sagen. Ihr Groll richtete sich vielmehr gegen die gesamte Gemeinde.
Ihr Verhältnis zu ihrem ehemaligen Wohnort ist sehr gespannt. Sie erwähnte, sie habe nur einen Grund, überhaupt nach Stad zu fahren: um das Grab ihres Sohnes auf dem Neuen Friedhof zu besuchen. Habe sie Erfolg mit ihrem Bestreben, den Leichnam nach Sandviken zu überführen, werde sie nie mehr einen Fuß auf Stader Boden setzen. Ein stichhaltiges Alibi gibt es nicht, da LS angibt, den ganzen Dienstagabend allein zu Hause gewesen zu sein. Mir scheint es ausgeschlossen, dass sie bis nach Stad und wieder zurückgefahren ist. In dem Fall hätte sie mit einem

Leihwagen die ganze Nacht durchfahren müssen. LS hat einen Führerschein, aber kein Auto. Die Mutter (die keinen Führerschein hat) kam am Mittwochmorgen von einem Besuch bei einer Schwägerin in Hofors wieder und frühstückte bereits um 7 Uhr 15 mit der Tochter. Zur Sicherheit werden wir noch die Flüge überprüfen.
Wir werden natürlich LS' Alibi weiter überprüfen, um alles auszuschließen.
Viel Glück mit den Ermittlungen. Sobald uns etwas Neues zur Kenntnis kommt, nehmen wir wieder Kontakt in der Sache auf.
MfG
Kim Hansson
Krim.komm.

»Was meint ihr?«, fragte Wall.

»Jemand ganz Ehrgeiziges da oben in Järnstaden«, sagte Castelbo.

»Mann oder Frau?«, fragte Maggie Larsson.

»Ja«, kommentierte Wall Castelbos Ansicht.

»Natürlich ist es ein Mann oder eine Frau«, fauchte Dalman in schlechtester Morgenlaune, »aber was von beidem? Er oder sie kann ja wohl nicht beides sein. Ich kenne Kims beiderlei Geschlechts.«

»Bestimmt ist es eine Frau«, behauptete Maggie Larsson.

»Und warum?«, wunderte sich Jan Carlsson.

Mit reizendem Lächeln kam die Antwort.

»Hätte ein Mann sich wirklich die Mühe gemacht, um diese Uhrzeit noch eine so ausführliche Mitteilung zu schicken?«

»Wenn das keine Vorurteile sind!«

»Kim kann natürlich auch ein *Es* sein«, dozierte Dalman. »Heutzutage erkennt man ja nicht unbedingt mehr, was Männlein oder Weiblein ist in unserer verkehrten Welt. So viel Abnormes und Perverses, was da draußen rumläuft.«

»Lassen wir das«, schlug Wall vor, »kommen wir auf den Punkt.«

»Laura Samuelsson muss unschuldig sein«, stellte Boström fest. »Das mit dem Flug können wir vergessen, und dass sie es geschafft haben könnte, am Dienstagabend aus Gästrikland hierher und anschließend nachts wieder zurückzufahren, ist vollkommen ausgeschlossen.«

»Nicht, wenn sie schon nachmittags losfuhr«, wandte Wall ein.

»Du meinst also, dass sie den Pastor so gegen zehn Uhr erschlagen und dann die sieben-, achthundert Kilometer nach Hause fahren konnte oder wie weit es genau ist, um rechtzeitig zum Frühstück mit ihrer alten Mutter wieder da zu sein? Ohne dass jemand sie gesehen hätte?«

»Na ja, von der Liste der Verdächtigen können wir sie wohl streichen«, stimmte Wall ihm zu. »Aber ich hätte gerne einen bestätigten Zeitpunkt für sie am Dienstag. Wenn sie in Sandviken spät, sagen wir, gegen sechs Uhr abends gesehen worden ist, können wir sie definitiv vergessen.«

»Das können wir auch jetzt schon«, stellte Boström kategorisch fest.

»Jemand muss in Sandviken anrufen und fragen, wann Laura Samuelsson am Dienstag zuletzt von einem Zeugen gesehen wurde. Das ging aus Kim Hanssons Zusammenfassung nämlich nicht hervor.«

»Das kann ich machen«, bot Maggie Larsson an. »Sobald wir hier fertig sind.«

Sie kamen zu ihrem und Dalmans Bericht über ihre Arbeit am Mittwoch mit gewalttätigen Ehemännern und deren Opfern.

»Da haben wir noch viel Arbeit vor uns«, sagte Dalman, »aber wir müssen einfach weitermachen. Ich kann mir gut vorstellen, dass einer von diesen groben Trotteln Bravander den Schädel eingeschlagen hat. Solchen Typen ist alles zuzutrauen.«

Castelbo erhielt den Auftrag, Mattias Hermansson zu finden, den Mann, mit dem Mia Alvin früher zusammengelebt hatte.

»Fang in Uddevalla an. Algot Malmström hat gesagt, die Alvins glauben, dass er dorthin zurückgezogen ist. Er stammt wohl von da.«

Wall fasste den Stand der Ermittlungen zusammen und schloss mit der Mitteilung, dass sie bislang noch keine Zeugen gefunden hatten. Niemand war aufzuspüren gewesen, der sich am Dienstagabend zwischen halb zehn und Mitternacht in der Nähe der GOTTESBOTEN aufgehalten hatte. Zu der Zeit war das Wetter auch besonders scheußlich gewesen, mit heftigen Regenschauern und starkem Wind.

Oktober in seiner übelsten Laune.

Die Sitzung war beendet. Die Polizisten wandten sich ihren verschiedenen Aufgaben zu.

Es dauerte nicht lange, bis zwei Mitarbeiter wieder bei Sten Wall einliefen.

Zuerst steckte Maggie Larsson ihren blonden Kopf zur Tür herein und verkündete triumphierend, dass Kim Hansson tatsächlich eine Frau war.

»Das war die gute Nachricht«, sagte Maggie.

»Und die schlechte?«

»Niemand hat Laura Samuelsson gesehen, seit ihre Mutter am frühen Vormittag nach Hofors fuhr.«

»Dann haben wir also nur ihre eigene Aussage? Können nur darauf hoffen, dass sie die Wahrheit sagt, wenn sie behauptet, sie sei den ganzen Abend zu Hause gewesen?«

»Das stimmt«, sagte Maggie und war schon wieder weg.

Eine Minute darauf kam Thure Castelbo. Dem sonst so gelassenen – fast schon trägen – Kriminalbeamten fiel es schwer, die Fassung zu bewahren. Schon von weitem war ihm anzusehen, dass er eine sensationelle Neuigkeit mitbrachte. Wall war äußerst gespannt. Ein Durchbruch lag in der Luft.

Doch es kam nicht ganz so, wie er gedacht hatte.

»Eigentlich sehr merkwürdig«, sagte Castelbo, »ein seltsamer Zufall.«

»Du hast diesen Mattias Hermansson erreicht, ja?«

»Genau. Stell dir vor! Er ist gerade in Uddevalla in Haft genommen worden und grübelt über sein Schicksal nach. Gestern Abend hat er nämlich seine Partnerin zusammengeschlagen. Sie soll geschrien haben wie ein abgestochenes Schwein. Die Nachbarn haben die Polizei gerufen, die den Mistkerl abgeholt hat. Und weißt du was? Ich habe einen der Kollegen dort erreicht. Was glaubst du wohl, was Hermansson den ganzen Abend gesagt hat, immer und immer wieder?«

Ohne eine Antwort abzuwarten, fuhr Castelbo mit seinem breiten schonischen Akzent fort.

»Er hat seine Freude darüber bekundet, dass Agne Bravander ermordet wurde. Er hätte es selbst nicht besser machen können, sagte er. Und er lachte wie wild, als sie ihn einsperrten, behauptete, es sei sein großer Glückstag. Da haben wir einen, der den Fortgang des guten Pastors jedenfalls nicht betrauert.«

»Hast du die in Uddevalla nach Hermanssons Alibi für Dienstagabend gefragt?«

»Natürlich. Sie nahmen ihn sich gleich vor, noch während ich am Hörer war.«

»Und?«

»Er kann sich an nichts erinnern, was er damals gemacht hat. Behauptet er. Kann mir gut vorstellen, wie er da verkatert in der Zelle hockt und leidet. Und hofft, dass seine misshandelte Partnerin so nett ist, ihm ein Alibi zu verschaffen.«

»Du kommst zwar gerade von einer Reise wieder«, sagte Wall, »aber ich schlage vor, dass du dich wieder reisefertig machst.«

»Diesmal in den Norden?«

Wall nickte.

18 Konrad Mattsson konnte sich lange nicht zwischen seinen Krawatten entscheiden. Er stand vor dem Spiegel, befingerte den Stoff und musterte sich mit kritischer Miene. War der Knoten nicht zu dick? Passte diese Farbe zu dem dunklen Anzug? War diese nicht ein bisschen zu auffällig?

Endlich war er zufrieden. Er hatte einen schlichten, eher schmalen, marineblauen Schlips mit diskretem, gedämpft grauem Muster ausgesucht.

»Hast du meinen weißen Schlips gesehen?«, rief er in Richtung Wohnzimmer, wo seine Frau fertig angezogen saß und zerstreut in der Tageszeitung blätterte.

»Den willst du doch nicht etwa heute tragen?«, fragte sie beunruhigt zurück.

»Natürlich nicht. Aber ich brauche ihn nächste Woche für die Trauerfeier.«

»Vielleicht auf dem Dachboden. Wir finden ihn sicher. Wann genau wird er bestattet?«

»Ich rede nach der Gedenkstunde mit dem Bestattungsunternehmer.«

»Wer ist das?«

»Amos Pettersson natürlich. Den nehmen wir immer, wie du weißt. Ich überlege, ob ich *uns* nicht schon ein Grab bestellen sollte. Auf dem Friedhof ist immer weniger Platz, und ich habe genau die richtige Stelle gefunden. Ganz dicht am Glockenturm. Ich kann es kaum erwarten, da hinzukommen.«

»Was sagst du da, Konrad!«

Im nächsten Moment war er bei ihr im Zimmer: Groß, behäbig und vornübergebeugt kam er angeschlurft. Das frisch gewaschene Kraushaar glänzte mit den blank polierten Prismen im Kronleuchter um die Wette.

»Sitzt der Schlips richtig?«

Sie nickte.

»Ist er vielleicht ein bisschen kurz?«

»Überhaupt nicht. Genau richtig.«

»Es wirkt nämlich zu albern, wenn Krawatten wie Lätzchen aussehen.«

»Deiner nicht.«

»Und du bist sicher, dass Nancy lieber nicht teilnehmen möchte?«

Sie nickte wieder.

»Absolut.«

»Sonst könnte ich sie noch abholen«, sagte Konrad Mattsson mit einem Blick auf seine Armbanduhr. »Wenn wir uns beeilen.«

»Sie hat ausdrücklich abgesagt, weil sie es heute nicht schafft. Vielleicht morgen. Wenn nicht, kommt sie am Samstag zur abschließenden Gedenkzeremonie.«

Viola Mattsson schlug die Zeitung zu und wandte ihrem Mann nach kurzem Zögern mit fragendem Ausdruck das Gesicht zu.

»Du wirkst so nervös, Konrad. Redest von unseren Gräbern und was nicht alles. Du bist doch nicht etwa krank?«

»Nicht doch«, versicherte er ihr. »Nur ein wenig Lampenfieber vor der Feier, das verstehst du sicher. Da darf ja nichts schief gehen.«

Sie gab sich mit der Erklärung zufrieden.

»Ich habe mir was überlegt«, sagte sie. »Wenn du nichts dagegen hast, möchte ich direkt nach der Gedenkfeier zu Nancy fahren. Ihre Schwester ist zwar da, aber ich möchte gerne nach ihr sehen. Um nachzusehen, wie es ihr geht. Und ich glaube, sie lässt sich bestimmt gerne von der Feier erzählen. Wer da war, welche Lieder gesungen wurden, wie der Pfarrer seine Sache gemacht hat, und so weiter.«

»Mach nur. Ein guter Vorschlag. Ich habe nachher sowieso noch einiges zu tun. Fahr ruhig zu ihr. Und grüß von uns allen.«

Die Schwestern saßen in der Küche beieinander und tranken Kaffee.

Ruth Lilja hatte ein paar Törtchen aus der Konditorei geholt und ihre schon verdrückt. Nancy Bravander hatte noch keines angerührt.

»Soll ich deine in den Kühlschrank stellen, dann kannst du sie heute Abend essen?«

»Hab jetzt keinen Appetit.«

»Das kann ich gut verstehen«, sagte Ruth und sah sie mitleidig an. »Bist du dir absolut sicher, dass du nicht auf die Gedenkfeier für Agne willst?«

»Viola Mattsson hat angerufen, als du einkaufen warst. Und ich hab's ihr gesagt.«

»Was gesagt?«

»Dass ich nicht kann.«

»Sicher vernünftig von dir, für heute abzusagen.«

»Morgen schaffe ich es schon. Wenn nicht, dann eben am Samstag. Wie würde es aussehen, wenn ich mich von allen drei Zusammenkünften fern hielte?«

»Die Leute hätten Verständnis.«

»Ruth?«

»Ja?«

»Was soll aus mir werden?«

»Das wird schon wieder«, antwortete Ruth Lilja aufgesetzt fröhlich. In Wirklichkeit zitterte sie vor der Zukunft.

»Wie lange bleibst du?«

»Solange ich gebraucht werde.«

»Aber du hast anderes zu tun, als mich hier zu bedienen.«

»Ich? Allein stehende Rentnerin mit Asthma, die Kinder aus dem Haus. Was sollte für mich da oben in Södertälje so wichtig sein?«

»Ich bin dir natürlich dankbar für die Mühe, die du dir machst, das weißt du. Aber du darfst dich nicht verpflichtet fühlen. Sonst hätte ich Gewissensbisse.«

»Sag so was nicht, Nancy, sonst werde ich böse. Und du weißt, wie ich bin, wenn ich sauer werde.«

»Jaja. Jetzt mal was anderes, was ich dir noch nie erzählt habe.«

Ihre Schwester beugte sich neugierig vor, während sie gleichzeitig mit einem abgerissenen Stück Küchenpapier einen Klecks Sahne vom Tischtuch wischte.

»Erzähl.«

»Wusstest du, dass Agne und ich uns einmal als Missionare in Afrika bewerben wollten?«

»Das ist mir völlig neu«, antwortete Ruth wahrheitsgemäß und ein klein wenig verwundert. »Warum hast du das noch nie erwähnt?«

»Weil es für alle eine Überraschung werden sollte. Und weil dann ja nie was draus wurde. Das hier kam dazwischen, gerade als wir uns entschlossen hatten«, sagte sie bitter und fuhr sich mit den Fingern von der Stirn bis zum Schoß, der von einer Decke mit Schottenkaro bedeckt war.

Ruth schwieg. Ihr fielen keine passenden Worte ein.

Und Nancy fuhr mit belegter Stimme fort.

»Agnes Missionarstraum ist geplatzt. Ich hab es ihm verdorben, genau wie alles andere.«

»Du darfst dich nicht quälen, Nancy! Du hast nichts falsch gemacht, du warst die beste aller Ehefrauen. Das weißt du ganz genau.«

»Die beste aller Ehefrauen? Ich hab sein Leben beschnitten, seine Möglichkeiten eingeschränkt.«

»Du doch nicht. Die Krankheit vielleicht. Klag dich nicht selbst an, das hast du doch früher nie gemacht, und du hast wirklich keinen Grund dazu.«

»Keine Kinder. Kaum ein Geschlechtsleben. Keine Missionarstätigkeit, weder in Afrika noch sonst wo auf der Welt. Nur immer Rücksicht nehmen.«

»Agne hat nie geklagt. Er hat dich geliebt, das weißt du doch, von ganzem Herzen.«

»Er war nicht der Typ, der sich beklagt. Über *gar* nichts. Er schluckte seinen Kummer runter.«

»Aber er hat dich geliebt.«

»Ja«, sagte sie und brach in Tränen aus.

Ruth tätschelte ihr unbeholfen den Arm und bot ihr ein Stück Küchenpapier an.

Nancy schnäuzte sich geräuschvoll und sagte:

»Was für ein armseliges Leben er mit mir hatte.«

»Das darfst du nicht sagen, Nancy, ich verbiete es dir. Du hast ihm das Wertvollste geschenkt, was es gibt. Du hast ihm deine Liebe gegeben.«

»Die hatte so wenig zu bieten.«

Die Schwester schüttelte den Kopf.

»Du bist ungerecht zu dir selbst.«

»Warum musste er mir genommen werden?«

Schweigen in der Küche.

»Antworte mir, Ruth!«

»Was willst du von mir hören?«

»Wer hat es getan? Und warum? Agne war der gütigste Mensch der Welt. Warum also?«

»Ich weiß es nicht, Nancy. Aber die Polizei wird …«

»Weißt du was? Ich hoffe nur, dass der Kerl, der etwas so Teuflisches getan hat, der mir meinen Agne genommen hat, eines qualvollen Todes stirbt, dass er alle Höllenqualen leidet. Er verdient eine Strafe für diese Tat. Eine harte, unversöhnliche Strafe.«

Ruth Lilja sah, wie ihre kleine Schwester über dem Tisch zusammensank, die schmalen Schultern von Schluchzern geschüttelt.

Ihre Verzweiflung war leicht zu verstehen. Und doch erschreckte es sie, solch glühenden, ungezügelten Hass an einem sonst so taktvollen Menschen zu sehen, der sich immer für Toleranz, Verständnis und Vergebung eingesetzt hatte. Ruth hatte noch nie gehört, dass ihre Schwester unchristliche Reden im Munde führte, nicht einmal als kleines Mädchen.

Ruth Lilja war nur dankbar, dass Agne Bravander das furchtbare Leid seiner Frau nicht mitansehen musste.

Zwischen ihren Schluchzern stieß Nancy abgehackte, zum Teil völlig unverständliche Sätze aus.

»Verzeih, Agne. Ich weiß nicht, was ich sage. Die Dämonen wüten. Ich bin zerbrochen. Innerlich. Aber du fehlst mir so. Komm zu mir zurück. Komm jetzt zurück. Wenn du das machst, verzeihe ich deinem Mörder. Wenn du nur zurückkommst. Bitte. Du fehlst uns so.«

Das Schild »Heute geschlossen« wurde an die Eingangstür gehängt, und Ingmar Alvin ging ins Schlafzimmer zurück. Ängstlich betrachtete er seine Frau, die lang ausgestreckt auf dem Bett lag, einen Arm über die Stirn gelegt. Der kurze Rock war ein Stück über die Oberschenkel gerutscht.

»Geht es dir noch nicht besser?«

»Vielleicht lässt es langsam nach.«

»Hast du Fieber?«

»Ich glaub nicht.«

»Du siehst ein bisschen blass aus. Möchtest du dich nicht ausziehen und richtig ins Bett legen?«

»Ich ruh mich nur ein bisschen aus. Wenn es schlimmer wird, nehme ich einfach ein paar Tabletten.«

»Keiner wird dich stören. Wir haben heute geschlossen. Ich habe eben das Schild rausgehängt. Und du brauchst nicht ans Telefon zu gehen, wenn es klingelt. Ich kann auch den Stecker rausziehen, wenn du willst.«

»Wenn es mir besser geht, mache ich am Nachmittag vielleicht einen Spaziergang. Aber wahrscheinlich bleibe ich liegen. Macht es auch wirklich keinen schlechten Eindruck, wenn ich nicht bei der Gedenkstunde erscheine?«

»Natürlich nicht. Wenn du krank bist, bist du krank. Und vielleicht kannst du dafür ja morgen dabei sein. Nancy Bravander kommt übrigens auch nicht. Konrad Mattsson hat vorhin angerufen und es erzählt. Die arme Frau. Ein unersetzlicher Verlust. Wenn sie doch bloß drüber wegkommt. Wir müssen ihr auf jede erdenkliche Art beistehen.«

Er zupfte an seinem Hemdsärmel, bis das Hellblau unter den dunklen Jackettärmeln hervorschaute.

»Also, Mia, ich komme nicht gleich nach der Gedenkstunde wieder. Muss noch einiges erledigen, es kann also dauern, bis du mich wieder hier hast.«

Sie gab sich alle Mühe, die Erleichterung zu verbergen, die sie empfand.

»Mach dir um mich keine Sorgen, ich komm schon zurecht. Tu, was du tun musst.«

»Bist du dir sicher?«, fragte er und warf ihr einen zärtlichen Blick zu.

Sie nickte und hielt die Luft an, als er sich bückte und mit den Lippen ihre Wange streifte. Er roch stark nach Halsbonbon und schwach nach Rasierwasser.

Als die Haustür ins Schloss fiel, stand sie auf und spähte hinter der Gardine nach ihm. Sie sah ihn zum Auto gehen und heftete den Blick auf seine hängenden Schultern. Aus ihrer Perspektive sah er so klein aus, so unbedeutend, so grau. Was er auch war, genau genommen.

Plötzlich drehte er sich um. Sie kam nicht rechtzeitig vom Fenster weg, sondern ließ sich stattdessen ganz im Fensterrahmen blicken und warf ihm einen Handkuss zu.

Er erwiderte ihn, lächelte, winkte und stieg ins Auto.

Mit schlechtem Gewissen zog Mia Alvin die Gardinen vor.

Doch das machte rasch etwas anderem Platz.

Etwas Primitivem, Wildem, Verlangendem.

19 Die Stimmen übertönten die Klavierbegleitung und drangen durch die massive Eichentür zu ihm durch. Sten Wall stand in dem leeren Vorraum an die Wand gelehnt und konnte das Lied leicht erkennen: Mitten wir im Leben sind von dem Tod umfangen.

Als es verklang, machte er die Tür auf. So unbemerkt wie möglich schlüpfte er in den Saal, wo er sich vorsichtig ganz hinten aufstellte, teilweise verborgen hinter einer Säule.

Der Polizist kam absichtlich ein paar Minuten zu spät, um sich unbemerkt im Hintergrund zu postieren. Er gehörte ja nicht zur Gemeinde, war auf gewisse Weise ein Eindringling, da er keine offizielle Einladung zur Gedenkfeier erhalten hatte.

Der Saal war kleiner als erwartet. Dafür war er voll besetzt, genau wie Wall es sich vorgestellt hatte. Nicht ein Stuhl oder gar eine Bank waren frei.

Über das Meer von Nacken spähend, hielt er Ausschau nach Nancy Bravander, ohne sie zu entdecken. Das Ehepaar Mattsson hingegen sah er ganz vorne rechts. Neben ihnen saßen zwei Männer – Wall folgerte, dass es die Ratsmitglieder Ingmar Alvin und Gillis Edh sein mussten.

Die Stimmung war gedrückt. Der Schock über diesen Schicksalsschlag lag in der zum Schneiden dicken Luft.

Der spartanisch eingerichtete Raum strahlte dennoch eine gewisse Behaglichkeit aus, vielleicht gerade wegen der Beengtheit. Wall konnte sich gut vorstellen, dass der Umzug in die neuen, eigenen Räumlichkeiten im Norden nötig geworden war – hier reichte der Platz kaum aus.

Um die hellgrauen Wände zog sich ein diskret gemustertes violettes Fries, doch abgesehen von dieser bescheidenen Dekoration war kein nennenswerter Raumschmuck auszumachen. Nur in den Nischen standen stattliche Kandelaber mit Kerzen.

An der linken Wand sah Wall den Pianisten: einen jungen Mann mit Brille und einer Haut, die in letzter Zeit wohl kaum mit der Sonne in Berührung gekommen war. Er knetete unruhig seine Hände, während er auf den nächsten Einsatz wartete.

Vorne stand ein Tisch mit herabhängendem dunkelblauen Samttuch. Darauf lehnte ein eingerahmtes vergrößertes Porträt an einem von einem kleinen Kruzifix gekrönten

Holzgestell. Der Abstand war nicht zu groß, sodass der Kommissar gerade noch erkannte, wen das Foto darstellte: Agne Bravander. Die Schwarzweißaufnahme wurde von zwei Kerzen mit flackernden Flammen eingerahmt, und vor dem Foto des toten Pastors lagen zwei Rosen, eine mit intaktem, eine mit gebrochenem Stiel.

Wall nahm an, dass die Blumen etwas Symbolisches bedeuteten, etwas von einem abgebrochenen Erdenleben, das von einer neuen Existenz in einem anderen Dasein abgelöst wurde.

Niemand sagte etwas. Niemand bewegte sich von seinem Platz.

Abgesehen von kleinen Geräuschen – dem asthmatischen Keuchen einer übergewichtigen Dame weit hinten im Saal, einem leisen Männerräuspern, scharrenden Schuhsohlen und dem entlegenen Motorenbrummen eines Busses oder LKWs – herrschte Schweigen.

Doch dann geschah etwas.

Ein Mann in dunkelgrauem Anzug schritt gravitätisch auf den Tisch mit dem Foto von Bravander zu, und plötzlich empfand Wall etwas so Seltsames wie Unbehagliches.

Heftige, fast gruslige Erinnerungsbilder aus einem Jahr in seiner frühen Zeit als Polizist drängten sich auf und setzten ihm zu.

In den Nachwehen der »Maranata«-Erweckungsbewegung in Målle Lindbergs großer Zeit entstanden eigene absurde Splittergrüppchen, und einige dieser neu geschaffenen Sekten veranstalteten öffentliche Versammlungen ohne behördliche Genehmigung.

Wall war im Außendienst losgeschickt worden, um heimlich eine dieser illegalen Versammlungen zu bewachen, und das war ein erschreckendes Erlebnis gewesen.

Er hatte nicht viele Gedanken daran verschwendet und angenommen, das alles verdrängt zu haben, doch jetzt drang es wieder an die Oberfläche, fordernd und aggressiv.

Und alles rollte sich vor seinem inneren Auge noch einmal ab.

Die Hysterie.

Die Angst.

Die alte Frau, die wie ein Kettenhund bellte.

Der Mann, der in Zungen redete.

Die schwangere junge Frau, die den Gang in dem großen Zelt auf Knien nach vorn rutschte, die Hände gefaltet und Wahnsinn in Blick und Stimme: »Jesus, erlöse mich von allem Übel, erlöse mich von allen Versuchungen, vergib mir meine große Sünde, meine Hurerei, meine Selbstsucht, meine Geilheit.«

Und die Versammlung skandierte unisono: »Hur', Hur', sei nicht stur.«

Der Priester posaunte auf dem Podium vom Jüngsten Gericht und der Vergebung der Sünden, die Arme wie Signalmasten schwenkend, die orangefarbene Perücke verrutscht.

Und er – der verschreckte junge Polizist – war so dumm gewesen, eingreifen zu wollen, um die wahnwitzige Vorstellung aufzuhalten, ehe sie ausartete.

Das hätte ihn fast das Leben gekostet.

Wie blutrünstige Raubtiere hatten sie sich auf ihn gestürzt, bereit, ihn in Stücke zu reißen.

Während sie etwas von Menschenopfer schrien, sah er an dem kleinen Podium Stahl aufblitzen und dachte, sein letztes Stündlein hätte geschlagen.

Doch die Verstärkung war rechtzeitig eingetroffen, er wurde gerettet und die Versammlung unter großem Tumult aufgelöst.

Die wohlklingende, beruhigende Stimme des Mannes im dunklen Anzug vorne am Altar holte Wall in die Wirklichkeit zurück.

Aber was war eigentlich geschehen? Vorsichtig betastete er seine schweißnasse Stirn und merkte, dass er einen ganz trockenen Mund hatte.

Was für eine seltsame Reaktion. Er verstand nicht, was ihn in diese unheimliche Stimmung versetzt hatte. Die würdevolle Feier hatte wirklich nichts mit seinem Erlebnis vor über dreißig Jahren zu tun. Warum also kamen diese beängstigenden Erinnerungen nach so langer Zeit wieder hoch?

Der Priester wandte sich der Gemeinde zu. Er trug einen schillernden Schlips und ein blendend weißes Hemd mit Stehkragen und einem weißen Einstecktuch in der Brusttasche. Er war ein hoch gewachsener Mann um die fünfzig mit schütterem Haar, vollen Lippen und tiefer, klangvoller Stimme. Wall kannte ihn nicht.

Dem Redner gelang das Kunststück, einen kräftigen, klaren Ton anzuschlagen, ohne salbungsvoll und aufdringlich zu werden.

»Ein Bruder, ein Leiter, ein Hirte, ein guter Freund wurde aus unserer Mitte gerissen. Wir alle wissen, was unser Glaube uns sagt: Niemand auf diesem Erdenrund ist unersetzlich, aber wir sind einer Meinung, dass nicht leicht jemand zu finden sein wird, der so hingebungsvoll seinem Ruf folgt, wie Bruder Agne es tat. Als Inspirationsquelle war er von unschätzbarer Bedeutung, seine Aufopferung für Unseren Herrn und unsere Gemeinde kannte keine Grenzen. Jetzt, da er uns so grausam und brutal entrissen wurde, gehen unsere Gedanken zu seiner liebenden hinterbliebenen Ehefrau, die heute leider nicht unter uns sein kann, und natürlich auch zu seinem Geist, der unter uns Gottesboten für alle Zeit weiterleben wird. In dieser Stunde der Not ist es jedenfalls ein Trost zu wissen, dass eine bessere Welt auf ihn wartet, eine Welt, in der wir ihm alle am Jüngsten Tag wieder begegnen dürfen.«

Er schaute kurz auf, um dann wieder respektvoll das Haupt zu neigen.

»Lasst uns nun beten für den Mann, der für einen solch großherzigen christlichen Humanismus stand und der uns allen in dieser Gemeinde so viel bedeutet hat.«

Jemand murmelte: »Bruder Agne, du fehlst uns.«

Ein paar Schniefer waren zu hören.

Taschentücher wurden aus Taschen und Handtaschen gezogen.

Das Gebet setzte ein, und Wall senkte das Kinn auf die Brust, immer noch verwundert über seine heftige Reaktion, als ihm das tumultartige illegale Gebetstreffen in den sechziger Jahren eingefallen war.

»Jetzt singen wir Lewi Pethrus' trostreiches ›Die Verheißungen trügen nicht‹«, kündigte der Priester an, worauf der junge blasse Pianist mit einem hallenden Eröffnungsakkord einsetzte.

Gerade als die Gemeinde ihren Gesang anstimmte, spürte Wall, wie ihn jemand in die Seite tippte.

Überrascht drehte er sich um. Er hatte niemanden kommen gehört.

Er sah in ein unrasiertes Gesicht, das einem Mann unbestimmten Alters gehörte – er konnte sechzig, aber auch fünfundsiebzig sein. Er war auffallend ungepflegt. Auf dem Blazer im Fischgrätmuster waren Ketchup- und Eispuren zu sehen, der schmuddelige Kragenrand wies Senfflecken auf, das Weiße der Augen war blutunterlaufen. Der schäbige Aufzug passte ausgesprochen schlecht zu der gepflegten und herausgeputzten Umgebung.

»Geht es Ihnen nicht gut?«, fragte der Mann, während er sich über seine grauen Bartstoppeln strich und ihn aus triefenden Augen neugierig ansah.

»Doch doch«, flüsterte Wall, ängstlich darauf bedacht, den Gesang nicht zu stören.

Der Mann, der davon nichts merkte, fuhr in normaler Lautstärke fort.

»Wie lange sind Sie schon Mitglied?«

Eine Alkoholfahne wehte Wall ins Gesicht, in den nächsten Sitzreihen drehte sich jemand verärgert um, und der Kommissar zischte: »Bitte nicht so laut.«

»Ich habe Sie hier vorher noch nie gesehen. Sind Sie neu in der Gemeinde?«, fragte der Mann etwas leiser, während er sich zugleich näher vorbeugte. Jetzt war der Alkoholgeruch penetrant.

»Ich bin kein Mitglied.«

»Nicht? Was sind Sie dann? Sie sehen nicht kirchlich aus. Sie schwitzen ja.«

»Wir stören den Gesang«, flüsterte Wall.

»Haben Sie Bravander gekannt? Sie sind genauso glatzig wie er. Bloß dicker.«

»Lassen Sie uns nachher reden.«

Der Unrasierte nickte und ging dazu über, mit lauter, hoher Stimme mitzusingen – es klang entsetzlich falsch und deplatziert.

Das Lied war zu Ende, und der Priester sagte: »Unsere erste kleine Gedenkfeier für Agne Bravander endet nun mit Kaffee im Aufenthaltsraum. Alle sind herzlich willkommen.«

Stuhlbeine scharrten über den Boden, während die Leute aufstanden. Jemand ging direkt auf den gesprächigen Falschsänger zu, der daraufhin das Interesse an Wall verlor.

Die Gemeindemitglieder schritten gemessen durch den Gang. Viele warfen dem Neuankömmling hinter der Säule verstohlene Blicke zu, doch die meisten richteten ihre im Dunkel liegenden Blicke starr geradeaus, noch ganz in ihrer Trauer gefangen.

Ein sorgfältig gekleideter Herr mit perfektem Scheitel trat mit fragender Miene auf ihn zu. Wall erkannte ihn als einen der beiden, die mit dem Ehepaar Mattsson auf der ersten Bank gesessen hatten.

»Kann ich Ihnen helfen?«

Wall stellte sich vor und fügte hinzu: »Ich habe erfahren, dass diese Zeremonie für Pastor Bravander hier in Ihren alten Räumlichkeiten stattfindet, und da nahm ich mir die Freiheit, daran teilzunehmen. Hoffentlich haben Sie nichts dagegen.«

»Warum sollten wir?«

»Ich hätte Sie früher von meiner Absicht unterrichten sollen. Und mir fällt jetzt auf, dass vielleicht nur Mitglieder zu so einem … internen Anlass willkommen sind.«

»Überhaupt nicht. Hier sind alle gleich willkommen. Das Haus des Herrn steht allen offen. Offene Türen gehören zu uns Gottesboten. Das war schon immer so. Keine albernen Rituale, keine Heimlichtuerei. Aber verzeihen Sie. Ich heiße Gillis Edh und bin Mitglied in unserem besonderen Rat. Gestern hatte ich an meinem Arbeitsplatz im Museum Besuch von einem Ihrer Kollegen, einem gewissen Inspektor Carlsson, wenn ich mich recht entsinne.«

»Ich weiß.«

»Und ihm habe ich alles gesagt, was ich wusste. Es gibt also wohl kaum noch etwas hinzuzufügen. Kann ich Ihnen vielleicht eine Tasse Kaffee anbieten?«

Der Kommissar lehnte ab. »Nein, ich verziehe mich jetzt. Wie gesagt, ich wollte nur der Feierlichkeit beiwohnen.«

»Und wie fanden Sie es?«

»Sehr ansprechend.«

»Ganz meine Meinung. Eine schöne und würdige Liturgie, ganz im Sinne von Bruder Agne. Davon bin ich felsenfest überzeugt.«

»Darf ich fragen, ob Sie den Mann gesehen haben, der neben mir stand?«

Edh sah leicht irritiert aus.

»Sverker Johansson? Der hat leider ein großes Alkoholproblem. Er hat Sie doch nicht belästigt?«

»Überhaupt nicht. Ich hatte nur den Eindruck, dass er geschwätzig ist.«

»Leider ist er mittlerweile ständig in angetrunkenem Zustand, wir haben ihn nicht im Griff. Nicht einmal Bruder Agne hat es geschafft.«

Gillis Edh machte Anstalten, sich zurückzuziehen, und Wall sagte: »Der Priester …«

»Per-Lage Einarsson. Er ist Pastor in einer unserer Filialen und stellt sich bei allen drei Gedenkstunden für Bruder Agne zur Verfügung. Er hat gute Arbeit geleistet, finde ich. Weder Bruder Ingmar noch ich möchten einer Versammlung von so besonderer Ausrichtung vorstehen. Und für die Bestattung nächste Woche wird wahrscheinlich ein Pastor von der Zentrale einberufen. Aber das steht noch nicht fest.«

»Warum halten Sie drei verschiedene Gedenkstunden für Bravander ab? Nach allem, was ich über ihn gehört habe, hätte er zwar sogar noch mehr Totenmessen verdient, aber sind so viele nicht ungewöhnlich?«

»Unser Raum hier reicht bei weitem nicht aus, all denen Platz zu bieten, die ihn vor dem Begräbnis ehren möchten. Unser neues Gemeindehaus dürfen wir ja erst nach Abschluss der polizeilichen Untersuchungen betreten. Zum Glück dürfen wir unsere alten Räume noch eine Weile nutzen, aber hier ist es sehr eng für uns. Sie haben ja selbst gesehen: nicht ein Platz war frei, obwohl wir für die erste Gedenkstunde einen Termin mitten unter der Woche gewählt haben. Wir hätten den Saal mit zwei-, dreimal soviel Menschen füllen können, und deshalb haben wir uns entschlossen, das auf drei Termine zu verteilen.«

»Wer hat das beschlossen?«

»Wir im Rat.«

»Der neben Ihnen noch aus Konrad Mattsson und Ingmar Alvin besteht, wenn ich recht verstehe?«

»Stimmt. Die Lücke, die Bravander hinterlässt, muss natürlich so rasch wie möglich gefüllt werden. Der Rat muss aus vier Personen bestehen, wie immer. Doch das Problem löst sich von allein. Denn der Nachfolger von Bruder Agne als Hauptpastor erhält automatisch den Status als Ratsmitglied.«

»Meinem Kollegen Jan Carlsson zufolge sind weder Sie noch Alvin für den Posten vorgesehen?«

Edh lächelte.

»Ich jedenfalls nicht. Habe mich nie darum bemüht, Hauptpastor bei den Gottesboten zu werden, und werde das auch nie tun. Nicht einmal, wenn man mich auf Knien darum bitten würde. Ich weiß, in welcher Funktion ich der Gemeinde am meisten diene, und das ist nun mal die, die ich momentan bekleide.«

»Und Alvin?«

»Warum fragen Sie ihn nicht selber? Er ist heute auch da, trinkt gerade Kaffee mit den anderen.«

»Vielleicht später. Ist seine Frau mitgekommen?«

»Nein. Bruder Ingmar sagte, sie sei leider unpässlich und habe sich ins Bett gelegt. Dafür nimmt sie sicher an der morgigen Feierstunde teil. Und dann hoffen wir auch, dass Nancy Bravander so weit wiederhergestellt ist, dass wir sie herholen können. Heute war sie dazu noch nicht in der Lage, was ich sehr gut verstehen kann.«

»Etwas anderes. Pastor Einarsson ... kommt er vielleicht für den Posten als Nachfolger Bravanders in Frage?«

»Warum nicht? Ein ausgezeichneter Verkünder, ein loyaler Gottesbote, aber für ihn gilt das Gleiche, was ich in Bezug auf Bruder Ingmar sagte: Warum fragen Sie ihn nicht selbst?«

Kurz darauf bot sich Wall die Gelegenheit, seine Frage an den gepflegten Mann in dunkelgrauem Anzug mit perlmuttschimmerndem Schlips zu stellen.

Per-Lage Einarsson gab unumwunden zu, dass er es als einen großen Vertrauensbeweis ansehen würde, wenn man ihn als neuen Hauptpastor der Gottesboten vorschlüge.

»Und wenn ich ein solches Angebot bekäme, würde ich keine Sekunde zweifeln.«

»Sie würden es annehmen?«

Die wulstigen Lippen formten ein warmes Lächeln.

»Mit unsagbarem Stolz und großer Freude.«

Einarsson hatte mit noch einer Information aufzuwarten: Zu der Zeit, als Agne Bravander unter so makabren Umständen sein Leben einbüßte, hatte er selbst an einer Bibelmesse in Deutschland teilgenommen und auf der Fahrt von Hamburg nach Schweden im Schlafwagen übernachtet.

Die Polizisten brauchten nicht lange, um Einarssons Aussage ausreichend bestätigt zu bekommen. Er hatte sich wirklich zum besagten Zeitpunkt im Zug aufgehalten.

Er konnte also unmöglich den Pastor aus dem Weg geräumt haben, dessen Nachfolge er so gerne antreten wollte.

Zwar hätte Sten Wall das auch nicht eine Sekunde vermutet, aber es war doch schön, in dem Punkt Gewissheit zu haben.

20 Sie genoss alles: seine Kraft und Männlichkeit, seinen Atem, seine Nähe, seinen schweißglänzenden Brustkorb, die phantasievollen Methoden, seine unbändige Lust, sein großes Können – doch am meisten war es ihre eigene brennende Begierde, die sie glücklich machte.

Es war ein paradiesisches Gefühl.

»Das hier ist das Schönste auf der Welt für mich«, flüsterte sie in sein rechtes Ohr.

Ohne zu antworten, umfasste er ihr Gesäß nur noch fester.

Sie hatten den perfekten Rhythmus gefunden.

Plötzlich keuchte er: »Die Missionarsstellung ist nicht zu unterschätzen.«

»Sie ist am besten. Du bist der Beste. Das hier ist das Beste.«

Sie hätte ewig so weitermachen können, wusste aber, dass das kleinste Signal von ihm genügte und alles war für diesmal vorbei.

»Mia?« Das läutete die Endphase ein, sie hörte es an seinem Ton, spürte es am Takt: Der Höhepunkt näherte sich rasch.

»Ja.«

»Willst du?«

»Ja.«

»Bist du so weit?«

»Ja.«

»Dann komm, komm jetzt.«

Für ihn war es in einem raschen, heftigen Höhepunkt vorbei, während sie sich noch nicht ganz entladen fühlte, ein klein wenig unbefriedigt. Sie hätte es gerne verlängert, sah aber ein, dass es für diesmal reichte. Sie zog das Laken bis zur Taille hoch und streichelte sich selbst, um das Gefühl noch ein wenig auszukosten, während er aufstand und nackt auf dem Bettvorleger auf und ab ging.

Für ihn war der Höhepunkt erreicht, jetzt hatte er anderes im Sinn. Sie merkte es und war beunruhigt. Irgendetwas stimmte nicht. Ihr ganzer Körper verspannte sich.

»Wir müssen aufhören«, sagte er.

Bestürzt setzte sie sich auf. Hatte sie wirklich richtig gehört?

»Was sagst du da?«

»Wir können so nicht weitermachen.«

Wütend fixierte sie ihn.

»Ist es dir nicht mehr gut genug?«

»Das ist es nicht«, sagte er, »das verstehst du sicher. Aber wie die Dinge jetzt liegen …«

»Hast du eine andere?«

»Natürlich nicht.«

»Aber etwas ist geschehen. Oder?«

Er zögerte kurz, ehe er antwortete.

»Unser Verhältnis ist aufgeflogen.«

Mia schnaubte. »Die Leute reden hinter unseren Rücken, schnüffeln und zerreißen sich die Mäuler. Das ist nichts Neues, das wissen oder vermuten wir schon lange.«

»Aber jetzt *wissen* sie es, und zwar nicht mehr bloß durch Vermutungen und Gerüchte, sondern durch Tatsachen.«

»Und woher weißt *du* das, wenn ich fragen darf?«

»Die Polizei war heute hier und hat mich direkt nach unserer Affäre befragt.«

Sie verspürte ein Ziehen in der Magengegend: »Die Polizei? Was haben die mit uns zu schaffen?«

»Ich hatte den Eindruck, dass es irgendwie um den ermordeten Priester ging.«

»Und das sagst du jetzt erst«, fauchte sie ihn wütend an. »Warum hast du nichts gesagt, bevor wir ins Bett gegangen sind?«

»Ich wollte noch einmal mit dir schlafen, es ist so wunderbar. Ich hab gefürchtet, du lässt mich nicht, wenn ich dir von dem Polizeibesuch erzähle. Und ich hab dich gebraucht, ich hab mich nach dir gesehnt.«

»Warum sollten wir dann aufhören«, sagte sie, »wenn du nun mal so gern mit mir zusammen bist?«

»Es ist wunderbar, das Beste überhaupt, aber muss ich dich dran erinnern, dass du verheiratet bist?«

»Du doch auch.«

»Aber nur auf dem Papier«, verteidigte er sich. »Die Scheidung von Karin ist in einem Monat durch, und wir leben seit dem Frühjahr nicht mehr zusammen, das weißt du.«

Endlich drang die ganze Bedeutung seiner Gedanken zu ihr durch. Zuvor hatte die Furcht, ihn zu verlieren, das Wissen überdeckt, dass ihre Affäre nun aller Wahrscheinlichkeit nach aufgeflogen war.

Das müsste eigentlich bedeuten ... Ingmar! Wusste er es?

Doch er hatte mit keiner Miene zu erkennen gegeben, dass er irgendetwas davon wusste, was sie hinter seinem Rücken trieb. Sie hatte sich in Sicherheit gewiegt, weil sie sich immer um Diskretion und größtmögliche Vorsicht bemüht hatte, doch es hatte offensichtlich nicht gereicht – Stad war eben nicht groß genug, dass man Geheimnisse dieses Kalibers verstecken konnte.

»Erzähl, was du weißt.«

Und er gehorchte, während er auf dem Teppich auf und ab ging, nackt bis auf seine Halskette. Der deutlich hervortretende Adamsapfel hüpfte immer wieder auf und ab.

»Nicht genug damit, dass ich von verschiedenen Typen bei der Arbeit Andeutungen zu hören bekam, ja, regelrechte Sticheleien. Hast dir da wohl was Flottes zugelegt und so weiter. Lauter solch ein Blödsinn. Aber ich habe gedacht, sie hätten mich nur im Verdacht, eine Geliebte zu haben, ohne es genau zu wissen. Und schon gar nicht, mit *wem*. Seit Karin und ich getrennt leben, kann ich tun und lassen, was ich will, habe ich mir gesagt. Ich war gar nicht mal besonders besorgt, außer dass dein Mann etwas herausfinden könnte natürlich, aber das Risiko erschien mir gering. Und auf das miese Geschwätz der Typen von der Arbeit habe ich überhaupt nichts gegeben, tat es als puren Neid ab. Deshalb habe ich dir nie davon erzählt. Aber dann tauchte er heute Morgen völlig überraschend hier auf, und alles war anders.«

»Wer denn?«

»Ein langer Bulle in meinem Alter, vielleicht etwas älter. Mit Spitzbart. Ein aufdringlicher Typ. Gefiel mir gar nicht. Hab seinen Namen gleich wieder vergessen.«

»Algot Malmström«, sagte sie, »ich habe ihn gestern kennen gelernt.«

»Ist dir klar, wie ernst es ist? Begreifst du, dass wir uns die Finger verbrannt haben?«

»Reiß dich zusammen, Tobias«, warnte sie ihn. »Und was hat er gesagt, Malmström?«

»Er hat mich nach unserem Verhältnis befragt.«

»Verhältnis? Du hast es natürlich abgestritten?«

Keine Antwort.

Mia wurde lauter. »Du willst mir wohl nicht erzählen, dass du so verdammt dämlich warst, zuzugeben, dass wir uns treffen?«

»Beruhige dich! Ich habe gar nichts zugegeben, außer dass wir uns kennen, in dem Punkt konnte ich ihm nichts vormachen. Er fiel mit der Tür ins Haus, hat mich völlig aus der Fassung gebracht. Es hätte nichts genützt, glattweg abzustreiten, dass wir uns kennen. Aber ich habe mit keinem Wort verraten, was wir miteinander machen.«

»Das war wohl auch nicht nötig. Der wird ja nicht auf den Kopf gefallen sein.«

»Er versuchte mir natürlich zuzusetzen, aber ich blieb hart. Wir sind nur gut befreundet, habe ich gesagt. Aber irgendwann muss die Sache auffliegen, da hast du Recht, diesem Malmström entgeht nichts. Der wird weiter rumschnüffeln und kriegt bald alles raus. Deshalb dürfen wir uns nicht mehr treffen. Zumindest bis das hier alles vorbei ist.«

Mia schloss die Augen, verschränkte die Hände und versuchte klar zu denken. Was für ein Albtraum! Sie war nicht bereit, Tobias loszulassen, aber auch noch nicht so weit, sich von Ingmar zu trennen. Natürlich war es naiv von ihr gewesen zu glauben, sie könnte beide behalten; so funktioniert das unter zivilisierten Menschen nicht. Sie musste sich entscheiden – und zwar schnell.

Sie stand auf und pflanzte sich vor ihm auf.

»Ich glaub nicht, dass Ingmar etwas weiß. Wir können uns weiter heimlich treffen, wenn wir noch vorsichtiger sind als bisher.«

»Ausgeschlossen. Jetzt, wo sogar die Polizei ...«

»Die Polizei!«, fauchte sie wütend. »Scheiß drauf. Wir suchen uns einen neuen Treffpunkt. Hier können wir uns natürlich nicht mehr sehen, das ist klar, wir müssen etwas anderes finden.«

Er musterte sie von Kopf bis Fuß.

»Du bist so einzigartig schön, Mia. Warum hast du diesen alten Kerl geheiratet?«

Ja, warum eigentlich?

»Sprich nicht über ihn«, bat sie. »Sprich lieber über uns. Über unsere Zukunft.«

»Dann bist du also einverstanden, ihn zu verlassen?«

Das hatte sie nicht gesagt.

»Das habe ich nicht gesagt.«

»Aber wie stellst du dir das denn vor? Sag's mir! Wie stellst du dir das vor?«

Wenn sie das bloß wüsste.

»Wenn ich das bloß wüsste.«

Eine Viertelstunde lang wälzten sie das Problem hin und her, wechselten immer bösere Worte und gingen schließlich im Streit auseinander.

Er verließ die Wohnung wie gewöhnlich als Erster und sah nach, ob die Luft rein war, ehe er ihr ein Zeichen gab. Sie rauschte ohne ein Wort des Abschieds an ihm vorbei, aufgebracht, erschüttert und verzweifelt.

Je näher sie ihrem Zuhause kam, desto verzweifelter wurde sie.

Wenn Ingmar jetzt bloß nicht zu Hause war.

Sie brauchte eine Frist, wenigstens ein paar Stunden, musste versuchen, die Lage der Dinge vernünftig zu analysieren. Vor allem durfte sie der Panik keine Chance geben.

Widersprüchliche Gefühle tobten in ihr.

Selbstverständlich fürchtete sie, dass Ingmar ihre Affäre mit Tobias entdecken und die Sache in der Öffentlichkeit breit getreten würde. Sie hatte Angst vor allen Konsequenzen: Scham, Furcht, Schande und vielleicht am allermeisten vor Ingmars Reaktion – wie würde er die Nachricht von ihrem Seitensprung aufnehmen? Er wäre nicht nur furchtbar verletzt und schockiert, sondern würde sich auch Selbstvorwürfe machen, sich fragen, ob er als Ehemann versagt hatte; und so grausam wollte sie ihm nicht wehtun, wollte ihn und seinen guten Ruf nicht dem Spott der Leute preisgeben.

Doch dagegen kämpfte ein anderes Gefühl an, stärker als alles andere: Sie wollte Tobias nicht verlieren. Um nichts auf der Welt. Sie wusste, dass ihre Gefühle für ihn eher körperlicher Natur waren, aber da war nichts zu machen. Er gab ihr all das, was sie von Ingmar nie bekommen hatte. Sie wusste, dass ihr Mann ihr nie geben konnte, was sie als Frau brauchte – in der Hinsicht war er sogar noch weit unfähiger als der Mistkerl Mattias. Über den Sadisten konnte man sagen, was man wollte, im Bett war er immerhin auf angenehme Art brutal gewesen und hatte sie jedes Mal zum Orgasmus gebracht.

Ingmar – selbst vollkommen anspruchslos – hatte keine Spannung zu bieten, keinen Nervenkitzel, nur Geborgenheit. Das Ehrlichste wäre gewesen, sich von Ingmar zu trennen und mit Tobias, dessen Scheidung bald vor Gericht durch war, aus Stad wegzuziehen. Sie könnten woanders neu anfangen und all das Vergangene hinter sich lassen.

Aber für so einen Schritt war sie noch nicht reif.

Sie brauchte Zeit. Die sie jedoch aller Wahrscheinlichkeit nach nicht hatte. Jetzt, da die Polizei offenbar über sie und Tobias Bescheid wusste, bestand das Risiko, dass auch Ingmar ihnen jederzeit auf die Schliche kommen konnte.

Falls er nicht bereits im Bilde war.

Im Grunde ihres Herzens hatte sie geahnt, dass sie nicht immer unbeobachtet bleiben konnte, doch sie hatte es nicht wahrhaben wollen – viel zu heftig war ihre Sehnsucht nach dem Zusammensein mit Tobias gewesen.

Sie hatte sich eingebildet, Tobias und sie seien vorsichtig genug gewesen.

Dabei waren sie viel zu unvorsichtig gewesen, hatten sich von ihren Trieben leiten lassen und die Gefahr auf die leichte Schulter genommen.

Jetzt stand sie vor dem Haus. Zu ihrer Erleichterung sah sie, dass alle Fenster dunkel waren. Sie hatte sich zwar gedacht, dass Ingmar bis spätabends wegbleiben würde, weil er gesagt hatte, dass er nach der Gedenkstunde für Agne Bravander noch einiges zu erledigen hatte. Aber er hätte seine Pläne ändern können. Auf den Fall war sie vorbereitet. Sie hatte ihm ja erzählt, dass sie an die frische Luft ginge, wenn sie sich besser fühlte.

Wäre er zu Hause gewesen, hätte sie einfach sagen können, sie sei mit dem Auto zum Park gefahren, um ein wenig spazieren zu gehen.

Diese Notlüge konnte sie sich nun also sparen.

Sie parkte das Auto, schloss es ab, ging über die Steinplatten zum Haupteingang mit dem Schild »Heute geschlossen« im Fenster und war überzeugt, dass niemand ihren diskreten Abgang aus dem Liebesnest gesehen hatte.

Aber jemand hatte sie im Visier, wie sie die Tür aufschloss und im Haus verschwand.

Jemand, der tief in einer Nische zwischen den Häuserwänden auf der anderen Straßenseite versteckt war.

Die Schattengestalt wartete fünf Minuten. Dann ging sie auf den Garten der Alvins zu.

21 Nach der Gedenkstunde betrat Sten Wall einen Imbiss, wo er auf die Schnelle eine Bratwurst mit süßem Senf und Brot verdrückte und mit einer Limo mit Apfelgeschmack runterspülte.

Zurück im Revier, erzählte er Jan Carlsson von seiner Panikattacke, als ihn die Erinnerungen an das illegale Gebetstreffen überfallen hatten.

»Ich verstehe nicht, was los war«, gab er zu, »aber ich bekam plötzlich Atemnot. Der Schweiß trat mir auf die Stirn, ich hatte stechende Schmerzen in den Händen und mir wurde übel. Ich dachte schon, ich würde ohnmächtig und musste mich an der Wand abstützen. Alles drehte sich um mich.«

»Aber es ging vorbei?«

»Ja. Der Anfall dauerte nur ein paar Minuten. Mein Unwohlsein verschwand genauso schnell, wie es gekommen war. Was meinst du, woran es wohl lag?«

»Keine Ahnung. Aber eins ist klar: Das, was du da in den 60er Jahren erlebt hast, hat seine Spuren hinterlassen.«

»Vielleicht sollte ich zu einem Psychologen gehen. In meinem Alter könnte es interessant sein, sich bis aufs kleinste Fitzelchen auseinander nehmen zu lassen.«

Die beiden Freunde trennten sich lächelnd.

Es wurde ein hektischer Nachmittag. Bei Wall trafen laufend Berichte seiner Mitarbeiter ein. Algot Malmström beklagte sich: Trotz wiederholter Versuche war es ihm nicht gelungen, Mia Alvin zu erwischen.

»Dass Tobias Käll ihr Liebhaber ist, war sonnenklar. Der Mensch schaute dermaßen schuldbewusst drein und gab zu, dass er und Mia sich kennen. Sich gelegentlich treffen, wie er es nannte. Natürlich stritt er die Bettgeschichte ab, aber es ist nur eine Frage der Zeit, bis er umkippt. Aber ich muss auch sie befragen. Vor dem Gespräch mit ihr graust mir ja ein wenig. Heikles Thema. Aber ihre Version gehört schließlich unbedingt mit ins Bild. Ich frage mich bloß, wo sie steckt.«

»Bei der Gedenkstunde war sie nicht anwesend. Laut Gillis Edh war sie unpässlich, also liegt sie sicher im Bett und kuriert sich aus.«

»CeHa hat mich gebeten, ihm etwas auszuhelfen, bei Maggie und ihm wird es nämlich eng. Mit Mia Alvin versuche ich es etwas später wieder. Muss auch Tobias Käll nochmal ins Gebet nehmen. Bis dann.«

Gegen vier klopfte es, und Bert-Orvar Modigh kam zu Besuch. Der kleine Rechtsmediziner war wie gewöhnlich ordentlich mit weißem Hemd, Krawatte und gut sitzendem Anzug gekleidet, aber dass er müde und erschöpft war, merkte man ihm schon von weitem an.

Er hatte kein Hehl daraus gemacht, dass er seine Pensionierung herbeisehnte, doch das hieß noch lange nicht, dass er seine Arbeit auf die leichte Schulter nahm. Er war schon immer sorgfältig gewesen, um nicht zu sagen pingelig; mit Leib und Seele bei der Sache. Ihm entging nichts, weil er extrem gründlich vorging; seine Arbeitsmethoden hatte man schon mit denen eines Bluthunds verglichen. Hatte er einmal Witterung aufgenommen, so ließ er nicht mehr locker.

Zunächst einmal setzte Modigh die Brille ab und putzte sie mit einem Taschentuch. Das gehörte zum Ritual; unbewusst hielt er sich an ein vorgefertigtes Muster.

Wall und Modigh standen sich sehr nahe. Sie hatten im selben Jahr mit dem Polizeidienst begonnen und bereits jede Menge Fälle gemeinsam durchgestanden. Der Kommissar hatte großen Nutzen aus der scharfen Beobachtungsgabe und der Sachkenntnis des Arztes gezogen. Außerdem war Modigh selbst daran gelegen, zu helfen, wo er konnte. Er war stolz darauf, zu Lösungen beitragen zu können, und glänzte gerne mit eigenen Theorien.

»Wir haben dreizehn oder vierzehn Verletzungen gefunden, gleichmäßig über den Schädel verteilt«, sagte er und putzte mit neuem Schwung die Brille. »Die Finger sind an bestimmten Stellen zerfetzt, woraus deutlich hervorgeht, dass Bravander versuchte, seinen Kopf vor dem spitzen Absatz zu schützen. Es gelang ihm auch, einige Schläge mit den Händen abzuwehren, aber nicht genügend. Zumindest vier Treffer sehen tief genug aus, um von direkt tödlicher Wirkung gewesen zu sein.«

»Dreizehn oder vierzehn, sagtest du?«

»An einigen Stellen gehen die Wunden ineinander über, da lässt sich unmöglich erkennen, ob es zwei oder drei waren. Ist das entscheidend für dich?«

»Ich frage mich nur, ob es vielleicht eine biblische Triebfeder hinter all dem geben könnte. Bravander war ja Pastor, wie du weißt, und vielleicht findet man ein zugrunde liegendes religiöses Motiv, wenn man danach sucht.«

»So was wie mit den dreißig Silberlingen, meinst du?«

»Etwas in der Richtung vielleicht. Sonst noch was?«

»Der Stilettoabsatz wurde mit Sicherheit benutzt. Er ist effektiv. Ich kenne Fälle, in denen ein einziger gut gezielter Schlag mit einem Stöckelschuh zum Tod führte. Die Spitze dringt so leicht ein wie ein Messer in Butter.«

Wall ekelte es bei dem Vergleich.

»Und sonst?«

»Vermutlich hat das nichts direkt mit dem Mord zu tun, aber ich möchte nicht unerwähnt lassen, dass sämtliche Organe Bravanders in erstklassiger Verfassung waren. Selten habe ich einen so gesunden Mann in dem Alter gesehen, wenn du verstehst, was ich meine. Er hätte hundert Jahre alt werden können, physisch ein Prachtexemplar, auch wenn man ihm das rein äußerlich nicht ansah. Er wirkte ja eher schmächtig, war aber innerlich sensationell erhalten für sein Alter.«

»Das nützt ihm jetzt wenig.«

»Wie wahr«, sagte Modigh düster. »Noch etwas. Ich habe auch seine Akten durchgesehen und fand seine Antwort auf das viel beachtete Rundschreiben des Sozialministeriums ›Im Falle Ihres Todes‹. Du weißt vielleicht noch, wie aufgescheucht die Leute vor ein paar Jahren reagierten, als sie diese Broschüre über Organspende im Briefkasten fanden?«

»Daran erinnere ich mich ganz gut«, sagte Wall, der sich selbst als Spender gemeldet hatte.

Modigh setzte seine Brille auf.

»Bravander lehnte es ab.«

»Das kann ich sehr gut verstehen. Die Gottesboten haben die unumstößliche Regel, dass man sein Blut nicht mit dem eines anderen vermengen darf.«

»Genau. Nun wollte der Priester offenbar seine Absage erklären. Es kommt mir so vor, als schämte er sich irgendwie dafür, dass er sich nicht als Spender zur Verfügung stellen konnte. Er war sicherlich ein sehr großherziger Charakter, daran besteht ja wohl kein Zweifel. In einem ausführlichen Schreiben begründete er, warum er unmöglich zusagen konnte, und drückte die Hoffnung aus, dass die Nachwelt seine Stellungnahme respektierte und verstünde.«

Typisch Agne Bravander, dachte Wall.

Der Rechtsmediziner stand auf.

»Jetzt muss ich aber nach Hause. Unsere Tochter kommt

mit ihrem Mann zu Besuch, wir laden sie ins Theaterrestaurant ein, Lena und ich. Sie steigen hier nur kurz ab, müssen morgen weiter nach Stockholm ins Außenministerium. Wir haben sie seit letztem Sommer nicht mehr gesehen, da muss man jede Minute ausnutzen.«

»Wo wohnen sie nochmal? In Brüssel?«

»In Waterloo, stell dir vor! Lukas hat ja eine Stelle, die mit der EU zu tun hat, als Berater. Er pendelt also vom alten Kriegsschauplatz in die Stadt.«

»Ich wünsch dir einen schönen Abend.«

Während der Kurzbesprechung des Fahndungstrupps um halb fünf kam Otto Fribing aus Kopenhagen an. Da wussten die Kollegen schon lange, dass Steve Larssons Alibi bestätigt war, weil Fribing sie über Handy davon unterrichtet hatte.

Jetzt lieferte der Polizist einen detaillierteren Bericht.

Er war genau nach Fahrplan angekommen und direkt zum Hotel Weber gegangen, das nur ein paar Minuten vom Hauptbahnhof entfernt lag. Dort musste er fast eine Stunde auf den Portier warten, der am Dienstag abends und nachts Dienst gehabt hatte.

Doch das Warten lohnte sich. Der dänische Hotelangestellte pickte aus der Sammlung von fünf Porträtfotos, die ihm vorgelegt wurden, sofort das von Steve Larsson heraus.

»Er hat hier mit einem Freund zusammengewohnt, die beiden waren wohl auf irgendeiner Hochzeit, wenn ich es richtig verstanden habe. Und sie kamen so gegen ein Uhr nachts wieder zurück. Daran erinnere ich mich besonders gut, weil sie eine Flasche Wein aufs Zimmer bestellt haben. Einen Le Cardinal. Den in der Minibar hatten sie schon geleert.«

»Wann verließen sie am nächsten Tag das Hotel?«

Der hilfsbereite Portier fragte einen Kollegen und erfuhr, dass Steve Larsson und sein Freund spät gefrühstückt und das Hotel so gegen elf Uhr verlassen hatten.

Vom Hotel nahm Fribing ein Taxi zu dem Restaurant, wo

Steve Larsson und Martin Markström ihr Hochzeitsessen eingenommen hatten. Er bekam zwei Leute zu fassen, die zu der fraglichen Zeit gearbeitet hatten: einen Kellner und einen Garderobier.

Letzterer sortierte nach kurzem Zögern vier Fotos aus und zeigte auf Steve Larsson.

»Den erkenne ich wieder. Hat mir ein extra Trinkgeld gegeben. Hatte einen kleinen Mann dabei, der sich im Hintergrund hielt.«

Der Kellner war sich sehr sicher.

»Dieser Herr war am Dienstagabend hier«, sagte er überzeugt und klopfte mit den Knöcheln auf Larssons Gesicht. »Ich wollte mir erst die Gesichter der anderen vier genau ansehen, ehe ich meine Antwort gab. Jetzt bin ich mir sicher. Hundertprozentig.«

Der Mann hatte ein hervorragendes Gedächtnis und konnte sich an die Speisen, die Zeiten, das Verhalten der Gäste erinnern.

Und zum Schluss blinzelte er Fribing zu und flüsterte: »Wenn eine kleine Indiskretion gestattet ist, so hatte ich den Eindruck, dass die beiden Herren nur Augen füreinander hatten. Nicht dass mich so etwas stört, man hat ja schon einiges gesehen, und jeder soll auf seine Weise glücklich werden.«

Otto Fribing versuchte eine Zeit lang, den Pfarrer zu erreichen, der die Trauung in Bröndby durchgeführt hatte, kam aber zu der Einsicht, dass diese Mühe wohl des Guten zu viel gewesen wäre. Die drei Identifikationen, die er hatte, waren mehr als ausreichend. Und er hatte das Gefühl, dass er zu Hause in Stad bei den weiteren Ermittlungen dringender gebraucht würde.

Also beeilte er sich, zum Hauptbahnhof zurückzukommen, erwischte einen früheren Zug als geplant und gönnte sich ein Bier und ein Krabbensandwich auf der Fähre zwischen Helsingör und Helsingborg.

»Gut gemacht, Otto«, lobte ihn Sten Wall.

Der schnauzbärtige Kripobeamte sonnte sich in den anerkennenden Worten.

Dann fragte er: »Kennt ihr den schon, von wegen Schwule?«

Wall und Jan Carlsson zuckten mit den Schultern, Boström zündete eine Zigarette an, und Dalman sagte: »Um ehrlich zu sein, wollen wir den gar nicht kennen.«

Fribing verteidigte sich: »Habt ihr keinen Humor? In diesem Land herrscht offenbar Schwuchtel- und Lesbenwitzeverbot.«

Schwuchteln und Lesben.

Wall zog eine angewiderte Grimasse.

»Lassen wir das«, sagte er. »Wir haben Wichtigeres zu tun, als uns vulgäre Witze zu erzählen. Zurück an die Arbeit.«

In gedrückter Stimmung ging die Gruppe auseinander.

22 Was für ein Glück, dass Ingmar noch fortblieb – Mia hatte das Gefühl, dass sie eine Galgenfrist brauchte; noch konnte sie sich zu keiner Entscheidung durchringen.

Aber die Zeit drängte.

Sie legte den Mantel ab und ging ins Wohnzimmer, um die Terrassentür aufzumachen und etwas frische Luft hereinzulassen. Zwischen den Bäumen hinter dem Haus senkte sich die Dunkelheit. Es wurde von Tag zu Tag früher dunkel.

Dann schaute sie sich um, und ihr Problem erschien ihr unüberwindlich.

Was sollte aus all dem werden, wenn sie sich nun trennten?

Das Zimmer war geschmackvoll, gemütlich und einladend, sie hatte es selbst eingerichtet, genau nach ihren Wünschen, ohne auf den geringsten Widerstand zu stoßen.

Ein eleganter Türbogen im Durchgang zum Flur, die mit

gestreiftem Baumwollstoff bezogene Sitzgruppe, ein Korb aus geflochtener Birkenrinde für Tageszeitungen und theologische Zeitschriften, an den Wänden ausgesuchte Kunstdrucke und Fotografien, helle Vorhänge, Fensternischen mit Topfpflanzen (Azaleen, Begonien und Alpenveilchen), eine Glasvitrine mit diversen Dekorationsgegenständen (überwiegend aus Ingmars Elternhaus), in der Ecke ein Fernseher.

Die Gottesboten waren keine Kinder von Traurigkeit. Fernsehen war zu Hause natürlich erlaubt, wie auch Tanzen in der Öffentlichkeit und geselliges Beisammensein zu Geburtstagen und anderen festlichen Anlässen. Gewisse Gemeinschaften lehnten *alle* weltlichen Vergnügungen kategorisch ab, nicht aber die Gottesboten – auch wenn sie zu Enthaltsamkeit rieten; alles in Maßen, lautete ihr Credo.

Wie sollen wir das alles aufteilen?, dachte sie und begann eine Wanderung durch das ganze Haus, schaute kurz in die Büroräume und kehrte in den Wohntrakt zurück.

Sie hatte ihr Haus und ihren kleinen Betrieb mit aufgebaut – das alles zu verlassen wäre ein schreckliches Gefühl, es käme ihr vor wie eine Amputation.

Im Schlafzimmer zog sie den Kaschmirpulli, die Seidenbluse und den engen Rock aus und hängte die Kleidungsstücke ordentlich über zwei Stuhlrücken. Sie legte auch den BH ab, behielt aber den Slip an, während sie ins Badezimmer ging, um Wasser in die Wanne zu lassen.

Während das Wasser aus dem Hahn rauschte, legte sie sich ein Badelaken um die Schultern und ging in die Küche, um sich ein Glas Orangensaft zu holen.

Die Zukunft verlangte eine Antwort von ihr; mit gerunzelter Stirn dachte sie nach.

Was sie in ihrem Innersten zutiefst gefürchtet, aber immerzu verdrängt hatte, war also eingetreten. Ihre Affäre mit Tobias war aufgeflogen – damit hatte sie sich abzufinden. Es abzustreiten wäre der reine Wahnsinn – der Kripobeamte

Malmström hatte es Tobias bei seinem Besuch an diesem Tag auf den Kopf zugesagt. Und so etwas greift man nicht aus der Luft. Jemand musste es verraten haben, jemand, dem ihr Glück gegen den Strich ging.

Warum war Malmström nicht auch zu ihr gekommen?

Sie begriff, dass es eine Frage der Zeit war. Der lange Polizist würde sicherlich bald auch bei ihr auf der Matte stehen, an seinem Spitzbart zupfen und ihr vorwurfsvoll in die Augen starren.

Als ob ein Außenstehender sie verstehen und erfassen könnte, was sie jetzt alles durchmachte.

Was berechtigte sie – alle die anderen – dazu, sich ein Urteil über sie anzumaßen? Was wussten sie von ihren Bedürfnissen, von ihrer Sehnsucht, ihren Illusionen?

Ingmar war natürlich in höchstem Grad davon betroffen, seine Ansichten musste sie sich zu Herzen nehmen. Tobias ebenso – aber die anderen: Was ging die die ganze Sache an?

Es war ein Spiel mit drei Beteiligten. Ein gefährliches Spiel, das wusste sie, ein Spiel, das aufgedeckt und unerwünschten Blicken ausgesetzt worden war. Ein Spiel, das die Blutrünstigen und Bigotten ansprach, die sich in fremdem Elend wälzten, sich an den Skandalen anderer ergötzten und sich selbst für sünden- und schuldfrei hielten.

Aber Ingmar wusste doch wohl noch nichts?

Die Erkenntnis, dass das durchaus im Bereich des Möglichen lag, jagte ihr einen Schauer über den Rücken.

Doch als sie sich sein Verhalten in der letzten Zeit ins Gedächtnis zurückrief, beruhigte sie sich wieder. Er hatte sich genau wie immer benommen, abgesehen von der unvermeidlichen Trauer um den Verlust von Agne Bravander.

Soweit sie das beurteilen konnte, hatte sie im Wesentlichen die Wahl zwischen zwei Möglichkeiten.

Erstens: sich von Ingmar trennen, ihm die Wahrheit sagen, die Schuld auf sich nehmen und sich mit ihrem Auszug abfinden. Dann musste sie sich allerdings gegen Beschimpfungen und böswilliges Gerede wappnen, das Alte von sich abschütteln und ganz neu anfangen.

Zweitens: sich den Kontakt mit Tobias völlig versagen, die Beziehung ein für alle Mal beenden und hoffen, dass das Ganze im Sande verlief und sich das Leben wieder normalisierte. Schlimmstenfalls war sie gezwungen, Ingmar ihren Ehebruch zu gestehen und zu hoffen, dass er irgendwie darüber hinwegkam – auch wenn es natürlich besser wäre, wenn er nie erführe, was hinter seinem Rücken vorgegangen war.

Die Entscheidung war schwer, wenn nicht gar unmöglich.

Sie wusste, dass sie Tobias brauchte, ja, sich regelrecht nach ihm *verzehrte*. Wenn sie ganz ehrlich war, verzehrte sie sich schon jetzt nach ihm, würde am liebsten alles stehen und liegen lassen, sich ins Auto setzen und zu ihm zurückkehren. Wenn sie mit ihm schlief, erreichte sie Höhen, von denen sie zuvor nicht das Mindeste geahnt hatte. Wenn sie vollkommen ehrlich zu sich selbst war, musste sie zugeben, dass es ein furchtbares Opfer für sie war, diesem Genuss völlig zu entsagen. Realistisch betrachtet, sah sie ein, dass sie den Verlust nicht verwinden würde, wenn sie die Besuche bei ihm beendete.

Doch was, wenn sie sich von Ingmar trennte und Tobias sie anschließend sitzen ließ?

Konnte sie sich darauf verlassen, dass er bereit war, anderswo mit ihr zusammenzuleben? Vielleicht verschaffte ihre Affäre ihm nur ein bisschen Pep und Würze im Leben. Vielleicht verlor er das Interesse, wenn er sich zu einer verantwortungsvollen Haltung ihr gegenüber gezwungen fühlte.

Ihr kam ein anderer Gedanke: Warum ging sie immerzu davon aus, dass die Entscheidung bei ihr lag? Wenn alles aufflog, konnte sich Ingmar ja ohne weiteres seines moralischen Rechts bedienen, sie vor die Tür zu setzen. Obwohl sie sich das von Ingmar nicht vorstellen konnte. Dazu war er immer viel zu nett zu ihr gewesen.

Am allerschwersten würde sein, Ingmar in die Augen zu

sehen und von ihrem Ehebruch zu erzählen. Er hatte ihr immer vertraut, hatte sie auf seine vorsichtige, zögerliche, unsichere Art geliebt, war so gut zu ihr, so stolz auf sie gewesen, hatte sich mit ihr als Lebens- und Geschäftspartnerin so wohl gefühlt.

Es würde ihm das Herz brechen.

Mia trank ihren Saft aus und ging ins Badezimmer zurück, um den Hahn zuzudrehen. Die Wanne war fast voll.

Sie nahm auf dem Toilettendeckel Platz, immer noch im Slip, und stützte das Kinn in beide Hände.

Sollte sie Ingmar noch an diesem Abend alles gestehen? Oder schweigen und auf das Beste hoffen? Oder den drastischen Weg wählen, einfach ihre Sachen packen, ihm einen Zettel dalassen und alles andere später ordnen, wenn sich die Gemüter etwas beruhigt hatten?

Sie grübelte nach, bis ihr der Kopf rauchte, und kam zu dem Ergebnis, dass es keine schmerzfreie Lösung gab.

Dann stand sie auf, ging zur Wanne und prüfte das Wasser wie immer mit dem Ellenbogen.

Doch, die Temperatur stimmte.

Sie stieg aus dem Slip. Das Deckenlicht glänzte auf ihren schönen, festen Hüften.

Hinter ihr stand die Tür des großen Kleiderschranks einen Spalt breit offen.

Stück für Stück schob sich der Spalt immer weiter auf.

Doch sie merkte nichts.

23 Nebelschwaden hingen über dem Park, als Sten Wall das Fenster schloss, das er kurz zuvor geöffnet hatte, um den Zigarettenrauch nach einem besonders verqualmten Besuch von Helge Boström auszulüften. Der Abend war nasskalt und grau, mit vereinzelten Schauern. Das Fachwerk an der Front der Touristeninformation unten beim Ententeich konnte er gerade noch erkennen.

Durch das Glas hörte er das laute Krächzen der Saatkrähen in den Wipfeln der Kastanienbäume: unschöne Laute, herbstlich und unheilschwanger.

Der Kommissar setzte sich auf seinen Drehsessel, verschränkte die Hände im Nacken und dachte über Agne Bravanders barbarischen Tod nach.

War der Pastor einem Verrückten zum Opfer gefallen, der sein Opfer rein zufällig ausgesucht hatte?

Das erschien ihm kein bisschen plausibel. Wie Wall es sah, musste es einen bestimmten Grund dafür geben, dass Bravander unter so grausigen Umständen dem Tod ins Gesicht sehen musste. Es war berechnet, vorsätzlich, genau geplant. Und mit unheimlicher Präzision ausgeführt.

Noch klang ihm Nancy Bravanders Stimme im Ohr: *In letzter Zeit war er so verändert. Etwas hat ihn belastet, das merkte man. Es war, als fürchtete er jemanden oder etwas, als rechnete er damit, dass etwas Schreckliches geschehen würde.*

Da hatte es sich also ein guter, wahrhaft gläubiger Mensch zur Lebensaufgabe gemacht, anderen zu helfen und nach Kräften Gottes Wort zu verbreiten. Ein Mann, über den seine Mitmenschen nichts als Gutes zu sagen wussten, ein frommer Mann mit einem riesengroßen Herzen, der auf das Wohl so vieler bedacht war.

Der sich aber zugleich bei bestimmten Leuten unbeliebt gemacht hatte, da gab es kein Vertun.

Und einer war offenbar der Meinung, ihm sei so auf die Zehen getreten worden, dass es nur einen Ausweg gäbe: den Priester zu töten.

Wer hatte diese abscheuliche Tat auf dem Gewissen?

Wall ging – zum wievielten Mal, wusste er nicht mehr – die Verdächtigen durch.

Laura Samuelsson?

Motiv: Rache für den Tod des Sohnes, den sie offenbar den Gottesboten anlastete (in dem Fall hätte sich der Rachefeldzug einfach gegen den prominentesten Vertreter der Gemeinde gerichtet).

Möglichkeit: begrenzt. Ihr Alibi war zwar nicht hundertprozentig wasserdicht, aber Wall erschien es unwahrscheinlich, dass sie die lange Fahrt zwischen Sandviken und Stad zu der fraglichen Zeit hätte bewältigen können.

Fragezeichen: Wäre sie rein physisch dazu in der Lage gewesen, Bravander zu erschlagen, der zwar kein Schrank, aber offenbar doch in guter Kondition war?

Torgny Samuelsson?

Motiv: wie bei seiner Exfrau. Hinzu kam noch der Umstand, dass Laura ihn verlassen hat, weil er die Genehmigung der Bluttransfusion bei seinem Sohn so lange hinausgezögert hatte.

Möglichkeit: Er hätte den Priester ermorden können, da es keine Zeugen für seine Aktivitäten in den Stunden gab, in denen Bravander aller Wahrscheinlichkeit nach umgebracht wurde. Modigh hatte bei seinem Besuch bei Wall am frühen Nachmittag erklärt, Bravander sei eindeutig eher vor als nach Mitternacht ermordet worden.

Fragezeichen: Wo war Torgny Samuelsson jetzt? Jan Carlsson hatte ihn tagsüber vergeblich zu erreichen versucht. Nun startete er einen erneuten Versuch. An seinem Arbeitsplatz erzählte man, Samuelsson habe Resturlaub genommen, aber niemand wusste, wo er steckte.

Mattias Hermansson?

Motiv: Er hasste Bravander; gab diesem die Schuld am Scheitern seiner Beziehung mit Mia.

Möglichkeit: noch ungeklärt. Thure Castelbo war mit dem Auto unterwegs nach Uddevalla und würde, wie Wall den gewissenhaften Inspektor kannte, mit eindeutigen Angaben dazu wiederkommen, was Hermansson zu dem entscheidenden Zeitpunkt getan hatte.

Fragezeichen: War wirklich mit Fug und Recht anzunehmen, dass der impulsive Schläger Hermansson sich so lange in Geduld übte, ehe er Rache für ein vermeintliches Unrecht forderte? Schließlich war es ja über sieben Jahre her, dass sich seine und Mias Wege getrennt hatten.

Steve Larsson?

Motiv: Von den Gottesboten ausgeschlossen, hatte er wütend reagiert, als Agne Bravander ihm den Bescheid überbrachte. Emotional war er enorm engagiert. Fühlte sich im Stich gelassen von der Gemeinde, die sein Urgroßvater mitbegründet hatte.

Möglichkeit: wasserdichtes Alibi nicht nur für ihn, sondern auch für seinen frisch gebackenen Ehemann Martin Markström.

Fragezeichen: Dazu fiel Wall zum gegenwärtigen Zeitpunkt nichts ein.

Mia Alvin und/oder ihr Geliebter Tobias Käll?

Motiv: bei beiden nichts Greifbares, falls sie nicht von Bravander ertappt worden waren und dieser damit gedroht hatte, Ingmar Alvin ihre Eskapaden zu verraten. Doch ein solches Benehmen passte schlecht zu dem Bild, das sich Wall von Bravander gemacht hatte.

Möglichkeiten: Mia hatte laut eigener Aussage an dem Abend, an dem Bravander auf seinen Mörder traf, zu Hause gesessen, während ihr Mann Kundenlieferungen ausfuhr und wegen einer Reifenpanne bei Hede später als erwartet zurückkam. Also hätte sie Zeit haben können, zu den GOTTESBOTEN zu fahren, um den Pastor umzubringen. Was Tobias Käll anging, so hatte Malmström – schlimm genug! – vergessen oder versäumt, ihm mit Fragen nach seinem Alibi für die Tatzeit zuzusetzen, doch Wall wusste, dass sein Kollege das Versäumte gerade nachholte.

Fragezeichen: Genau wie bei Laura Samuelsson bestanden berechtigte Zweifel daran, dass Mia Alvins Kräfte für einen erfolgreichen Überfall auf Bravander ausreichten. Doch der Beschreibung nach zu urteilen, die Wall von ihr erhalten hatte, schien die junge Frau robust und willensstark zu sein – er war neugierig, wie sie eigentlich aussah. Malmström hatte so von ihr geschwärmt.

Gab es mehr Verdächtige?

Bestimmt. Sie mussten nur gefunden werden.

Jemand aus den Reihen der Gottesboten?

Das schien völlig unwahrscheinlich. Bravander wurde von allen in seinem Kreis geliebt. Bei der Gedenkfeier hatte die Trauer schwer und lähmend auf der Gemeinde gelastet, die aufrichtige Gemütsbewegung zeigte.

Einer der Ehefrauenmisshandler, die Bravander in seinem humanen Eifer zu bessern versucht hatte?

Das war nicht auszuschließen. Auf die Berichte von Maggie Larsson und Carl-Henrik Dalman war er sehr gespannt.

Oder könnte es jemand völlig Außenstehender gewesen sein?

In dem Fall müsste man sich nach einem neuen Motiv umsehen.

Im Moment erschien Wall jedoch die folgende Frage am drängendsten: Wo hielt sich Torgny Samuelsson auf?

Der Zigarettenrauch des Distriktleiters hing noch immer in der Luft.

Wall ging zum Fenster und riss es weit auf.

Die Krähen machten mehr Lärm denn je, und die Luft war so feucht, dass es aufs Fensterbrett tropfte. Der Sommer hatte tapfer und lange gekämpft, doch jetzt schien der Herbst die Alleinherrschaft errungen zu haben.

Der Kommissar zog mit ein paar tiefen Atemzügen die schwere feuchte Luft in die Lungen und trat ins Zimmer zurück.

Er rief in der Zentrale an: »Ist Jan Carlsson schon zurück?«

»Nein.«

Also hieß es weiter warten.

24

»Sie schon wieder?«

»Kann ich nicht leugnen«, sagte Algot Malmström und betrachtete den kraftstrotzenden jungen Mann im Türspalt.

Breite Schultern, schlanke Taille, muskulöse Unterarme, schwarze Brustbehaarung, die sich in dem runden Halsausschnitt des T-Shirts kräuselte, ein Gesicht mit der Ausstrahlung brutaler Männlichkeit, ein von zahlreichen Stunden im Fitness-Studio durchtrainierter Körper, den vielleicht sogar diverse legale und illegale Substanzen mitgeformt hatten. Ein Stier, dachte der Kripobeamte. Ein Kraftprotz, der Mia Alvin Freuden bereitet, von denen ihr alles andere als viriler Mann nur träumen kann.

Vorübergehend beschlich Malmström Neid, während er die üppige, attraktive Mia Alvin mit dem durchtrainierten Tobias Käll vor sich sah – er hätte nichts dagegen gehabt, mit ihm zu tauschen, und wäre es auch nur für ein einziges Mal gewesen.

Doch er verscheuchte diese Phantasien und empfand stattdessen stellvertretend für den verschmähten Ingmar Alvin eine seltsame Entrüstung – der menschenfreundliche Gottesbote hatte Besseres verdient, als von seiner Frau betrogen zu werden.

Malmström ermahnte sich zur Sachlichkeit. Er hatte keinen Grund, sich zum Richter über andere aufzuspielen.

»Was wollen Sie diesmal?«, fragte Käll ungeduldig.

»Darf ich hereinkommen? Dann brauchen wir nicht zwischen Tür und Angel zu plaudern.«

»Wenn es sein muss, bitte.«

Tobias Käll ließ den Besucher durch, machte die Tür zu und blieb mitten im Vorraum stehen. Er machte keine Anstalten, den Polizisten zum Sitzen aufzufordern, sondern sah stur geradeaus. Hinter der mürrischen Fassade witterte Malmström Nervosität und Feindseligkeit.

»Und? Schießen Sie schon los. Um was geht es?«

»Das hätte ich schon letztes Mal fragen sollen: Was haben

Sie am Dienstagabend gemacht, zwischen neun Uhr abends und Mitternacht?«

Die Pupillen des Muskelprotzes verengten sich.

»Warum wollen Sie das wissen?«

»Beantworten Sie bitte meine Frage.«

»Ich weiß, worauf Sie hinauswollen. Um die Zeit wurde der Pfarrer ermordet, richtig?«

»Beantworten Sie die Frage!«

»Und jetzt denken Sie, dass ich ... du meine Güte, wie verrückt. Ich bin diesem Bravander oder wie er heißt nie begegnet.«

»Ist es Ihnen denn wirklich so ganz und gar unmöglich, eine einfache Frage zu beantworten?«

»Immer mit der Ruhe. Ich war hier zu Hause. Was macht man in so einer Stadt an einem langweiligen Herbstabend? Man kann ja wohl nicht ständig durch die Kneipen ziehen. Könnte ich mir im Übrigen auch gar nicht leisten.«

»Waren Sie allein?«

Käll nickte.

»Sie hatten also keinen Damenbesuch?«

Tobias Källs rechter Mundwinkel verzog sich zu einem maliziösen Grinsen. Malmström fand, dass er albern aussah mit seinem schiefen Mund.

»Jetzt geben Sie also zu, dass Sie eine Affäre mit Mia Alvin haben?«

»Offenbar wissen Sie ja doch alles, und es lohnt sich nicht, noch was abzustreiten. Ja, wir haben was miteinander, wenn Sie das interessiert, und zwar seit Wochen. Sie ist himmlisch im Bett, nur dass Sie's wissen. Die heißeste Nummer, die ich je erlebt hab. Kann kaum genug kriegen. Ein reinster Sechser im Lotto.«

Malmström war kurz davor, die Beherrschung zu verlieren. Er musste an sich halten, um nicht völlig aus dem Konzept zu geraten.

»Ich meine ja nur«, fuhr er mit erkämpfter Ruhe fort,

»dass Sie in dem Fall ja ein Alibi für den fraglichen Zeitpunkt hätten und dem Mordverdacht entgingen.«

»Sie meinen doch wohl nicht im Ernst, dass Sie mich verdächtigen? Das ist ja lachhaft! Ich habe doch gesagt, dass mir der Pastor noch nie begegnet ist. Ich weiß überhaupt nicht, wie er aussieht.«

»Wann genau haben Sie Mia zuletzt getroffen?«

»Heute, kurz nach dem Mittagessen. Etwa ab zwei, so um den Dreh. Gegen halb vier ging sie wieder.«

»Mit anderen Worten: genau um die Zeit, als ihr Mann in dem Gemeindehaus an der Gedenkfeier für Agne Bravander teilnahm. Da haben Sie beide ja wirklich die Gunst der Stunde genutzt.«

»Mit Mia ist die Stunde *immer* günstig.«

»Als Grund, nicht an der Gedenkfeier teilnehmen zu können, hatte sie angegeben, krank zu sein.«

»Mir egal, was für Ausreden sie sich einfallen lässt, das geht mich nichts an. Jedenfalls war sie nicht krank, als sie heute Nachmittag hier war, das kann ich bezeugen.«

»Wo ist sie jetzt?«

Käll zuckte mit den Schultern.

»Woher soll ich das wissen? Zu Hause, nehme ich an. Wo sonst?«

»Als ich vor einer halben Stunde bei ihr anrief, war sie nicht zu Hause.«

»Dann hat sie sich wohl hingelegt, um sich auszuruhen, kann ich mir denken. Um ihrem Mann gegenüber den Schein zu wahren. Wenn man ihn überhaupt so nennen kann. Mann.«

»Hüten Sie Ihre Zunge, Sie Dreckskerl! Sie sind nicht die Person, einen feinen Menschen wie Ingmar Alvin zu verspotten. Er ist bedeutend mehr wert als so was wie Sie.«

»Sie sagen nicht Dreckskerl zu mir, dass das klar ist!«

Kurz sah es danach aus, als wollte Käll sich auf den Polizisten stürzen, doch dann besann er sich eines Besseren und trat mit bebenden Nasenflügeln und hasserfülltem Blick einen Schritt zurück.

»Eins sollten Sie wissen. Heute Nachmittag habe ich mit Mia Schluss gemacht. Aber Ihr Besuch hier hat mich umgestimmt. Wenn sie will, kann sie mitkommen, wenn ich von hier wegziehe. Es gefällt ihr sowieso nicht bei dem Alten.«

»Darf sie Sie begleiten?« Malmströms Stimme triefte vor Sarkasmus. »Welch ein Privileg! Soweit ich weiß, gelten Sie noch als verheiratet, oder?«

Tobias Käll erstarrte.

»Wie kommen Sie darauf?«

»Und Sie haben Kinder?«

»Zwei. Aber was …«

»Sie wollen also die Stadt verlassen, mit oder ohne Mia Alvin. Welch schwerer Verlust für uns alle!«

»Ich glaube, darüber haben wir jetzt genug geredet. Und über alles andere auch, übrigens. Lassen Sie mich nur sagen: Es gibt gute Bullen und schlechte Bullen. In welche Kategorie Sie gehören, können Sie sich selbst ausrechnen. Bitte, da ist die Tür.«

»Ich komme wieder.«

»Soll ich das als Drohung auffassen?«

»Fassen Sie es auf, wie Sie wollen. Und grüßen Sie Ihre Frau und gratulieren Sie ihr zur bevorstehenden Scheidung.«

Tobias Käll schmetterte die Tür hinter Algot Malmström ins Schloss, der zufrieden grinsend zurück zum Auto ging, um zum Haus der Alvins zu fahren.

25 Jan Carlsson erwischte Torgny Samuelsson kurz vor 18 Uhr. Der Mann mit den krausen Haaren und der markanten Kieferpartie, der beim Sprechen aussah, als kaue oder mahle er, tat ihm gleich Leid.

Etwas Kummervolles lag in seinem Blick, eine Trauer, die sich nicht so ohne weiteres verscheuchen ließ.

Der kinderlose Inspektor versuchte sich vorzustellen, was für ein Gefühl es war, einen neunjährigen Sohn zu verlieren. Es tat weh, auch nur daran zu denken. Zum ganzen Ausmaß der Tragödie gehörte auch noch der Verlust der Ehefrau – bei der unerträglichen Vorstellung einer Scheidung von Gun schmerzten ihm die Augen.

Er meinte zu verstehen, was der arme Mann ihm gegenüber gerade durchmachte.

»Eine wunderbare Wohnung«, sagte er, während er sich sammelte.

»Sie war genau richtig, als wir zu dritt waren. Jetzt ist sie zu groß und zu teuer und steckt voller Erinnerungen. Zum Jahreswechsel ziehe ich aus, denke ich mir. Das habe ich gestern bereits Kommissar Wall gesagt.«

»Das bringt mich auf mein Anliegen«, sagte Jan Carlsson und erklärte, weshalb er da war.

Es ginge nämlich darum, dass die Polizei ergänzende Gespräche mit allen Personen aus Agne Bravanders Umfeld benötigte. Er war sich nicht sicher, ob Samuelsson das schlucken würde. Doch der gab mit keiner Miene seine Gedanken preis, sondern nickte nur.

»Ich war heute schon mal hier, habe Sie aber nicht angetroffen.«

»Nein, ich hatte gestern, nach Walls Besuch, einen spontanen Einfall. Ich hatte das Gefühl, hier rauszumüssen, also fuhr ich mit dem Auto nach Kalmar und übernachtete da. Ich hatte noch reichlich Resturlaub, und weil ich mir sowieso vorgenommen hatte, im Kraftwerk Syd zu kündigen, konnte ich genauso gut gleich anfangen, meine Überstunden abzufeiern. Den Rest nehme ich dann zu Weihnachten, wenn ich hoffentlich mit dem Umzug anfangen kann.«

»Warum ausgerechnet Kalmar?«

»Anfang der 80er Jahre habe ich ein paar Jahre lang dort

gearbeitet, und es hat mir sehr gut gefallen. Eine schöne alte Stadt, ganz nach meinem Geschmack. Da habe ich übrigens Laura kennen gelernt, auf einem Treffen der Gottesboten. Sie gehörte zur Sektion aus Gävle. Es war eine Zusammenkunft in Borgholm, nicht weit von Solliden. Ein Jahr später haben wir geheiratet und sind hierher nach Stad gezogen, wo ich herkomme. Dann kam Lars, und alles war wunderbar, bis ...«

Er brach ab und schniefte. Jan Carlsson senkte den Blick, bemerkte aber aus den Augenwinkeln, wie sich die markanten Kiefer des anderen pausenlos bewegten. Es sah aus, als kämpfe er mit einem besonders zähen und sehnigen Stück Fleisch.

Samuelsson sammelte sich, ehe er fortfuhr:

»Jedenfalls ging ich noch spät bei einem Griechen essen und übernachtete dann im Hotel Winn. Heute Morgen habe ich bei meinen beiden früheren Arbeitsplätzen vorbeigeschaut. Ein frohes Wiedersehen, das kann man wohl sagen. Die alten Vorgesetzten sind in beiden Firmen noch da, und ich habe mich nach der Möglichkeit erkundigt, zurückzukommen.«

»Und?«

»Gute Aussichten. In beiden Fällen. Ich habe ihnen genau geschildert, was geschehen ist, dass mein Sohn seiner Krankheit erlegen ist, meine Frau mich verlassen hat und ich nicht mehr in Stad bleiben kann. Und ich muss sagen, ich stieß auf großes Verständnis. In einem Fall stand praktisch schon fest, dass ich meine alte Stelle zurückbekomme, wenn ich will, und bei den anderen bin ich auch gern gesehen, obwohl da momentan nichts vakant ist. Aber im April geht ein Mitarbeiter in Rente, das könnte für mich reichen. Ich muss meine Zukunft neu überdenken. So wie es jetzt ist, kann es jedenfalls nicht weitergehen.«

»Wann waren Sie wieder hier?«

»Ich bin eben erst angekommen. Vor einer knappen Viertelstunde. Am Vormittag habe ich die beiden Firmen besucht, dann machte ich mich zu einer nostalgischen Tour durchs Schloss auf. Dort kenne ich den Verwalter, Odd Zschiedrich, ein angenehmer, gebildeter Mensch, der vor zwei Jahren im Sommer Laura, Lars und mich herumführte, als wir noch ... na, auf jeden Fall wollte ich da nochmal hin. Und dann setzte ich mich ins Auto, solange es noch hell war, damit ich nicht die ganze Rückfahrt im Dunkeln machen musste. Kehrte in einem Rasthaus ein, als es dämmerig wurde, und aß ein Tagesgericht, panierten Dorsch mit Remouladensoße.«

In den nächsten zwanzig Minuten versuchte Jan Carlsson vorsichtig, Torgny Samuelsson so viele Informationen wie möglich zu entlocken, doch als er aufbrach, hatte er das Gefühl, im Grunde genommen kaum etwas von Belang in Erfahrung gebracht zu haben.

Und er war sich ziemlich sicher, dass dieser sympathische Mann nicht dazu in der Lage war, einen Mitmenschen zu töten, selbst wenn er kein Alibi für die Tatzeit des Mordes an Agne Bravander hatte.

Torgny Samuelsson ist kein Gewaltverbrecher, sagte sich Carlsson, während er in sein Auto stieg. Und falls doch, kann ich mich auch gleich damit abfinden, dass meine Menschenkenntnis lausig ist.

Algot Malmström hievte sich in dem Moment aus dem Auto, als er Ingmar Alvins Kastenwagen mit dem Firmenlogo an der Rückscheibe vorbeifahren und neben dem Gartentor parken sah.

Er eilte auf den Gottesboten zu, dessen kahler Kopf eine Mütze mit Schachbrettmuster bedeckte.

»Eigentlich müsste ich ein paar Worte mit Ihrer Frau wechseln«, fing er an.

»Mit Mia? Die hat sich sicher hingelegt, sie fühlte sich heute unwohl. An der Gedenkfeier für Bruder Agne hat sie nicht teilnehmen können. Hoffentlich geht es ihr inzwischen besser.«

Algot Malmström registrierte Alvins treuherzigen, ein wenig verwirrten Gesichtsausdruck und wurde wie üblich von Mitleid erfasst – der Mann musste einem einfach Leid tun.

»Ach so, sie liegt also im Bett? Dann hat sie natürlich deshalb nicht aufgemacht. Aber vielleicht kann ich ja trotzdem mit ihr sprechen. Es dauert nicht lange, das verspreche ich.«

Der Polizist hatte sich vorgenommen, mit Mia unter vier Augen zu reden. Die vorgeschützte Krankheit würde ihr nichts nützen. Sie würde sich damit abfinden müssen, ausgefragt zu werden, und er hatte nicht vor, sie zu schonen. Allerdings würde er es nie und nimmer über sich bringen, ihre ehebrecherischen Umtriebe vor dem gutgläubigen, unwissenden Ehemann als Zuhörer zu erörtern. Er hatte sogar die leise Hoffnung, dass Ingmar Alvin das Wissen um den Ehebruch seiner Frau *völlig* erspart bleiben könnte.

Mia Alvin musste jedenfalls in die Mangel genommen werden. Sie war irgendwie in den Fall verwickelt, und wenn auch nur deshalb, weil ihr Stöckelschuh die Mordwaffe war.

»Dann kommen Sie bitte mit«, sagte Ingmar Alvin, der Malmström an einem Arm berührte und vor ihm zur Haustür ging.

Er wühlte in seinen Taschen, aus denen er ein zerknittertes Taschentuch und eine Taxiquittung fischte, ehe er endlich den Schlüssel fand.

Dann schloss er auf und winkte Malmström, ihm zu folgen.

Im Haus war es dunkel.

»Sie schläft bestimmt«, vermutete Alvin, während er die Deckenlampe anknipste.

Dann rief er: »Mia, Liebling, ich bin da. Schläfst du?«

Er hängte seinen Mantel an einen Haken.

»Einen Moment, ich hole sie.«

»Wenn es keine Umstände macht?«

»Überhaupt nicht. Nur eine Minute.«

Eine Minute verging. Türen gingen auf und zu. Alvins Rufe drangen gedämpft aus dem ersten Stock herunter.

Stille.

Weitere Sekunden verstrichen.

Dann knarrte es auf der Treppe, und Algot Malmström sah die gut geputzten Schuhe und den Saum der Hose des Mannes.

Alvin war mitten auf der Wendeltreppe stehen geblieben. Seine Beine zuckten, als hätte er Krämpfe. Dann gab es einen dumpfen Aufprall, als er mit dem Rücken gegen die Wand fiel.

Der Polizist eilte herbei und sah, wie sich Alvin an die Stirn griff. Er war auffallend blass, sein Blick flackerte unruhig umher, und Malmström begriff sofort, dass etwas Schreckliches geschehen war.

»Was um Himmels willen ist los?«

Mit gepresster Stimme, kaum lauter als ein Flüstern, antwortete Alvin: »Kommen Sie bitte mit rauf. Ins Bad ... Da ist etwas ... Ich glaube, dass Mia ... Es sieht so aus, als ob ... Ja, sehen Sie selbst.«

Malmström schob ihn zur Seite und hastete nach oben, mit seinen langen Beinen drei Treppenstufen auf einmal nehmend.

26

Als Agne Bravander mit eingeschlagenem Schädel gefunden wurde, war allen klar, dass er ermordet worden war. Daran bestand nie auch nur der geringste Zweifel, und die Polizei blies augenblicklich zur Jagd auf seinen Mörder.

Dieselben Polizisten waren davon überzeugt, dass auch Mia Alvin Opfer eines Mordes war.

Als Leiche bot sie einen schöneren Anblick als der Pastor. Mit ins Leere starrenden Augen und Haaren wie treibendes Seegras lag sie in der Badewanne auf dem Rücken, und wären da nicht eine Reihe belastender Faktoren gewesen, hätten sie die Theorie in Erwägung ziehen können, dass ihr ein höchst beklagenswerter Unfall zugestoßen war.

Es gab keine Anzeichen äußerer Gewalteinwirkung, bis auf einen verschwindend kleinen Bluterguss mitten auf der Stirn.

Es *hätte* ja sein können, dass sie ausgerutscht und mit dem Kopf gegen die Wand geschlagen wäre – das hätte die kleine Schürfwunde erklärt. Sie *hätte* von dem Aufprall in Ohnmacht fallen und ins Wasser gleiten können, wo sie dann ertrunken ist.

Solche fatalen Unfälle ereigneten sich leider hin und wieder – Badezimmer waren gefährliche Aufenthaltsorte, das hatte sich oft genug herausgestellt.

Und es hätte so zugehen können, als Mia Alvin dem Tod ins Auge sah.

Doch das war nicht der Fall.

Sie starb nicht einmal zwei Tage, nachdem der Pastor der Gottesboten, bei denen sie selbst Mitglied war, in seinem eigenen Gemeindehaus niedergemetzelt worden war.

Niedergemetzelt mit dem messerscharfen Stilettoabsatz eines ihrer Stöckelschuhe, entwendet aus einem der Schränke in ihrem Haus.

Das *hätte* purer Zufall sein können.

Doch das war es nicht.

Die Polizisten glaubten nicht an so einen Zufall, sie waren sich sicher, dass Mia Alvin auch ermordet worden war. Höchstwahrscheinlich sogar von derselben Person, die Agne Bravanders Erdenleben abgekürzt hatte.

Hegte trotz allem noch jemand auch nur den geringsten Zweifel, so fegte ein Indiz die letzten Bedenken vom Tisch.

Der Täter hatte mit Mia Alvins graurosa Lippenstift (den sie nie verwendete, wenn sie mit ihrem Ehemann zusammen war, sondern für besondere Anlässe aufhob) den Spiegel vom Hängeschrank beschrieben.

Der Text war offenbar mühselig zustande gekommen. Die verschmierte Schrift sah zittrig aus, und sie mussten keinen Graphologen hinzuziehen, um zu erkennen, dass der Schreibende so gekrakelt hatte, um seine Handschrift unkenntlich zu machen.

Die Botschaft – denn um eine solche handelte es sich – lautete kurz und bündig:

1. Mos. 19, Kap. 18

Ein Anruf bei einem bibelkundigen Experten genügte den Polizisten, um die Aussage zu entschlüsseln.

Es war ein Hinweis auf zwei Städte, die nach der Legende dem Erdboden gleichgemacht worden waren und als Symbole für Sünde, Liederlichkeit und Unzucht galten.

Sodom und Gomorrha.

Mia Alvins außereheliche Eskapaden hatten sich offenbar weiter herumgesprochen, als sie selbst geahnt hatte.

Ah, du klare Säuberung.

So leicht war es diesmal. So unblutig. So sauber. So herrlich.

Mich hinter sie anschleichen.

Hinter sie, wo sie steht, nackt wie beim schamlosen Zusammenkommen mit ihrem Liebhaber.

Einen heftigen Stoß in den Rücken.

Der Kopf, der gegen die Kacheln knallt.

Als sie in den Knien einknickt, nach ihr greifen, sie auffangen.

Sie runter ins Wasser ziehen, während sie noch benebelt ist von dem Aufprall.

Die Füße hochhalten, sodass sie nichts ausrichten kann, wie sie daliegt, das Gesicht unter Wasser, und ihre angstgeweiteten Pupillen allmählich klarer sehen.

Krampfhafte Versuche, lächerlich, kraftlos.

Finger, die an dem glatten Badewannenrand entlangrutschen und nach Halt suchen.

Ein Überlebenswille, der rascher als erwartet schwindet.

Danke, o Herr, auch für die Leiden, denn du meinst es gut.

Und jetzt?

Weiter desinfizieren.

Weiter kämpfen für eine bessere Welt.

Keine Verzögerungen mehr.

Jetzt. Jetzt. JETZT!

27 Im Grunde war es ein klassisches Dreiecksdrama, Mord aus Leidenschaft.

Der verschmähte Ehemann.

Die untreue Ehefrau.

Der junge Liebhaber.

Die tragischen Folgen.

Hätte sich der Mord an Mia Alvin vor dem an Agne Bravander ereignet, hätten Sten Wall und seine Kollegen eindeutig auf Eifersucht getippt. Aber nun sah die Sache ganz anders aus.

Was hatte der Pastor mit all dem zu schaffen?

Es war wahrhaftig nicht leicht, seine Rolle in einen vernünftigen Zusammenhang einzufügen, aber dass es einen gemeinsamen Nenner für beide Morde geben musste, stand außer Zweifel.

Immerhin gab es ja den Stöckelschuh als verbindendes Element.

Die Polizei war fest entschlossen, herauszufinden, was die beiden Morde miteinander zu tun hatten. Denn etwas musste es sein, darin waren sich alle einig.

Aber natürlich schlossen sie die Möglichkeit auch nicht aus, dass der Mord an Mia aus purer Eifersucht geschehen war.

Ingmar Alvin stand unter Verdacht, Tobias Käll natürlich ebenso. Und im Hintergrund konnten andere Männer involviert sein, darüber wussten sie zum gegenwärtigen Zeitpunkt noch nichts.

Auf alle Fälle bekam Tobias Käll jetzt gerade Besuch von Algot Malmström und Jan Carlsson, die ihm auf der Suche nach der Wahrheit unerbittlich zusetzen würden.

Wall erwartete gespannt ihren Bericht, hatte aber momentan selbst eine Aufgabe, für die ein außerordentliches Fingerspitzengefühl vonnöten war.

Die beiden – Malmström und Carlsson – brauchten wirklich keine Samthandschuhe anzuziehen. Sie konnten direkt zur Sache kommen, ohne Umschweife, ohne ihre Fragen abzumildern oder beschönigend zu umschreiben, worauf sie hinauswollten.

Er hingegen sah sich gezwungen, Ingmar Alvin mit einer ganzen Reihe von unangenehmen, ja geradezu peinigenden Fragen zur Last zu fallen.

Apathisch hockte der frisch verwitwete Mann vor ihm, auf einer alten Kirchenbank in einem kleinen Büroraum im Souterrain. Über dem gesenkten Kopf und den hängenden Schultern hing an der Wand ein bunter Teppich mit einem Motiv, das offenbar die Heiligen Drei Könige auf ihrer Reise durch die Wüste darstellte.

Als Malmström direkt nach dem grausigen Fund im Badezimmer versucht hatte, mit Alvin zu reden, hatte er nicht ein vernünftiges Wort aus dem schwer geschockten Mann herausbekommen.

Doch nun war etwa eine halbe Stunde vergangen, und Alvins erster Schock hatte sich gelegt. Er machte jetzt einen recht gefassten Eindruck, auch wenn sich in seinem Blick deutlich der Schrecken abzeichnete.

Er sah auf.

»Erst Bruder Agne. Und jetzt meine Mia. Wer kann das getan haben? Und warum? Sagen Sie es mir, Wall.«

Die Fragen hingen in der Luft, eindringlich, vorwurfsvoll, traurig.

»Ich weiß es nicht«, war die aufrichtige Antwort des Kommissars.

Eine unbefriedigende Antwort, die er nicht allein im Raum stehen lassen wollte.

»Aber ich werde es herausfinden.«

Er hatte das Gefühl, dass so ein Versprechen in dem Moment dringend gebraucht wurde.

Ingmar Alvin redete weiter.

»Eigentlich war sie viel zu schön für mich. Und zu jung. Sie hätten dabei sein sollen, als wir uns das erste Mal begegnet sind. Sie sah aus wie ein Kind, so schüchtern war sie, so unsicher, so mitgenommen vom Leben. Ich verliebte mich augenblicklich in sie. Sah es als meine Aufgabe an, sie zu beschützen und ihr Sicherheit und Geborgenheit zu geben. Sie sah in mir wohl vor allem die Vaterfigur, aber wir waren glücklich miteinander und liebten uns.«

Wall schwieg. Sein Gegenüber schluckte ein paar Mal, ehe er fortfuhr: »Heute um die Mittagszeit fing sie an zu kränkeln. Konnte nicht mitfahren zur Gedenkstunde.«

»Ich weiß.«

»Mia ging es nicht gut, aber sie war auf jeden Fall am Leben. Ob es einem schlecht geht oder ob man tot ist, ist ein Riesenunterschied. Ein himmelweiter Unterschied.«

Wall sagte nichts.

»Wenn ich zu Hause geblieben wäre, würde sie noch leben. Oder wenn ich sie überredet hätte, mich zu der Feier in der Stadt zu begleiten. Dann wäre ihr nichts zugestoßen. Sie wäre im Kreis ihrer Freunde gewesen. Und sie hatte viele Freunde, müssen Sie wissen. Alle akzeptierten sie, trotz ihrer Vorgeschichte. Die Sache mit diesem Grobian. Eine ungute Geschichte, vergessen und begraben. Warum habe ich sie allein gelassen, als es ihr so schlecht ging und sie meine ganze Zuwendung gebraucht hätte?«

»Beruhigen Sie sich. Machen Sie sich keine Vorwürfe. Es besteht kein Grund dazu. Bitte erzählen Sie stattdessen, was nach der Gedenkstunde geschah.«

»Ich habe Sie da gesehen. Ganz hinten.«

»Ich habe mir die Freiheit genommen, einen diskreten Besuch abzustatten.«

»Aber am Kaffeetrinken haben Sie nicht teilgenommen?«

»Nein.«

»Schade. Es gab Apfelkuchen mit Vanillesoße, Viola hatte seit dem frühen Morgen gebacken – das ist Konrad Mattssons Frau, sie meldet sich immer freiwillig. Sie ist so hilfsbereit. So selbstlos.«

Seine Unterlippe begann zu zittern. Wall befürchtete, der angeschlagene Gottesbote könnte weinend zusammenbrechen, doch der gab sich einen Ruck.

»Es schmeckte köstlich. Mögen Sie Apfelkuchen?«

Wall nickte mit einem schwachen Lächeln.

»Nach dem Kaffee, was war da?«

»Was ich machte, meinen Sie?«

»Genau.«

»Da ging ich mit dem Firmenwagen auf eine Auslieferungsfahrt.«

»Wieder?« Wall erinnerte sich, dass Alvin an dem Abend von Bravanders Ermordung mit einer ähnlichen Besorgung unterwegs gewesen war.

»Wir können es uns nicht leisten, alle unsere Drucksachen der Post zu übergeben. Wenn es also um Lieferungen für lokale Kunden geht, fahre ich die Produkte eigenhändig aus. Außerdem wird der persönliche Service sehr geschätzt, möchte ich behaupten. Es hatte sich ziemlich viel angesammelt, deshalb musste ich los. Und ich hatte Mia gesagt, dass es spät werden könnte. Sie wusste, dass ich nicht direkt nach der Gedenkfeier nach Hause kommen würde, das hatte ich ihr ganz klar gesagt.«

Es war so weit. Wall konnte es nicht mehr länger hinauszögern.

Nimm deinen Mut zusammen. Du hast gewusst, worauf du dich einlässt, als du dir diesen Beruf ausgesucht hast.

»Es widerstrebt mir, das ansprechen zu müssen, aber es

lässt sich leider nicht vermeiden … Ist es möglich, dass sich Mia mit jemandem traf?«

»Sie hatte viele Freundinnen, Ehefrauen von Gottesboten, mit denen sie hin und wieder verkehrte.«

»Das ist nicht ganz das, was ich mit der Frage meinte. Ich wollte vielmehr wissen, ob sie ein Verhältnis hatte.«

Ingmar Alvin runzelte die Stirn.

»Verhältnis? Wie gesagt, sie stand in gutem Verhältnis zu unseren Brüdern und Schwestern in der Gemeinde, zu unseren Kunden … unsere finanziellen Verhältnisse waren gesichert … Was genau meinen Sie?«

Mein Gott, ist das schwer! Der Kerl ist ja absolut ahnungslos und gutgläubig wie ein Kind. Hat der überhaupt keinen Realitätssinn?

»Es ist mir sehr unangenehm, dass ich weiter darauf beharren muss, aber in einer Sache brauche ich Klarheit. Wissen Sie, ob sich Ihre Frau mit einem anderen Mann getroffen hat?«

»Meinen Sie einen von den Gottesboten? Sie hat sich wohl hauptsächlich mit den Frauen der Gemeinde getroffen. Sie wissen ja, wie es ist, wir Männer sind so beschäftigt. Jedenfalls geben wir uns den Anschein«, sagte Alvin lächelnd.

Einfach weitermachen. Gleich ist es geschafft.

»Hatte sie einen außerehelichen Kontakt?«

Jetzt war es heraus. Alvin erstarrte.

»Natürlich nicht.«

»Und warum nicht?«

»Was für eine absurde Frage. Weil sie verheiratet war, natürlich.«

»Es kommt vor, dass Leute Seitensprünge haben«, bemerkte Wall so mild er konnte, während er wusste, dass seine Worte trotzdem furchtbar verletzend waren.

»Nicht Mia. Sie war früher mit einem Mann zusammen, der sie so geschlagen hat, dass Bruder Agne sich der Sache annehmen musste. Sie war froh, von dem Kerl loszukommen. Einer aus Bohuslän. Habe ihn nie gesehen. Mia untreu? So ein Blödsinn! Sie war doch glücklich hier im Haus, mit mir, mit unserem kleinen Betrieb, mit allem. Wissen Sie, wie stolz sie immer darauf war, dass wir unsere kleine Firma so rasch aus dem Boden gestampft haben? Die war ihr wie ein Kind. Und ich weiß, dass sie sich mit keinem anderen Mann getroffen hat, nicht so, wie Sie andeuten.«

Warum hab ich mich für diesen Beruf entschieden? Aber es hilft alles nichts.

»Leider stimmt das nicht. Es tut mir Leid, aber wir *wissen*, dass sich Ihre Frau mit einem anderen Mann getroffen hat. Zuletzt heute Nachmittag.«

»Das glaube ich nicht. Sie war krank. Konnte nicht mit zur Gedenkstunde. Sie haben es ja selbst gesehen, war sie da? Na, antworten Sie! War Mia bei der Feier für Bruder Agne? Wollen Sie wirklich behaupten, sie wäre da gewesen?«

»Nein. Zu dem Zeitpunkt befand sie sich woanders.«

»Sie war krank und im Bett.«

Krank? Nein. Im Bett? Ja.

»Der Mann, mit dem sie sich traf, heißt Tobias Käll. Er hat die Affäre gestanden.«

Damit war der Dolch im Fleisch.

»Macht es Ihnen von der Polizei Spaß, Leute zu verletzen? Ja? Genießen Sie es, Zwietracht und Bosheit zu säen? Werden Sie dafür bezahlt? Und warum haben Sie gefragt, ob Mia untreu war, wenn Sie die Antwort schon wussten?«

»Für mich ist das genauso unangenehm wie für Sie. Ich versichere Ihnen …«

Ingmar Alvin erhob sich und breitete mit einer empörten Geste die Arme aus.

»Kein Wort weiter. Da kommt man nach Hause und macht die furchtbarste Entdeckung seines Lebens. Alles liegt in Scherben. Und dann behaupten Sie auch noch, dass … Ich muss Sie bitten, jetzt zu gehen.«

Da war nichts zu machen. Wall nickte verständnisvoll und fragte sich, ob er dem gebrochenen Mann vor der Kirchenbank und dem Wandschmuck mit den drei Weisen aus dem Morgenland die Hand schütteln sollte. Aber dann nahm er davon Abstand.

»Es tut mir Leid. Ich respektiere Ihre Gefühle, aber wir wollen nur …«

»Gehen Sie jetzt bitte. Ich muss mit meinen Gedanken allein sein.«

»Das verstehe ich. Dann auf Wiedersehen.«

Wall war an der Tür angekommen, als Alvin hinter ihm losschrie.

»Dann verhaften Sie ihn doch, diesen Sybariten, Käll oder wie er heißt! Begreifen Sie nicht, dass *er* es ist, der mir meine Mia weggenommen hat? Fällt es Ihnen von der Polizei denn so schwer, die elementarsten Dinge zu begreifen? Der Ehebrecher hat sie ermordet. Nehmen Sie ihn fest, stehen Sie nicht da wie ein Ölgötze. Tun Sie was für Ihr Geld. Schnappen Sie den Ehebrecher, bevor er noch mehr Unschuldige ermordet.«

Die Stimme, voller Schmerz und Wahnwitz, hallte durch das Haus und blieb wie ein Messer in Walls Rücken stecken.

Der Polizist beeilte sich, hinauszukommen, und wäre auf der Treppe fast mit dem Arzt zusammengestoßen.

Von unten verfolgte ihn Alvins irre Stimme.

»Seit wann hat sie sich mit dem Ehebrecher getroffen? Sagen Sie es mir! Wie oft? Antworten Sie gefälligst!«

Wall blieb auf der obersten Treppenstufe stehen und holte tief Luft. Was für ein harter Schlag, dachte er.

Jetzt musste er umgehend herausfinden, was Algot Malmströms und Jan Carlssons Besuch bei Tobias Käll ergeben hatte.

Dem Sybariten.

28 Der Mord an Mia Alvin löste hektische Aktivitäten im Polizeipräsidium aus. Sten Wall und Helge Boström beriefen alle verfügbaren Kräfte ein und versicherten sich dabei der vollen Unterstützung des leitenden Staatsanwalts Yngve Brockman.

Die Verantwortlichen kamen überein, zusätzliche Unterstützung aus der Zentrale anzufordern, wenn der Fall nicht rasch, innerhalb von vierundzwanzig Stunden, gelöst war – eine längere Frist räumten sie sich nicht ein.

Vierundzwanzig Stunden für einen Durchbruch; sonst drohte Prestigeverlust.

»Alles deutet darauf hin«, sagte Wall bei der Versammlung mit dem kompletten Fahndungstrupp, »dass der Mörder unter Zeitdruck steht. Nicht einmal zwei Tage liegen zwischen den beiden Morden. Der Abstand kann beim nächsten Mal noch geringer sein.«

»Du glaubst also, dass es ein nächstes Mal geben wird?«, fragte Boström.

Wall nickte.

»Da bin ich mir so gut wie sicher. Leider. Ich habe es im Gefühl. Es liegt in der Luft.«

Niemand protestierte. Alle stimmten dem Kommissar zu. Eine Lawine des Bösen war angerollt, und derjenige, der sie in Gang gesetzt hatte, dachte offenbar nicht daran, den Verlauf zu stoppen.

»Wir müssen den armen Ingmar Alvin wieder ins Gebet nehmen, später am Abend, wenn er sich beruhigt hat. Ich hatte die Befürchtung, er bekäme einen Herzinfarkt, als ihm endlich aufging, was seine Frau in den letzten Wochen getrieben hat.«

»Ist er vielleicht selbst der Täter?«

Wall hörte das Mitleid aus Algot Malmströms Stimme heraus und schüttelte entschieden den Kopf.

»Das kann ich mir überhaupt nicht vorstellen.«

Cecilia Vahlund, die erst kürzlich ihr Medizinstudium in

Lund abgeschlossen hatte, war die Gerichtsmedizinerin, die Mia Alvins Leiche untersucht hatte und am nächsten Morgen die Obduktion durchführen würde.

Wall hatte sich kurz überlegt, Bert-Orvar Modigh als Berater hinzuzuziehen, ließ den Gedanken aber doch fallen. Und das aus zwei Gründen. Zum einen wollte er Modigh ungern bei seinem lange geplanten Essen mit Frau, Tochter und Schwiegersohn im Theaterrestaurant stören. Zum anderen – und das war natürlich ausschlaggebend –, weil er es nicht über sich brachte, Cecilia Vahlund vor den Kopf zu stoßen, indem er Verstärkung anforderte. Sie wäre gekränkt und vielleicht empfindlich in ihrem Selbstvertrauen gestört, wenn er anklingen ließ, dass er sich nicht auf sie allein verließ.

Sie musste auf eigenen Beinen stehen können, und Wall zweifelte keinen Moment an ihrer Kompetenz, aber dies war trotz allem ihr allererster eigener Kriminalfall.

Nach ihrem einführenden Bericht war er schon viel ruhiger. Die junge Ärztin war gründlich vorgegangen und würde – davon war Wall überzeugt – eine würdige Nachfolgerin Modighs werden, wenn dieser bald in den ersehnten Ruhestand ging.

Wie zu erwarten, hatten Jan Carlsson und Algot Malmström Tobias Käll hart zugesetzt – natürlich innerhalb der gesetzlichen Grenzen –, und ihm dabei deutlich zu verstehen gegeben, dass sie keinen Unsinn, keine Lügen oder Ausflüchte duldeten.

Käll hatte die Nachricht vom Tod seiner Geliebten schwer getroffen. Das zumindest wirkte aufrichtig.

Nachdem er sich erst mit einem Ausbruch gegen Malmström Luft gemacht hatte (»Hab ich's doch gewusst, dass Sie Unglück bringen!«), war er weinerlich und apathisch in sich zusammengesackt und hatte gefügig alle erforderlichen Angaben gemacht.

Sollten die Polizisten je an seinen Gefühlen für Mia gezweifelt haben, konnten sie nun ihre Ansichten revidieren. Die Nachricht von ihrem Tod setzte ihm sehr zu. Als die harte Macho-Maske fiel, kam dahinter ein erstaunlich weicher Kern zum Vorschein. Die frühere Arroganz und Überheblichkeit, die Malmström zur Weißglut gebracht hatten, waren wie weggeblasen. Jetzt kämpfte Tobias Käll mit den Tränen, er schluckte in einem fort und rang um Fassung. Die herablassende Haltung, die er zuvor seiner Geliebten gegenüber an den Tag gelegt hatte, war verschwunden, und Malmström verstand jetzt, dass das nur ein Panzer gewesen war. Offensichtlich hegte er starke und aufrichtige Gefühle für sie.

Als die beiden Kriminalbeamten seine Wohnung verließen, hatten sie unter anderem Folgendes erfahren:

Käll und Mia Alvin hatten seit Anfang Juli ein Verhältnis miteinander, als sie sich zufällig an einem heißen Nachmittag in den Dünen am Südstrand begegnet waren; seither hatten sie sich im Schnitt zweimal die Woche getroffen, meist in seiner Wohnung, gelegentlich im Motel.

Gerade an diesem Tag hatte er mit ihr Schluss gemacht, weil seine Arbeitskollegen immer deutlichere Anspielungen machten, aber vor allem als direkte Konsequenz aus Algot Malmströms Besuch am Morgen.

Mia und er waren erst vor wenigen Stunden im Streit auseinander gegangen, weil sie sich nicht über die Gestaltung ihrer Zukunft hatten einigen können; er selbst war in der Wohnung geblieben und hatte seine Wunden geleckt, während er sich lustlos ans Spülen und Aufräumen gemacht hatte. Leider gab es niemanden, der seine Darstellung bestätigen konnte.

Käll hielt es für ausgeschlossen, dass Ingmar Alvin seine Frau ermordet hatte. »So wie ich es verstanden habe, liebte er sie auf seine fromme Art, und außerdem kann der arme Teufel sie unmöglich überwältigt haben. Als Gewalttäter kommt er nicht in Frage, der Mensch ist ja so schwach und weich.«

Überhaupt wünschte er sich nur, dass die Scheidung von seiner vorigen Frau endlich durchkäme, damit er sein Leben anderswo neu anfangen könne. – »Ich bleibe keine Minute länger als nötig hier in der Stadt«, hatte er verkündet.

Als Verdächtiger schied Tobias Käll keineswegs aus. Seine Trauer wirkte echt, doch hatte er trotz allem ein Motiv – wenn auch kein Alibi für den Tatzeitpunkt. Allerdings konnten sie kaum einen Grund für ihn finden, Agne Bravander umzubringen, einen Menschen, dem er nach eigenen Angaben nie begegnet war (den zu ermorden er aber Gelegenheit gehabt haben konnte).

Handelte es sich um zwei verschiedene Täter, oder waren Agne Bravander und Mia Alvin ein und demselben Mörder zum Opfer gefallen?

Sämtliche Polizisten in dem engen und verrauchten Zimmer (Helge Boström sprach eifrig wie nie den Zigaretten zu) einigten sich auf die zweite Alternative.

Bestimmt ging es um nur einen Mörder.

Und in dem Fall war es höchste Zeit, Mattias Hermansson und Laura Samuelsson als mögliche Täter von der Liste zu streichen. Zwar hatten sie immer noch keine hieb- und stichfesten Alibis für den Dienstagabend, dafür stand aber hundertprozentig fest, dass sie sich in Uddevalla beziehungsweise Sandviken aufgehalten hatten, als Mia Alvin in der Badewanne ihres eigenen Hauses ertränkt worden war.

»Zwei Gottesboten müssen im Laufe von, sagen wir, gut vierzig Stunden dran glauben. Warum?«, fragte Wall.

»Wer weiß«, sagte Boström, dem das Glanzstück gelang, gleichzeitig zu husten und Rauch zu inhalieren.

Carl-Henrik Dalman war konstruktiver.

»Vielleicht sollten wir uns eher fragen: Warum zwei so unterschiedliche Opfer?«

»Du meinst, auf der einen Seite ein hoch geachteter geistlicher Leiter und Gemeindehirte, ein angesehener Mann in mittleren Jahren, auf der anderen Seite eine junge Frau, die ihren Mann mit mindestens einem Liebhaber betrogen hat? Das sind schon Kontraste, muss ich sagen. Meinst du das, CeHa?«

Dalman nickte Wall zu.

»Genau. War Mia überhaupt Mitglied dieser Sekte?«

Ein Telefonat mit Konrad Mattsson lieferte die klare Antwort.

»Doch, Mia steht im Mitgliederverzeichnis. Aber sie hatte sozusagen eine passive Rolle bei den Gottesboten, nahm fast nie an den Zusammenkünften teil, eigentlich nur zu den höchsten Festtagen des Jahres. Sie sah es wohl als ihre Aufgabe an, ihren Ehemann nach Kräften zu unterstützen, und in dieser Hinsicht war sie erfolgreich, soweit ich das beurteilen kann.«

Auf die Frage, ob Mattsson etwas über außereheliche Aktivitäten Mia Alvins wisse, fiel die Antwort kurz und knapp aus.

»Wir Gottesboten geben nichts auf infamen Tratsch. Und finden Sie es nicht unpassend, in einer solchen Stunde mit derartigen Behauptungen anzukommen?«

Die Polizisten nahmen ihren Gesprächsfaden wieder auf.

»Der Stöckelschuh?«, fragte Jan Carlsson.

Niemand konnte etwas Brauchbares beisteuern. Mangels Material wurden Theorien vorgetragen und wieder verworfen.

»Das Bibelzitat auf dem Spiegel in Alvins Badezimmer?«, überlegte Algot Malmström laut.

»Aus gegebenem Anlass. Der Hinweis auf Sodom und Gomorrha deutet darauf hin, dass der Mörder wusste, was Mia hinter dem Rücken ihres Mannes trieb«, vermutete Wall.

»Sie wurde also ermordet, weil sie fremdging?«

»Vielleicht. Wahrscheinlich.«

»Und Bravander? Ging er auch fremd?«

Die Frage kam von Dalman. Wall machte eine abwehrende Geste mit den Händen.

»Nein. Er wurde aus anderen Gründen aus dem Weg geräumt. Aber es hängt mit dem Mord an Mia Alvin zusammen. Der Schuh und die Gottesboten müssen nicht das einzige Verbindungsglied sein. Da könnte es noch mehr geben.«

Helge Boström meldete sich zu Wort.

»Zurück zur Lippenstiftbotschaft. Trauen wir uns, so kategorisch zu sein, dass wir feststellen, nur eine theologisch bewanderte Person könnte den Hinweis auf Sünde da hingeschmiert haben?«

»Nein. Das ist natürlich möglich, muss aber nicht so sein. Jeder x-Beliebige kann ein passendes Zitat nachschlagen, das auf Mia Alvins Versagen als treu sorgende Gattin anspielt.«

»Eine falsche Fährte?«

»Es könnte sich sogar um eine *doppelt* falsche Fährte handeln«, sagte Wall. »Erstens, um den Verdacht auf jemanden zu lenken, der als bibelfest gilt, und zweitens, um uns in dem Glauben zu wiegen, Mia sei nur wegen ihres Seitensprungs ermordet worden.«

»Du meinst also, es könnte noch ein anderes Motiv geben?«

»Das habe ich nicht gesagt«, antwortete Wall, »aber der Mörder will uns vielleicht auf eine solche Spur lotsen. Es kann nicht schaden, wenn wir es mit neuen Perspektiven versuchen.«

Er stand auf, verschränkte mit der wohl bekannten Lieblingsgeste die Hände im Nacken und ignorierte Dalmans wütendes Wegwedeln und Boströms ewigen Zigarettenrauch.

»Wenn wir annehmen, dass Mia Alvin wegen ihrer Untreue ermordet wurde, haben wir einen Makel an ihr gefunden. Aber was für ein Fehler lässt sich an Agne Bravander feststellen? Kein einziger, laut glaubwürdigen Beurteilungen. Ein guter Mann, mit Verdiensten und tadellos weißer Weste. Wir sind die ganze Zeit davon ausgegangen, dass er ermordet wurde, weil er so eine Art Vorkämpfer der Gerechtigkeit war. Aber wenn dem gar nicht so ist?«

Aller Augen ruhten nun auf dem massigen Kommissar, der seinen Griff um den Nacken lockerte, die Hände an den Seiten baumeln ließ und aufgeregt in dem voll besetzten Raum auf- und abging.

»Red weiter, Sten«, verlangte Jan Carlsson.

»Es kann genau umgekehrt sein«, sagte Wall, ohne dass jemand verstand, was er damit meinte.

Dann blieb er ruckartig stehen, wie auf einen plötzlichen Befehl hin.

»So machen wir es«, sagte er, »wir schicken Leute zu den gefährdeten Personen: Bewachung für Nancy Bravander, Steve Larsson und seinen Freund, und zwar schnell, bevor die nächste Katastrophe geschieht. Es eilt. Ich hab's im Urin, dass wir nicht mehr viel Zeit haben. Und findet heraus, wo der Gottesbote mit dem Alkoholproblem wohnt. Er heißt Sverker Johansson. Ruft den übellaunigen Konrad Mattson an und lasst euch die Adresse geben. Das wird er verkraften müssen. Wir legen sofort los und treffen uns spätestens um 21 Uhr wieder hier.«

29 Gar nicht wenige hatten sich gewundert, wie es mit Sverker Johansson so hatte bergab gehen können. Vor allem, wenn man bedachte, was für gute Voraussetzungen er mitgebracht hatte.

Aus ihm hätte etwas werden können.

Und er war einmal auf bestem Wege gewesen, das musste gesagt werden.

Eine vorzeigbare Frau, zwei wohl erzogene Kinder, eine gute Arbeit, keine Geldsorgen, Einfamilienhaus im Süden der Stadt, Sommerhaus in Sydstranden.

Von all dem war nur noch das Sommerhaus übrig, und das sah baufällig aus.

Seine Exfrau und die Kinder lebten noch, soweit ihm bekannt war, aber er traf sie nie. Es war Jahre her, dass er das letzte Mal von ihnen gehört hatte. Er wusste nicht einmal, wo sie wohnten.

Inzwischen dachten nicht mehr so viele über Sverker Johanssons Schicksal nach.

Sie hatten sich an seinen Verfall gewöhnt. Und sie sahen ein, dass er ein hoffnungsloser Fall war.

Wenn die Rede überhaupt noch auf ihn kam, dann wurde er meist als ein selten schwacher Charakter abgetan.

Die etwas Gemäßigteren rangen sich etwas in der Richtung ab, dass er zwar einer Reihe unglücklicher Umstände zum Opfer gefallen, doch im Grunde ganz allein an seinem Elend Schuld sei.

Wenn man nun mal keinen Alkohol verträgt …

Früher – das war schon ziemlich lange her – hatte er selbst über all die Schicksalsschläge nachgegrübelt, die ihn nacheinander getroffen hatten.

Jetzt nahm er die Dinge hin, wie sie waren.

Er lebte im Hier und Jetzt und sah selten weiter als bis zur nächsten Alkoholration. Eine traurige Entwicklung für einen Mann mit so gediegenem Hintergrund.

Seine Mutter Beatrice, eine geborene Krantz, stammte aus Tjust in Småland und wurde frühzeitig in die Evangelische Vaterlands-Stiftung aufgenommen, wo ihre Mutter Lovisa, eine geborene Karlsson, sogar Lina Sandell-Berg persönlich gekannt hatte.

Mit neunzehn Jahren begegnete Beatrice ihrem künftigen Ehemann, der sechs Jahre älter und aus Ångermanland war – schwermütig, aber von ansprechendem Äußeren und ausgebildeter Lehrer. Der Norrländer hatte eine Vertretungsstelle und war so fasziniert von der jungen Beatrice, dass er nach Schulschluss im Juni den Sommer über blieb, obwohl er eigentlich nach Boteå hätte heimfahren müssen, um seinen Eltern auf dem Hof zu helfen. Irgendwie gelang es ihm, vorzugeben, er hätte seinen Vertrag verlängern können – die junge Frau ging ihm ganz einfach nicht aus dem Kopf.

Er wollte Beatrice haben. Er begehrte sie von ganzem Herzen. Es war unausweichlich, da führte kein Weg vorbei. Wie eine Marionette wurde Oscar Johansson von Gefühlen und Instinkten gelenkt und konnte nur den inneren Befehlen gehorchen.

Nach mehrwöchigem geduldigen Werben ließ sie sich schließlich in romantischer Umgebung verführen – auf dem Heuboden über dem Stall der verreisten Nachbarn. All sein pädagogisches Talent zu Hilfe nehmend, manövrierte er sich bis ans Ziel vor, und eines schönen Abends ließ sie ihre Hemmungen fallen.

Er war natürlich selig und konnte sein großes Glück kaum fassen. Aber seltsamerweise war Beatrice am allerglücklichsten über ihre Nachgiebigkeit, sie, die sich so lange hatte bitten lassen. Danach ergriff sie sogar selbst die Initiative, was ihre nächsten Schäferstündchen anging, beflügelt von ihrer neuen Erkenntnis, wie viel Wundervolles das Dasein einem doch zu bieten hatte, wenn man nur empfänglich dafür war.

Im August heirateten sie, nachdem feststand, dass sie schwanger war, und hofften, allen Verwandten, die rechnen konnten, weismachen zu können, dass die Empfängnis erst in der Hochzeitsnacht stattgefunden hätte. Vielleicht kamen sie ja damit durch. Wenn nicht, auch egal. Sie schämten sich ihrer Liebe nicht.

Oscar Johansson hatte sich überall im Land um eine Stelle beworben und sagte sofort zu, als ihn eine Schule in Stad anstellen wollte. Jetzt konnte er seine Familie versorgen, jetzt war sein voller Einsatz gefordert. Die frisch Vermählten beschlossen also, in den Süden zu ziehen, und hatten sich gerade in der neuen Umgebung eingelebt, als ihr erstes Kind geboren wurde.

Es war eine Tochter, die den Namen Astrid erhielt und

ihre Eltern mit einem Schwiegersohn, drei Enkeln und sieben Urenkeln beglücken sollte. Zufrieden mit der reichen Ernte, verschied der in Ehren ergraute Oscar Johansson in hohem Alter nach langer Gebrechlichkeit. Seine Frau folgte ihm acht Monate später nach, zufrieden mit dem, was das Leben ihr geschenkt hatte, abgesehen natürlich von all den Sorgen, die ihr Sohn ihr bereitet hatte.

Womit wir wieder bei Sverker Johansson wären, der alle Möglichkeiten, sich eine gesicherte Existenz aufzubauen, in den Wind geschlagen hatte.

Astrid war fünf gewesen, als ihr kleiner Bruder zur Welt kam. Zu Anfang begegnete sie dem Neuankömmling noch abwartend und eifersüchtig, doch dann schloss sie den kleinen Lockenkopf rasch ins Herz.

Und das hervorragende Verhältnis der Geschwister Johansson überdauerte die Jahre. Astrid unterstützte Sverker, wo immer sie konnte, besonders in harten Zeiten, aber mit den Jahren sah selbst sie sich gezwungen, aufzugeben. Sie hatte ihre eigenen Sorgen in ihrem Haus in Kungsör, wo sie seit Mitte der siebziger Jahre wohnte.

Eines Tages sagte sie ihm die Meinung: »So kann es nicht weitergehen, Sverker. Du musst dich am Riemen reißen. Du kannst dich nicht drauf verlassen, dass ich dir bis in alle Ewigkeit aus jedem Schlamassel heraushelfe. Ich habe mehr getan, als irgendwer verlangen kann. Jetzt liegt es an dir, ob du ein würdiges Leben bekommst oder nicht.«

Diese Worte seiner geliebten Schwester veranlassten ihn, seinen Alkoholkonsum zu drosseln – aber zum Stillstand kam er damit nie, legte nur eine kürzere Pause ein, um dann wieder einen Zahn zuzulegen.

Der Alkohol hatte ihn relativ früh im Griff. Die Zeichen waren deutlich, aber niemand nahm sie richtig ernst, am allerwenigsten er selbst. Doch nach und nach wurde die Situation untragbar.

Es fing damit an, dass er wegen des Trinkens seine Stelle

als gut bezahlter Vertreter für landwirtschaftliche Maschinen verlor.

Als Nächstes hatte seine Frau genug, stieg mit den Kindern in einen Umzugswagen und fuhr nach Norden, um neu anzufangen, bevor es zu spät war – da hatten sie und Sverker bereits seit Jahren ihre Sorgen gewälzt, bis nur noch Ermüdung und leere Worte übrig geblieben waren.

Als es zur Scheidung kam, waren Sverker Johanssons Finanzen so unterhöhlt, dass er gezwungen war, das Haus zu verkaufen, das ihm eine runde Summe einbrachte, von der er ein paar Jahre leben konnte.

Danach konnte er nur noch auf seine Frührente zurückgreifen.

Er wohnte in dem alten Häuschen seiner Eltern mitten in den Sanddünen am ausgedehnten Südstrand. Das war schon lange abbezahlt, sodass er nur die bescheidenen Betriebskosten zu zahlen hatte.

Direkt nach der Scheidung hatte er in der Hochsaison die Hütte vermietet, die aus zwei kleinen Zimmern, Kochnische und Toilette mit Dusche bestand. Es gab sogar Elektrizität, anders als Ende der fünfziger Jahre, als Oscar Johansson das Haus für die Sommerfrische gekauft hatte.

Jetzt lebte Sverker das ganze Jahr über darin. Die Bude war im Übrigen so heruntergekommen, dass er sie kaum hätte vermieten können, selbst wenn er es gewollt hätte. Das Schlafzimmer war noch so weit in Ordnung (hier hielt sich selbst während der Herbststürme und der Winterkälte die Wärme einigermaßen), aber ansonsten hatte er die Wände mit Sperrholzplatten und losen Brettern geflickt, um die schlimmsten Löcher abzudecken.

Er sah ein, dass er nicht damit rechnen konnte, auf lange Sicht in der armseligen Unterkunft wohnen bleiben zu können.

Aber er war weit davon entfernt, sich deswegen den Kopf zu zerbrechen. Für ihn gab es keine Zukunftspläne, und er begriff instinktiv, dass es bei ihm um keine Frage von »langer Sicht« ging.

Im Großen und Ganzen fühlte er sich in der Bruchbude wohl. In der dunklen Jahreszeit war es zwar düster und trist, aber es ließ sich immerhin aushalten. Und im Sommer wurde er reichlich entschädigt, wenn er durch die Dünen schlenderte und sich am Anblick leicht bekleideter, braun gebrannter Mädchen erfreute.

Die Kneipenabende im Pub des nahe gelegenen Badhotels gehörten zu den absoluten Höhepunkten. Nur schade, dass das Hotel in der kalten Jahreszeit geschlossen war.

Sein Haus lag keine zweihundert Meter vom Meer entfernt, aber er hatte seit dem Mittsommer 1989 nicht mehr darin gebadet – das wusste er noch ganz genau, weil es eine Woche vor seinem fünfzigsten Geburtstag gewesen war.

Vom früheren Glanz des sechzigjährigen Frührentners Sverker Johansson war heute nur noch die windschiefe Sommerhütte übrig.

Und natürlich die Mitgliedschaft bei den Gottesboten.

Die hatte ihn durchs Leben begleitet.

Astrid und Sverker wurden beide schon bei ihrer Taufe, als sie wenige Wochen alt waren, bei den Gottesboten aufgenommen.

Beatrice Johansson hatte nämlich die Glaubensgemeinschaft gewechselt, nachdem sie mit sich zu Rate gegangen war und sich überlegt hatte, dass ihr die tolerante Ideologie der Gottesboten mehr zusagte als die in mancher Hinsicht begrenzte nationalistische Perspektive der Evangelischen Vaterlands-Stiftung.

Sie konvertierte ohne größeren Gewissenskonflikt, war aber insgeheim froh, dass ihre Mutter Lovisa das nicht mehr erlebte. Die war ja trotz allem persönlich mit Lina Sandell-Berg befreundet gewesen und hätte den Übertritt ihrer Tochter zu einer konkurrierenden Glaubensgemeinschaft wohl kaum gutgeheißen.

Beatrice war kontaktfreudig und anpassungsfähig. Sie fand sich rasch in den religiösen und kulturellen Kreisen von Stad zurecht. Sie leitete Sonntagsschulen, nahm einen prominenten Platz in den Aktivitäten der Gottesboten ein und beteiligte sich mit viel Engagement und Begeisterung an dem Musikverein der Stadt, in dessen Vorstand sie mit der Zeit aufstieg. Außerdem half sie nebenbei in der gut besuchten und gut sortierten örtlichen Bibliothek aus. Mit Literatur kannte sie sich beinahe ebenso gut aus wie mit Religion und klassischer Musik; sie verfügte über eine verblüffende Allgemeinbildung.

Ihr Mann (auch er enorm belesen) war in ihrem Gefolge zu den Gottesboten geraten, aber mit viel geringerem, schon fast erzwungenem Engagement. Seine Energie verbrauchte er stattdessen an der Lindschule, wo er ein geschätztes Mitglied des Kollegiums und bei den Schülern trotz seiner etwas melancholischen Veranlagung sehr beliebt war.

Aber er hatte einen unbeugsamen Gerechtigkeitssinn und war absolut unparteiisch, und diese Eigenschaften wurden von seinen Mitmenschen geschätzt (insbesondere von den weniger privilegierten unter ihnen).

Mit seinem Interesse an den Gottesboten stand Sverker irgendwo zwischen den Positionen seiner Eltern. An die totale Hingabe seiner Mutter reichte er natürlich nicht heran, doch er war ein viel fleißigerer Kirchgänger, als sein Vater es je gewesen war.

Die anderen Mitglieder hatten Sverkers Trunksucht und seine Verstöße gegen die gute Gesellschaft toleriert (er hatte sie unzählige Male in Verlegenheit gebracht), aber nun waren sie es allmählich leid – er konnte enervierend aufdringlich sein, wenn er einen sitzen hatte (und dieser Zustand war ihnen leider nur allzu vertraut).

Das Wort »Ausschluss« war allerdings noch nie gefallen.

Es gehörte schon mehr dazu, einen Bruder aus der Gemeinschaft herauszukatapultieren; besonders, wenn das

Mitglied so Respekt einflößende Vorfahren hatte. Das Gedächtnis an Beatrice Johansson, geborene Krantz, deren Mutter auf vertrautem Fuß mit Lina Sandell-Berg gestanden hatte, wurde in Gemeindekreisen heute noch hochgehalten.

Also blieb ihnen nichts anderes übrig, als zu hoffen, dass sich Sverker Johansson einigermaßen durchschlug, und der Natur ihren Lauf zu lassen.

Jetzt eben stand der Zechbruder aus seinem durchgesessenen, blank gescheuerten, mit kunststoffbeschichtetem Stoff bezogenen Sessel im Schlafzimmer auf und ging in die Kochnische, um sich etwas zu trinken zu holen.

Er nahm einen Schluck lauwarmen weißen Rum und fragte sich, ob er vorhin eingenickt war. Es kam ihm so vor, als hätte er eben Agne Bravander gesehen, und da er nicht mehr an Wunder glaubte, musste es ein Traum gewesen sein.

Er merkte, dass ihm der Pastor fehlte. In der letzten Zeit war Bravander zwar anstrengend gewesen, hatte andauernd mit ihm wegen Schnaps gemeckert und ihm vorgeschlagen, aus der Hütte auszuziehen.

»Siehst du nicht, Bruder Sverker«, hatte er mit seiner tiefen Pastorenstimme gepredigt, »dass diese zusammengeflickte Bude bald in sich zusammenkracht? Sie wird wohl kaum dem nächsten tüchtigen Herbststurm standhalten. Zieh aus, solange noch Zeit ist, in eine bewohnbare Bleibe, wir werden dir bei allem unter die Arme greifen. Sei nicht so unvernünftig.«

Aber Sverker hatte sich allen Veränderungsvorschlägen kategorisch verweigert.

»Aus diesem Haus müsst ihr mich mit den Füßen voran raustragen. Vorher wird da nichts draus. Niemand kriegt mich hier gegen meinen Willen raus.«

Bravander hatte nicht aufgegeben, er war eine Kämpfernatur, wollte gewinnen. Seine hartnäckigen Vorschläge wurden zwar allesamt abgewiesen, doch er blieb unbeirrbar in seiner Haltung, denn er hatte sich fest vorgenommen, das störrische Gemeindemitglied in eine menschenwürdige Behausung zu verfrachten.

Und Sverker hatte ihn verstanden, hatte eingesehen, dass alle Ermahnungen nur gut gemeint waren, weil sich der Pastor aufrichtig um ihn sorgte – Bravander kümmerte sich wirklich um andere und stellte dafür sogar das eigene Wohlergehen hintan.

Also fehlte er Sverker.

Er fragte sich vage, wer den gutherzigen Pastor ermordet haben konnte und warum.

Doch seine Gedanken schweiften rasch ab. Er konnte sich auf nichts anderes als auf sich selbst konzentrieren. Ihm war wirklich hundeelend, er brauchte etwas gegen den Durst.

Mehr weißer Rum durchwanderte seine Kehle, ein, zwei, drei, vier tüchtige Schluck kurz nacheinander.

Bald würde es ihm besser gehen, das wusste er aus Erfahrung. Und in der kleinen Erdgrube hinter dem Haus lagerten ein paar Dosen Bier – diese Nacht würde er auch überstehen.

Die Blase meldete sich, und er trat vor die Tür, um sie in die Sanddüne direkt davor zu leeren.

Der Wind war so kräftig, dass seine Hosenbeine knatterten.

Der Urinstrahl wurde wild hin- und hergeweht, und er bereute, dass er nicht stattdessen zur Toilette gegangen war. Aber er wollte ja sowieso ein paar Bier reinholen, da konnte er auch gleich unterwegs sein Wasser lassen.

Es rasselte in den Schilfhalmen, als der böige Wind auffrischte.

Der Himmel war dunkel, Wolken verbargen die Sterne.

Eine einzige armselige Laterne leuchtete weit weg. Früher hatte sich Sverker bei der Gemeinde beschwert und verlangt, auch in der Wintersaison mehr Beleuchtung zu bekommen.

»Im Sommer zündet ihr jedes Licht an, wenn es nicht nötig ist, und dann macht ihr alle aus, wenn sie wirklich gebraucht werden. Was soll das?«

Er hatte den Bescheid bekommen, dass er von Oktober bis in den April hinein allein in den Stranddünen wohnte und dass es wirtschaftlich unverantwortlich sei, Energie an eine einzige Person zu verschwenden.

»Sorgen Sie gegebenenfalls selbst für Beleuchtung, wenn Sie unbedingt darauf bestehen, dort draußen in der Wildnis wohnen zu bleiben, in der alten baufälligen Baracke.«

Mittlerweile hatte er allen Ehrgeiz aufgegeben, die Gemeinde dazu zu bewegen, an den Herbst- und Winterabenden mehr Licht beizusteuern.

Es war sowieso nicht so wichtig.

Er kam gut zurecht, so wie es war.

Und er hatte noch nie Angst im Dunkeln gehabt.

Er ging um die Ecke, vorsichtig, um im Finstern nicht zu stolpern. Am Ziel angekommen, bückte er sich und scharrte in dem weichen Sand, bis er die Abdeckung der Grube fand.

Es hörte sich an wie ein Knarren auf dem Brettersteig, der vom weit entfernten Fußpfad bis zu seiner Haustreppe führte.

Sverker scherte sich nicht darum. Er war allerlei Geräusche gewöhnt. Die Dunkelheit verstärkte alle Laute: Das Meer hörte sich von Tag zu Tag anders an, die Wellen konnten poltern oder flüstern, je nach Laune, die geduckten Strandkiefern hatten ihre eigene Sprache, genau wie das ausgedehnte Schilfröhricht.

Und manchmal knackte es im Holzsteig, ganz von allein.

Das brauchte ihn also nicht zu bekümmern.

Jetzt ging es ums Bier.

Er griff sich zwei Dosen und strich mit fahrigen Fingern über die anderen. Drei standen noch da unten, kühl und einladend – besser als nichts, aber nicht gut genug.

Er hatte sich mindestens drei weitere Dosen erhofft, aber

offenbar hatte er mehr davon verbraucht, als er dachte, war wahrscheinlich vorhin am Nachmittag besonders gierig gewesen, bevor er im Sessel eingenickt war.

Wer zählt schon die geleerten Bierdosen an einem trüben Oktoberabend, wenn Regenschauer und Wind an den Fenstern rütteln?

Sverker Johansson war gerade bis an die Türschwelle gelangt, als er die hastigen Schritte hörte.

Erschreckt und überrumpelt drehte er sich um und sah den dunklen Umriss auf die Treppe zurennen.

Und dann entdeckte er die Axt in der Luft, wie sie über dem Kopf des Angreifers geschwenkt wurde.

»Danke, für diese schönen Stunden«, grölte der Mann mit der Axt.

Du lieber Himmel: ein Wahnsinniger.

Sverker schrie ebenfalls, vor lauter grässlichem, ungehemmtem Schreck. Erst jetzt – nur noch einen Meter von der tödlichen Gefahr entfernt – verstand er, wer es war, doch er sah eigentlich nichts außer der Axt, die so herumgewirbelt wurde, dass das Blatt im Schein seiner Küchenlampe aufblitzte.

Die Welt außerhalb der glänzenden Schneide verschwand in einem einzigen großen grauen Nebel.

Er versuchte, die Hände zum Schutz zu heben, aber sie kamen dem Befehl, den das Hirn aussandte, nicht nach. Stattdessen ließ er nur die Bierdosen fallen. Zugleich traf ihn der Schlag mit furchtbarer Kraft.

Es knirschte grausig, als sein Nasenbein eingeschlagen wurde und scharfe Knochensplitter bis ins Hirn drangen. Einen Sekundenbruchteil später drang die scharfkantige Rückseite der Axt genau unter der linken Augenbraue ein und zerquetschte das Auge zu einem schmierigen und blutigen Matschklumpen.

Mit einem dumpfen Aufprall sackte Sverker Johansson wie ein unförmiges Bündel auf dem zerschlissenen Flickenteppich vor der Tür über einer der beiden Bierdosen in sich zusammen.

Da war er schon tot.

30 Zeit- und Personalverschwendung, dachte Carl-Henrik Dalman, während er missvergnügt auf den bekannten Wegen zum Südstrand kurvte.

Man hätte ihn zu etwas Vernünftigerem einsetzen können, als nach einem alten Säufer zu sehen, der unbedingt allein in einer Hütte am Meer hausen musste, umgeben von Sand und Krüppelkiefern.

Wer um alles in der Welt interessierte sich denn schon für eine solche Type?

Zugleich war etwas an Sten Walls Theorie dran, das musste er einfach zugeben.

Dalman war nicht eben verschwenderisch mit Lob, wenn es um andere ging – am allerwenigsten um Kollegen –, aber einen gewissen Scharfsinn musste er Wall doch attestieren, darum kam er nicht herum, weil Wall den im Lauf der Jahre schon so häufig unter Beweis gestellt hatte. Wall hatte auffallend oft Recht mit seinen Hypothesen.

Vielleicht ja auch jetzt. Allerdings nicht, was Sverker Johansson anging, das glaubte Dalman nicht eine Sekunde.

Die Adresse (wenn man das überhaupt so nennen konnte) des heruntergekommenen Alkoholikers hatte er nach einigem Hin und Her von Konrad Mattsson bekommen, einem Mann, der Dalman allmählich regelrecht verhasst war.

Der Oberbuchhalter der Gottesboten war grob und unfreundlich. Und überhaupt nicht hilfsbereit.

Als Dalman sein Anliegen am Telefon vorgebracht hatte, fing er sich erst einmal einen Rüffel ein.

»Ihr von der Polizei seid die reinsten Aasgeier! Ihr gebt einfach nicht auf. Und Sie sind der Schlimmste von allen. Sobald einem unserer Mitglieder etwas zustößt ...«

»Ein Mord, meinen Sie?«

»Ganz genau. Wir werden keine Minute in Ruhe gelassen, man lässt uns keine Zeit zum Nachdenken, keine Möglichkeit zur Trauerarbeit, ohne dass Sie auf einem rumtrampeln. Sie hacken auf uns rum wie die Raubvögel.«

»Sind Sie jetzt fertig?«

»Nein. Wissen Sie, dass einer Ihrer Kollegen erst vor einer halben Stunde angerufen hat, nur um herauszukriegen, ob Mia Alvin Mitglied bei uns war oder nicht? Damit nicht genug. Der Kerl besaß die Unverfrorenheit zu behaupten, sie wäre fremdgegangen. Scheußlich. Womit beschäftigen Sie sich eigentlich? Da läuft ein Mörder frei herum und beseitigt uns, einen nach dem anderen, und da rufen Sie an und fragen nach Mitgliedschaften und Adressen und angeblichen Seitensprüngen. Sie sollten lieber den Verbrecher schnappen, wenn Sie mich fragen.«

»Schluss mit dem Unsinn! Sagen Sie mir, wo Sverker Johansson wohnt«, brüllte Dalman so, dass ihm Schaum vor den Mund trat.

»Nicht in diesem Ton, wenn ich bitten darf.«

»Rücken Sie endlich die Adresse raus!«

»Sonst?«

»Die Adresse!«

»Adresse, Adresse, also ich weiß nicht.«

»Der Mensch muss ja wohl irgendwo wohnen? Oder nächtigt er unter freiem Himmel? Haben Sie Obdachlose in der Gemeinde?«

»Wir Gottesboten kümmern uns vorbildlich um unsere Mitglieder.«

»Also bitte. Seien Sie nicht so halsstarrig. Wo wohnt er?«

Da endlich bekam er die Beschreibung: vom Badhotel in Sydstranden geradeaus, am Parkplatz vorbei, ein Stück die Dünen hinauf, dann dem Holzsteig Richtung Norden folgen – in die Richtung führte nur einer – und dann das erste Haus links, das einzige, das um die Jahreszeit bewohnt war.

Es sei nicht zu übersehen.

Dalman hatte aufgelegt, ohne sich zu bedanken.

Es dauerte, bis sich seine Wut legte.

Jetzt – in dem aufgewärmten Coupé – war er schon ruhiger.

Er dachte an seine Frau.

Eva, die schönste Frau, die er je gesehen hatte, mit Augen, an denen er sich nie satt sah, und jugendlich schlankem Körper.

Mutter von vier Kindern: ihren gemeinsamen.

In ihrer Ehe hatte es mindestens drei Jahre lang gekriselt, aber er hegte die starke Hoffnung, dass alles wieder wie früher werden würde. Die Anzeichen dafür standen günstig.

Zwar lebten sie seit einigen Monaten getrennt (das war von ihr ausgegangen), doch paradoxerweise hatte sie diese Maßnahme einander wieder näher gebracht.

Jetzt trafen sie sich – und zwar *richtig* – ab und zu, vielleicht zwei-, dreimal im Monat, eine ungeheure Verbesserung im Vergleich zu dem früheren Zustand, als sie noch zu Hause wohnte und sich den Keuschheitsgürtel angelegt hatte.

Vage begriff er, dass sie Abstand von ihm gewinnen musste, um dadurch so langsam voll und ganz zu ihm zurückzukehren. Es war nicht logisch, aber Eva war unergründlicher als früher, als sie auf charmant unkomplizierte Art gut gelaunt gewesen war. Kurz vor ihrem siebenundvierzigsten Geburtstag war etwas geschehen (sie hielt es selbst für eine Krise), wodurch sich ihr Verhalten radikal geändert hatte.

Er fürchtete lange Zeit, dass sie einen anderen hatte, aber heute verstand er, dass die Befürchtung gegenstandslos gewesen war. Es ging um etwas anderes, etwas, das sich schwer greifen ließ. Ein Akt der Befreiung, wenn man so wollte.

Aber bei ihrem letzten Treffen hatte sie ihm gesagt, dass sie wahrscheinlich bald so weit war, zu ihm zurückzuziehen.

»Ich muss doch sparen«, hatte sie mit einem Lächeln von der Sorte gesagt, das ihn schon immer schwach gemacht hatte.

Dalman kam in Sydstranden an und bog bei dem prunkvollen Badhotel ab, das mit seinen phantasievollen Schnitzereien in verschwenderischer Festbeleuchtung erstrahlte: ein leuchtender Blickfang in der Herbsttristesse.

Drumherum war es finster und düster. Vereinzelt glänzten Straßenlaternen auf dem regennassen Asphalt. Hier und da, in Grabenrändern und an Gartenzäunen, sammelten sich raschelnde Laubhaufen. Der Herbstwind trieb seine übliche Ernte zusammen, die Bäume wurden Tag für Tag kahler.

Er kam auf den von nur einer Laterne beleuchteten Parkplatz.

Alles andere war dunkel.

Unwillig stieg der Polizist aus und schloss den Wagen ab.

Dann ging er in Richtung Dünen, blieb aber abrupt stehen.

Hatte er da nicht einen Schrei gehört?

Und jetzt nicht noch einen?

Sein Atem ging schneller, das Geräusch hatte ihn überrascht.

Spielte ihm vielleicht der auffrischende Wind einen Streich?

Dalman ging weiter und stieß nach etwa hundert Metern auf den Bretterweg, der sich Richtung Norden durch die weichen Sanddünen schlängelte.

Er schimpfte sich selbst dafür aus, dass er keine Taschenlampe mitgenommen hatte.

Nun musste er sich konzentrieren, um den richtigen Weg zu finden, auf dem Bretterrost nicht falsch aufzutreten oder sich in einem der zähen Strandgewächse zu verfangen, die am Boden entlangkrochen.

Doch dann sah er weit weg den Lichtschein aus einem Fenster und sputete sich, weil er nun sein Ziel vor Augen hatte.

Das Häuschen hob sich von der Dunkelheit ab, genau so windschief, wie er es sich vorgestellt hatte.

Wie kann man das ganze Jahr über so wohnen?, fragte er sich verächtlich. Das hieße seine Ansprüche gewaltig herunterschrauben.

Er war beim vorgebauten Aufgang angelangt, stieg die Stufen hinauf und klopfte an die Tür, die einen Spalt breit offen stand und nun ganz aufging.

»Sverker Johansson?«, fragte er, während er hineinging.

Er sah die Füße bei einem kleinen Ofen links, die Füße und ein kleines Stück der Hose, und griff automatisch nach seiner Sig-Sauer.

Der Schlag traf ihn in dem Moment, in dem er den wachsenden Schatten an der Wand entdeckte.

Der Treffer landete mitten auf seinem Hinterkopf.

Sein halber Schädel war betäubt.

Er schwankte auf den Absätzen, als könne er sich nicht entscheiden, ob er umkippen solle oder nicht.

Ein kräftiger Stoß in den Rücken machte der Unschlüssigkeit ein Ende.

Plötzlich lag er auf dem Bauch und spürte ein Gewicht auf sich.

Der Boden kam ihm entgegen wie bei Seegang, und er wurde von heftiger Übelkeit gepackt. Er fürchtete, sich übergeben zu müssen, und kämpfte dagegen an.

Der Polizist war kaum noch bei Bewusstsein, sein Blick verschwamm, wurde dann wieder scharf, um gleich darauf erneut zu schwinden und wiederzukommen.

Er fühlte, wie Hände seinen Körper abtasteten, und spürte benommen, dass ihm seine Hände auf den Rücken gefesselt wurden. Aber er konnte nichts machen, nur versuchen, klar im Kopf zu werden und sich nicht auf die Bodendielen zu übergeben, die gegen sein Gesicht drückten.

»Steh auf.«

Eine scharfe Stimme im Befehlston.

Dalman bemühte sich, auf die Knie zu kommen, musste aber aufgeben, als sich alles vor ihm drehte.

»Ich helfe dir.«

Eine mühsame Minute später saß er am Küchentisch, mit schlaff herabhängendem Kopf und hinter dem Rücken gefesselten Händen.

Der Angreifer bewegte sich hinter ihm.

Rechts unten lag ein regloser Mann mit eingeschlagenem Gesicht.

Dalman nahm an, dass es sich um Sverker Johansson handelte.

Und er begriff, dass er tot war.

Natürlich begriff er auch, was mit ihm geschehen würde.

Er konnte davon ausgehen, dass ihm nicht mehr viel Zeit blieb.

Der Mörder würde ihn nicht verschonen.

»Du hättest nicht herkommen sollen. Ich wollte gerade von hier verschwinden.«

Die Stimme kam ihm nicht bekannt vor.

Der andere fuhr fort: »Ich habe nichts gegen dich, aber du weißt ja, wie es ist. Du bist schließlich Polizist.«

Eine Feststellung. Keine Frage.

»Ich hab den Ausweis in deiner Brieftasche gefunden. Dalman. Kriminalinspektor. Fünfzig Jahre.«

Dalman versuchte zu reden und merkte, dass es ging: »Bald einundfünfzig.«

»Meinen Glückwunsch.«

»Wo ist die Brieftasche jetzt?«

Als ob das noch wichtig wäre.

»Die Brieftasche? Die habe ich natürlich in die Tasche zurückgesteckt. Was denkst du von mir? Dass ich ein Dieb bin? Ich habe überhaupt noch nie etwas gestohlen.«

Abgesehen von solchen Kleinigkeiten wie dem einen oder anderen Leben.

»Ist das da unten Johansson?«

»Jetzt hat er seinen letzten Weg angetreten. Endlich hat er Frieden gefunden.«

Hinter sich hörte er schlurfende Schritte. Bohrende Kopfschmerzen meldeten sich, so schlimm, dass Dalman kraftlos auf den Tisch sackte, während ihm das Seil in die Handgelenke schnitt.

»Ich wollte ihn erst mit der Schneide erledigen, hab es mir dann aber im letzten Moment anders überlegt. Kann eigentlich kein Blut sehen. Also hab ich lieber die stumpfe Seite verwendet. Aber damit ging es auch ganz gut. Er war ruckzuck erledigt. Hat sicher nichts gespürt. Ich habe ihm viel Leid erspart: Leberzirrhose, Delirium tremens, Zwangseinweisung, diese Art von Hölle eben. Jetzt hat er es besser. Denk nur an all die Einsparungen. Und an alle, denen er jetzt nicht mehr zur Last fällt.«

Dalman schmeckte etwas Galliges auf der Zunge.

In seinem Hinterkopf dröhnte es wie ein Presslufthammer, fast als zerspränge sein Kopf gleich in tausend Einzelteile.

Er machte die Augen zu, die eine Wange auf den nach Bier riechenden Holztisch gelegt.

Wie schön es jetzt wäre, sich aus diesem Albtraum wegzuschlafen.

Er sah Evas wundervolle Augen vor sich, aber nur ein kleines Weilchen.

Es genügte, um seinen Kopf etwas klarer zu machen.

»Erwartet mich das gleiche Schicksal wie das von dem armen Kerl da unten?«

Die unbekannte Stimme klang bekümmert.

»Was bleibt mir anderes übrig?«

31 Im Polizeipräsidium herrschte fieberhafte Aktivität. Hinweise wurden bearbeitet, die EDV-Abteilung arbeitete unter Hochdruck, die Suche nach Zeugen war in vollem Gang. Sten Wall fasste allmählich Zuversicht.

Etwas Großes würde geschehen. Und zwar bald.

Das hatte er im Gefühl.

Er hoffte es – und fürchtete es zugleich.

So vieles konnte schief gehen, so vieles war unvorhersehbar. Der Mörder hatte seinen Blutdurst noch lange nicht gestillt.

Ihm gefiel gar nicht, dass sie Torgny Samuelsson nicht mehr erreicht hatten, seit Jan Carlsson am frühen Abend mit ihm gesprochen hatte. Aber wahrscheinlich gab es eine einleuchtende Erklärung für seine Abwesenheit.

Zum Beispiel hätte er einen Freund besucht haben können, von dem sie nichts wussten. Oder mit dem Auto zu einem Gasthaus gefahren sein, um einen späten Imbiss einzunehmen. Oder zu einem langen Spaziergang aufgebrochen sein, als Ausgleich für die lange Autofahrt von Kalmar.

Sie mussten nicht immer das Allerschlimmste befürchten.

Außerdem war der Kommissar etwas irritiert, weil sie nichts mehr von Carl-Henrik Dalman gehört hatten. Die anderen Abgesandten hatten von ihren Kontrollen bei Nancy Bravander, Steve Larsson und Martin Markström positive Rückmeldungen gegeben.

Deren jeweilige Adressen wurden nun von Polizisten in Zivil bewacht – von daher war also keine direkte Gefahr zu befürchten.

Wall versuchte zum zweiten Mal, Dalman per Handy zu erreichen.

Auch diesmal keine Antwort.

Was an und für sich nichts zu bedeuten hatte. Er konnte vergessen haben, das Handy einzuschalten. Oder es im Auto liegen gelassen und sich dann auf der Suche nach Sverker Johanssons Strandhütte verlaufen haben. Wall stellte sich vor, dass man dort draußen am Meer zwischen all den dunklen Dünen leicht in die Irre gehen konnte.

Bestimmt würde sich Dalman in den nächsten Minuten melden.

Es klopfte, und Helge Boström kam herein, für ihn ungewöhnlich mit einer unangezündeten Zigarette im Mundwinkel. Die Falten um seine eisgrauen Augen wirkten tiefer als sonst. Der Distriktleiter sah müde und etwas mitgenommen aus, mit auffallend schleppendem Gang.

»Ich wollte bloß hören, ob etwas Neues hereingekommen ist.«

»Nichts von Belang. Aber du erfährst es als Erster, wenn sich was ergibt.«

»Ich bleibe noch eine ganze Weile in meinem Büro, und danach kannst du mich immer zu Hause anrufen, egal wie spät. Noch etwas. Hast du über das nachgedacht, was ich dich neulich gefragt hab?«

Wall runzelte die Stirn.

»Ich weiß jetzt nicht recht, was du meinst.«

Boström lachte kurz auf und zeigte die gelben Zähne im Oberkiefer.

»Nicht so wichtig. Eigentlich völlig unwichtig, in die richtige Perspektive gesetzt.«

»Sag's trotzdem.«

»Wegen diesem Schild, das Ethel bei uns übers Klo gehängt hat. Das mit dem plumpen Text.«

»Ach so. Nein, weißt du, darüber habe ich eigentlich nicht weiter nachgedacht, ehrlich gesagt. Hatte ja irgendwie anderes zu tun.«

»Das kann ich gut verstehen. Ich hab mich nur gefragt, so ganz allgemein.«

»Ich hätte da einen Vorschlag. Warum nicht das Schild mit Papier abdecken, solange der Besuch da ist, und später, wenn sie weg sind, das Papier wieder entfernen?«

»Das könnte hinhauen«, sagte Boström nachdenklich, »wenn mir nur ein Grund einfällt, wie ich es Ethel beibringe.«

Und er zündete seine Zigarette an und ging.

Wall konzentrierte sich wieder auf den Fall.

Ging es um eine pathologische Kette?

Agne Bravander wurde mit einem Schuh ermordet, der Mia Alvin gehört hatte.

Der Schuh könnte eventuell eine direkte Botschaft des Mörders sein: ein deutlicher Hinweis, wer als Nächstes dran war, nach dem Priester – nämlich die Besitzerin des Schuhs.

Hatte es einen ähnlichen »Fingerzeig« in der Nähe von Mia Alvins Leiche gegeben? Etwas, das auf Opfer Nummer drei verwies?

Aber sie hatten nichts außer dem mit Lippenstift geschriebenen Bibelzitat am Badezimmerspiegel gefunden.

Und wie Wall es sah, deutete das einzig auf Mia Alvins Betätigung hinter dem Rücken ihres Mannes hin.

Falls nicht …

Er musste unwillkürlich vom Stuhl aufstehen.

Aber natürlich!

Wie hatte er das nur übersehen können!

Außer Mia und dem betrogenen Ehemann war doch noch ein Dritter im Spiel. Zwar war ihm schon der Gedanke gekommen, dass Tobias Käll etwas zustoßen könnte, doch hatte er das Risiko als äußerst gering eingeschätzt.

Doch die Sodom-und-Gomorrha-Botschaft auf dem Spiegel brauchte ja nicht nur der Leiche in der Badewanne zu gelten – sie konnte auch denjenigen betreffen, mit dem sie fremdging.

Er eilte hinaus auf den so genannten Sklavenmarkt, das Großraumbüro, wo er Jan Carlsson in einem der ersten abgetrennten Bereiche gleich nach der Tür fand.

Carlsson sah von einem Stapel Papiere auf.

»Stimmt etwas nicht?«

»Käll könnte in Gefahr sein«, sagte Wall und legte in aller Eile seine Gedanken dar.

Sein Kollege stand auf und nickte; er hatte verstanden.

»Und dann müssen wir CeHa bald erreichen. Er ist jetzt

beunruhigend lange weg. Ich schlage vor, dass wir eine Streife zu diesem Sverker Johansson hinausschicken.«

»Und wo wohnt er?«

»Irgendwo draußen bei Sydstranden.«

»Hast du die genaue Adresse?«

»Nein. Du musst Konrad Mattsson deswegen anrufen.«

32 »Wie geht es dir jetzt?«

Carl-Henrik Dalman konnte den Kopf immer noch kaum aufrecht halten. Der stechende Schmerz wollte nicht nachlassen. Übel war ihm auch noch. Auf einem Auge sah er nur verschwommen. Er entschied sich für eine ehrliche Antwort.

»Nicht besonders gut.«

»Das tut mir Leid. Aber ich habe nicht allzu fest zugeschlagen. Und ich habe dich mit der Breitseite der Axt getroffen. Hätte ich die Schneide oder das stumpfe Ende genommen, würdest du jetzt da unten liegen wie Johansson.«

Immerhin ein Trost.

Der Kriminalbeamte gab sich keinen Illusionen hin.

Er war wehrlos, und der Mann hinter ihm hatte drei Menschenleben auf dem Gewissen. Was machte es also, wenn er noch einen erledigte, wo er gerade dabei war? Dalman war klar, dass er nicht in die Pläne des Angreifers passte, aber in seiner Eigenschaft als Belastungszeuge aus dem Weg geschafft werden musste.

Es wunderte ihn, dass er sich so relativ leicht mit seinem Schicksal abfand. Eine große Ruhe breitete sich in ihm aus, so als akzeptierte er die Entwicklung als unausweichlich. Vermutlich hatte ihn der Volltreffer auf den Hinterkopf so ziemlich außer Gefecht gesetzt. Vielleicht blieb die Panik deswegen aus: Er konnte nicht klar denken, nicht die Reichweite seiner Lage erfassen.

Plötzlich fiel ihm die Sig-Sauer ein.

In seinem Schädel ballte sich aller Widerstand zusammen, während er den Kopf von einer Seite zur anderen drehte, um nachzusehen, wo die Pistole war.

»Suchst du was?«

»Meine Dienstwaffe.«

»Ach, die ist in guten Händen. Ich habe mich ihrer angenommen. Und kann damit umgehen, wenn es drauf ankommt.«

Das Handy in Dalmans Jackentasche summte. Sekunden später wühlte eine fremde Hand in seiner Kleidung. Das Handy wurde hervorgeholt und abgestellt.

»Sie suchen nach dir.«

»Das waren meine Kollegen. Sie wissen, dass ich hier bin, können jede Minute hier sein.«

Die Stimme klang unbekümmert.

»Ach so ist das.«

Darauf folgte eine unerwartete Frage: »Bist du verheiratet?«

Dalman zögerte: Warum wollte er das wissen?

»War die Frage zu schwer? Hast du eine Frau oder nicht? So was weiß man für gewöhnlich.«

»Ich bin seit fast dreißig Jahren verheiratet. Mit einer Göteborgerin. Aber warum …«

»Betrachte es als kleine Plauderei. Vielleicht möchte ich dich etwas besser kennen lernen.«

Bevor du mich umbringst.

»Wir wissen, worum es geht«, sagte der Polizist. »Mein Vorgesetzter hatte Recht. Obwohl er glaubte, dass Steve Larsson das nächste Opfer sein würde, nicht Sverker Johansson.«

Jetzt klang die tiefe Stimme deutlich verwirrt.

»Steve Larsson? Warum Steve? Sagen Sie mir das, geben Sie mir eine einzige vernünftige Erklärung.«

»Weil er vom Kurs abwich.«

»Und du glaubst, ich würde herumlaufen und Abweichler umbringen? Wofür haltet ihr mich?«

Dalman zog eine Grimasse, als der Schmerz seinen Kopf von Ohr zu Ohr durchzuckte.

»Und der da?«, fragte er mit einem Nicken Richtung Heizofen. »Warum musste er dran glauben?«

»Sverker Johansson war Alkoholiker. Einer, der anderen nichts als Ärger und Kummer bereitete, der sich nicht ändern wollte, auch nicht den mindesten Ansatz erkennen ließ, dass er sich aus dem Sumpf ziehen wollte. Sehen Sie sich doch nur diesen so genannten Wohnsitz an! Erbärmlich. Ein Rattenloch, mehr nicht. Steve Larsson hingegen ist ein strebsamer junger Mann, der sich nie etwas hat zuschulden kommen lassen. Steht es uns etwa an, ihn zu verurteilen? Ihn abzuurteilen, nur weil er zufällig als Homosexueller geboren wurde? Er hat sich das ja nicht ausgesucht. Bruder Sverker hingegen schon.«

»Und Mia Alvin?«

»Eine Schlampe. Promiskuös und billig. Sie hat einen feinen, ehrlichen und gottesfürchtigen Ehemann betrogen. Soweit ich weiß, beging sie außerdem auch noch mit einem Mann Ehebruch, der rein formell noch als verheiratet gilt. Also doppelte Hurerei, darauf stand früher die Todesstrafe, nach uralter Rechtsprechung. Mia hat Ingmar in den Dreck gezogen, sie hat Namen und Ruf der Gottesboten beschmutzt. Sie hat es nicht verdient, zu leben. Ich habe ihren Schuh bei einem Besuch in ihrem Haus gestohlen. Ich habe mir gedacht, dass er nochmal nützlich sein könnte. Was dann ja auch stimmte.«

»Diese Mia hatte ein Verhältnis mit ...«

»Er heißt Tobias Käll.«

»Läuft er auch Gefahr, beseitigt zu werden?«

»Natürlich nicht. Er ist ja kein Gottesbote.«

»Aber warum musste Agne Bravander sterben? Alle, mit denen ich geredet habe, beteuerten, dass er aufmerksam, gutherzig, hilfsbereit und hundertprozentig gläubig war.«

»Bruder Agne war der Schlimmste von allen.«

»Das verstehe ich nicht«, sagte Dalman, dem seinerseits vollkommen klar war, dass sich seine Chancen erhöhten, je länger es ihm gelang, das Gespräch in Gang zu halten.

»Dann erkläre ich es. Bruder Agne war alles, was du gesagt hast, und darüber hinaus noch mehr. Er hatte nie einen bösen Gedanken. Aber er hatte einen großen, unverzeihlichen Fehler. Er war zu nett und nachgiebig, ließ Verfehlungen durchgehen und war bereit, unseren Regeln und Richtlinien untreu zu werden. Gottes Wille darf nie verunglimpft werden. Bravander hat sich sogar dafür eingesetzt, dass die Samuelssons bei uns Gottesboten bleiben dürften, obwohl sie einen unverzeihlichen Verstoß begingen, als sie die Bluttransfusion ihres Sohnes erlaubten. Ich kann Torgnys und Lauras Verzweiflung verstehen, aber ich kann nie verzeihen, dass Bruder Agne es mit heiligen Grundregeln nicht so genau nahm. Und er wurde von Tag zu Tag nachsichtiger, war bereit, alles und jedem zu vergeben, hielt sich wohl für den lieben Gott selbst. Wenn er weitergemacht hätte, wäre in der Gemeinde noch die totale Anarchie ausgebrochen.«

Dalman spürte einen schwachen Windhauch im Gesicht, als der Mann an ihm vorbeiging und sich an der anderen Tischseite aufstellte.

Er trug dunkle Hose und hellen Anorak, am Hals offen, so dass ein roter Schlips zwischen weißen Hemdkragenzipfeln zum Vorschein kam. Dalman hatte ihn noch nie zuvor gesehen, konnte sich jedenfalls nicht daran erinnern.

Doch damit, dass der Mörder sich ihm jetzt zeigte, erhöhte sich natürlich Dalmans Risiko zu sterben. Seine Hoffnung zu überleben schwand zusehends.

»Wir haben das Recht, ein korrektes Betragen von unserem Hauptpastor zu verlangen. Alle haben zu Bruder Agne aufgesehen, sich auf sein Urteil verlassen, sind sklavisch seinem kleinsten Wink gefolgt. Ich auch. Bis zu dem Tag, an dem ich merkte, dass er seine Befugnisse auszuweiten begann. Gut? Ja sicher. Wahrhaft gläubig? Kein Zweifel. Aber da half alles nichts, er musste weg.«

Der Mann beugte sich so vor, dass sich die Sehnen zu beiden Seiten seines Kehlkopfs anspannten.

»Erst habe ich ihn gewarnt, habe versucht, ihn zur Vernunft zu bringen. Anonyme Anrufe, kleine Auszüge aus Hultmans »Danke«-Lied, aus dem sich vieles heraushören lässt, wenn man offene Ohren hat. Aber Bravander hat einfach nicht gehört. Deshalb musste er aus dem Weg geräumt werden. Ich habe selbst meine Version von ›Danke‹ auf Band aufgenommen, um ihm etwas zu denken zu geben, wenn er über den Jordan geht.«

Der Mensch ist komplett verrückt. Bring ihn zum Weiterreden, er darf auf keinen Fall aufhören.

»Haben Sie sich nie mit ihm ausgesprochen?«

Der andere lächelte bitter.

»Schon klar, du bist Bruder Agne ja nie begegnet. Er war nicht zur Vernunft zu bringen. Er sah einen nur mit seiner alten freundlichen Nachsicht an und dachte gar nicht daran, sich zu ändern. Nein, da war nur eins zu machen. Mit der Reinigung von oben anfangen und mit der Säuberung so lange fortfahren, bis alle störenden Elemente aus der Gemeinde entfernt sind, sodass sie sich auf das Allerwichtigste konzentrieren kann: reine Vergeistigung.«

»Ach, darum geht es also? Eine Säuberungsaktion?«

Der Mann in der Windjacke erstarrte, und Dalman suchte rasch einen neuen Ansatz.

»Warum der Stöckelschuh?«

Bei dieser Frage schien sich der Mörder wieder etwas zu entspannen. Er zuckte mit den Schultern.

»Ich wollte die allgemeine Aufmerksamkeit auf Mia Alvins Rolle in dieser Spirale des Verderbens lenken. Wenn ihr Schuh am Tatort gefunden wurde, mussten ihr ja wohl die Augen über sich selbst aufgehen. Aber es hielt sie keineswegs davon ab, weiter zu sündigen, noch bevor Bruder Agne überhaupt unter der Erde war. Ich habe sie heute Nachmittag selbst gesehen, als sie sich aus ihrem heimlichen Liebesnest schlich, schuldbewusst und verstört.«

»Und Sie sind ihr gefolgt?«

»Sie war wesentlich leichter zu überwältigen als Bruder Agne. Ich hatte einen Schlüssel, schlich mich kurzerhand rein und erledigte sie im Badezimmer. Einfach, unkompliziert, undramatisch. Es war so ein reines, befreiendes Gefühl hinterher, wie nach einer Waschung im heiligen Blut.«

Dalman nickte nachdenklich und warf dann die Frage in den Raum: »Wer sind Sie eigentlich?«

Der Mann vor ihm ließ sich nicht überrumpeln.

»Das tut nichts zur Sache. Es ist vollkommen unwichtig.«

Nicht einmal den Namen desjenigen erfährt man, der einen umbringen wird.

»Für mich ist es wichtig, das zu wissen.«

»Ja, du bist ja von der Polizei«, sagte der andere und wechselte das Thema.

Und schüttete weiter sein Herz aus. Er redete, und zwar lange. Dalman hörte mit pochendem Kopf und wachsender Angst zu. Er hatte sich nämlich einen Funken Hoffnung gestattet, dieser Gefahr trotz allem bei lebendigem Leib zu entrinnen, eine Schwäche, die er nicht hätte zulassen dürfen. Solange er für sich akzeptiert hatte, dass es jeden Augenblick aus sein konnte, war er wie von einer unsichtbaren Hülle geschützt gewesen. Doch sowie er anfing, an die Welt außerhalb dieser grausigen Todesfalle zu denken, befiel ihn ein so explosiver, heftiger Wunsch zu überleben, dass er seine Ohnmacht nur noch herausschreien wollte. Der Gedanke an Eva stimmte ihn immer verzweifelter.

Doch er beherrschte sich, biss sich auf die Zunge, bis er Blut schmeckte, verdrängte die Vorstellung von Eva und den Kindern, von Wall und seinen Kollegen, und zwang sich, dem religiösen Fanatiker zuzuhören, der jetzt im Zimmer auf und ab ging.

In einer Richtung begrenzten Sverker Johanssons Füße den kurzen Weg, in der anderen eine altersschwache Kommode.

Und Dalman begriff nach einer Weile, worum es ging.

Dies hier war so etwas wie eine Beichte.

Der Mörder wollte sich vor einem Außenstehenden alles von der Seele reden, wollte Verständnis (selbst schweigendes) seiner Taten erlangen.

Vielleicht hatte er sich auch nur noch nicht entschieden, wie er die unerwartet eingetretene Situation meistern sollte. Vor ihm saß ein gefesselter Zeuge, ein Polizist, der alles wusste – aber war der auf und ab gehende Gottesbote wirklich fähig, ihn umzubringen?

Dalman schmiedete seine Pläne.

Und der Mann in dem hellen Anorak redete und redete.

Er führte aus, dass man ohne eine Sanierung von innen nie Vollkommenheit erreichen könnte. Die Gottesboten verkörperten christlichen Humanismus und Verständnis, wollten eine bessere, schönere Welt schaffen. Doch zur Erreichung dieses Ziels sei es unumgänglich, sich gewisser Elemente zu entledigen: ein paar verfaulte Äpfel könnten im Nu einen ganzen Korb mit frischem Obst verderben, und so weit dürfte es nicht kommen.

»Mein ganzes Leben lang habe ich unsere Prinzipien und Thesen vertreten, war pflichtbewusst und gewissenhaft, hatte Nachsicht mit Übertretungen und Gotteslästerungen, aber jetzt ist genug damit. Was außerhalb der Gemeinde geschieht, entzieht sich meinem Einflussbereich. Sünde, Gewalt und Kriminalität können mich zwar aufregen, gehen mich aber nichts an. Doch als Ratsmitglied muss ich mich gegen Ungerechtigkeiten und Unzucht in meinen eigenen Reihen stemmen. Wenn unsere Gemeinde durch und durch rein ist, bis ins Herz hinein, können wir mit großer Zuversicht hellen, warmen Zeiten entgegensehen. Und das streben wir doch alle an, nicht wahr? Man muss vor der eigenen

Tür kehren, ehe man sich mit den größeren Zusammenhängen befassen kann.«

Dalman sah die Chance, auf die er gewartet hatte.

»Ich selbst bin gesetzestreu. Immer gewesen.«

»Das will ich dir nicht in Abrede stellen. Du siehst ehrlich aus. Dein Pathos wirkt echt.«

Ermutigt, fuhr Dalman bemüht freundlich fort: »Es ist sogar tagein, tagaus mein Ehrgeiz, anständigen Leuten, Menschen wie Sie und ich es sind, das Leben leichter zu machen. Ich versuche meinen Beitrag dazu zu leisten, dass sich der Mann von der Straße sicher fühlt. Jeder Mitbürger soll nach Anbruch der Dunkelheit das Haus verlassen können, ohne ausgeraubt oder niedergeschlagen zu werden. Niemand soll in Angst leben müssen.«

»Wer den wahren Glauben hat, spürt *sowieso* keine Angst.«

»Ich habe nie gegen das Gesetz verstoßen, nie meine Frau betrogen. Ich habe vier wunderbare Kinder und entsetzliche Kopfschmerzen. Lassen Sie mich laufen.«

Der Mann schüttelte den Kopf, und Dalmans Schultern sackten herab.

Sein Puls hämmerte, als er sah, wie der andere die Waffe von der Hutablage neben der Tür herunterholte.

»Wir müssen dem jetzt ein Ende machen.«

»Nein.«

Dalman stieß das Wort flüsternd zwischen Lippen hervor, die sich auf einmal spröde und rissig anfühlten. Plötzlich waren die Kopfschmerzen verschwunden. Stattdessen spürte er nur noch entsetzliche Angst, von der sein Herz im Brustkorb wie verrückt hämmerte.

»Wir haben das jetzt lang genug hinausgezögert.«

»Sie haben erwähnt, dass Sie Ratsmitglied sind. Dann müssen Sie Gillis Edh sein.«

»Mein Name tut nichts zur Sache, das habe ich ja eben erst gesagt.«

Halte das Gespräch in Gang, nur darauf kommt es an.

»Ich habe nie eine Zigarette geraucht, nie einen Tropfen Alkohol getrunken, fast noch nie geflucht. Ich bin ein richtiger Moralapostel, ich weiß, dass viele mich für langweilig und hölzern halten, und das bin ich wohl auch. Aber wir beide sind ähnlich, wir sind beide gleich rechtgläubig, verstehen Sie?«

Plötzlich ein Geräusch von draußen.

Stimmen, Schritte.

Die Angst des Polizisten nahm zu, denn ihm war klar, was als Nächstes geschehen würde.

Der Mörder hatte natürlich auch das Geräusch gehört, aber er verzog keine Miene, sondern hielt den ausdruckslosen Blick auf den wehrlosen Polizisten gerichtet.

»Ich habe nicht vor, mich verhaften zu lassen, meine Mission ist noch nicht beendet. In der Gemeinde gibt es mehr faule Äpfel, die ausgerottet gehören.«

Dalman erkannte seine eigene Stimme nicht wieder, so angstverzerrt hörte sie sich an.

»Es ist feige und unwürdig, einen Unbewaffneten, Wehrlosen zu erschießen.«

Er hörte es klicken, als die Sig-Sauer entsichert wurde.

Dalman hatte einen knochentrockenen Hals, rang nach Atem.

Du darfst mich nicht verlassen, Eva.

»Tun Sie es nicht«, bat er.

Keine Reaktion im Gesicht des Mannes.

»Sie haben doch selbst eben erst gesagt, dass Sie sich nicht um die Dinge kümmern, die außerhalb der Gottesboten geschehen, wissen Sie noch? Sie müssen es noch wissen. Haben Sie es schon vergessen?«

Die Pistole wurde angehoben.

Dalman schrie: »Ich bin kein Mitglied der Gottesboten. Ich habe mit dem allen nichts zu tun.«

Draußen näherten sich gedämpfte Schritte auf dem Holzsteig.

»Es ist nicht im Sinne Gottes, Unschuldige zu töten, ich bin kein Mitglied, du lieber Himmel … so hören Sie doch!«

Der Mann zielte.

Zögerte.

Und schoss.

Der zweite Winter

»Nancy Bravander.«

»Guten Abend, hier ist Sten Wall.«

»Ach.«

»Ich wollte eigentlich bloß hören, wie es Ihnen geht. Und ob ich Ihnen so vor Weihnachten bei irgendetwas helfen kann.«

»Nett, dass Sie anrufen, Herr Kommissar. Ich weiß die Geste zu schätzen.«

Die Stimme hörte sich ein wenig kräftiger an, als er sie in Erinnerung hatte, aber der zitternde Beiklang war noch da, bei bestimmten Konsonanten.

»Und wie geht es Ihnen?«

»Ich schlage mich durch, wie man so sagt. Ich kann Ihnen erzählen, dass ich vorhabe, das Haus zu verkaufen.«

»Aha.«

»Konrad Mattsson hat sich um das Praktische gekümmert. Man hat ihm versprochen, dass ich zum Frühling einen Platz im Pflegeheim in Frejalund bekomme. Bis dahin bleibe ich natürlich hier wohnen. Viola, seine Frau, besucht mich praktisch täglich und sieht nach mir. Sie ist wunderbar. Außerdem erscheint zweimal wöchentlich jemand vom städtischen Pflegedienst. Ich komme also ganz gut zurecht.«

»Wie schön. Ich wollte eigentlich in den nächsten Tagen einmal mit Blumen oder einer Schachtel Pralinen vorbeischauen.«

»Nicht nötig, machen Sie sich keine Umstände.«

»Das ist ja wohl das Mindeste, was ich tun kann. Aber ich rufe vorher an, damit ich nicht ungelegen komme.«

»Vielleicht wäre es besser nach den Feiertagen. Ich fahre morgen nach Södertälje, um bei meiner Schwester Weihnachten zu feiern. Zu Sylvester sind wir zu ihrer ältesten Tochter mit Familie eingeladen, und vor dem Dreizehnten werde ich wohl nicht wieder hier in der Stadt sein.«

»Dann lasse ich mich um diese Zeit herum blicken. Gibt es etwas Neues von den Gottesboten?«

»Per-Lage Einarsson wurde als Pastor zum Nachfolger von Agne ernannt. Eine gute Wahl. Das finden wir alle.«

»Ich habe in der Zeitung davon gelesen.«

»Aber das hier stand nicht in der Zeitung: Zum ersten Mal wurde eine Frau in den Rat gewählt. Solveig Thebeta. Die Gemeinde hat sie einstimmig gewählt.«

»Ein mutiger Schritt.«

»Es war wirklich an der Zeit. Agne hatte sich schon mehrmals für eine Frauenquote in Führungspositionen der Gottesboten ausgesprochen.«

Nach kurzem Schweigen erklang Nancy Bravanders Stimme erneut im Hörer.

»Ich muss Ihnen etwas sagen. Es ist jetzt zwei Monate her, dass Agne gestorben ist, aber ich rede immer noch täglich mit ihm.«

Die Pause verlangte Wall eine Antwort ab. Er wusste nicht recht, was er sagen sollte.

»Das gehört bestimmt zur Trauerarbeit«, versuchte er es.

Nancy gab einen Laut von sich: ein Schniefen, ein Schluchzen, einen tiefen Seufzer – etwas in der Art.

Dann sagte sie: »Ich rede ununterbrochen mit meinem Agne, frage ihn nach allem. Aber wissen Sie, was am schlimmsten ist? Mein Mann antwortet mir nie; ich rede und rede, er schweigt nur. Er antwortet mir nicht einmal, wenn ich ihn frage, ob wir Gillis Edh verzeihen sollen oder nicht.«

Nach diesem Gespräch verspürte Wall das Bedürfnis nach einem kleinen Wodka mit Orangensaft.

Während er den Drink mixte, dachte er an das, was Nancy Bravander erzählt hatte: dass man einer Frau Zutritt zum heiligen Rat der Gottesboten gewährt hatte.

Er fragte sich, was Gillis Edh wohl von so einer Entwicklung gehalten hätte.

Und er kam zu dem Schluss, dass dem Museumsaufseher Solveig Thebeta im Rat sicher recht gewesen wäre, solange sie nur die rechte Überzeugung und Reinheit mitgebracht hätte.

Mit dem Glas in der Hand trat Wall ans Küchenfenster und schaute auf die Bergsgata hinaus, wo brauner Schneematsch in den Rinnsteinen und auf den Bürgersteigen lag.

Ein harter Dezember lag hinter ihm, mit heftigen Schneefällen, die den Verkehr in großen Teilen Schwedens zum Erliegen gebracht hatten, mit klirrender Kälte von Nord bis Süd; doch seit einem Tag setzte an einem Ende des Landes Tauwetter ein.

Wall hatte nichts dagegen. Er war noch nie ein großer Freund von strengen Wintern gewesen.

Plötzlich hatte er große Lust auf einen Abendspaziergang.

Das Wetter war in den letzten Wochen nicht besonders fußgängerfreundlich gewesen. Ein schneidend eisiger Wind, Temperaturen bis zu 25 Grad minus, schwer passierbare Straßen und Wege: Da blieb man lieber daheim, wenn man nicht aus dringenden Gründen vor die Tür musste.

Wall hatte die Nase keine Minute länger als nötig aus der Tür gesteckt. Jetzt musste er jedoch wirklich an die Luft und sich die Beine vertreten.

Er hatte solche Prostataprobleme gehabt, dass er nicht um einen Arztbesuch herumgekommen war. Nach der Untersuchung (die für Walls Geschmack etwas zu intim war) hatte ihm der grauhaarige Arzt mitgeteilt, dass sich eine Operation wahrscheinlich vermeiden ließ.

»Zumindest in diesem Stadium. Die medikamentöse Behandlung müsste reichen. Vorerst.«

In diesem Stadium.

Vorerst.

Das machte ihm ja nicht gerade Hoffnung für die Zukunft.

Der Arzt hatte versucht, ihn aufzurichten.

»Sie müssen wissen, dass neunzig Prozent aller älteren Männer irgendetwas mit der Prostata haben; mit diesem Fluch müssen wir Alten leben.«

»Warum muss man auch immer zur Mehrheit gehören«, hatte Wall gescherzt, während ihn die Bemerkung, die ihn in die Kategorie »ältere Männer« und »wir Alten« einstufte, innerlich kränkte.

Er war doch erst dreiundsechzig.

Er trank aus, ehe er sich dick anzog und in die Kälte hinauswanderte.

Die Luft war rau und diesig, aber es war doch schön, Bewegung zu bekommen.

Vor dem Rathaus sah er zwei, die ihm bekannt vorkamen.

Eva und Carl-Henrik Dalman.

Sie hatte den rechten Arm um seinen Rücken gelegt, beide steckten die Köpfe zusammen.

Sie hatten ihn noch nicht gesehen, und Wall verzog sich in eine Seitengasse, um die Idylle nicht zu stören.

Er freute sich sehr über ihre Versöhnung.

CeHa war ausgeglichener als früher geworden, sanfter, nicht mehr so hart im Urteil. Und er hatte das traumatische Erlebnis in Sverker Johanssons baufälligem Sommerhaus bei Sydstranden erstaunlich gut überwunden.

Die heftige Gehirnerschütterung war ausgeheilt, und es sah nicht so aus, als ob bleibende Schäden von dem Schlag auf den Hinterkopf zu befürchten waren. Auch mental schien er dem Schrecken ohne nennenswerte Narben entkommen zu sein.

Wall hatte seinen Kollegen immer als psychisch stabil eingestuft. Nicht viele andere im Polizeipräsidium hätten die Belastungen in dem Dünenhäuschen ohne schwere Folgeschäden überstanden.

Aber was wusste er eigentlich von Dalmans Verfassung, unter der Maske, die er seiner Umgebung zeigte?

Vielleicht litt er mehr, als seine Kollegen ahnten.

Auf jeden Fall hatte sich Dalman kategorisch allen Vorschlägen verweigert, einen Therapeuten oder Berater aufzusuchen, um sich von den furchtbaren Erinnerungen zu befreien. Er hatte schließlich lange in diesem Haus des Todes festgesessen: gefesselt, misshandelt, verwirrt und vollständig einem Mann ausgeliefert, der kalt und berechnend drei Menschen ermordet hatte.

Doch Dalman zog es vor, jeden diesbezüglichen Rat abzulehnen (in puncto Starrsinn hatte er sich kein bisschen verändert).

»Damit werden wir allein fertig«, hatte er gesagt, »Eva und ich.«

Sten Wall war am Park angelangt, der so gut wie menschenleer war. Erst als er sich dem dekorativ beleuchteten Theaterrestaurant näherte, stieß er auf andere Spaziergänger. Die meisten von ihnen waren für einen Restaurantbesuch gekleidet. Viele grüßten ihn erfreut: Hier war er in weiten Kreisen bekannt.

Während er weiterging, verfiel er in trübsinnige Stimmung.

Ihm fiel die finstere Statistik ein, die ihm an diesem Tag vorgelegt worden war. Schwere Gewaltverbrechen nahmen an allen Fronten zu, extremistische, ausdrücklich fremdenfeindliche Vereinigungen breiteten sich aus wie Unkraut, Frauen waren entwürdigender häuslicher Gewalt ausgesetzt – in den letzten Jahren waren zwanzig Frauen von ihren Ehemännern, Exmännern oder Freunden umgebracht worden. Im Vergleich zum Vorjahr waren acht Prozent mehr Fälle von Misshandlung zur Anzeige gekommen – an die Dunkelziffer der unentdeckt gebliebenen Fälle wagte Wall gar nicht erst zu denken.

Wo soll das hinführen?, dachte er und schwenkte weit aus, um sich außer Reichweite eines Dobermanns zu bringen. Der Hund war zwar angeleint, sah ihn aber tückisch an.

Wall wurde von einem Gefühl der Ohnmacht befallen, das ihm bekannt vorkam. Es stellte sich jetzt in immer kürzeren Abständen ein, steigerte sich von Jahr zu Jahr.

Er verzweifelte, wenn er mit ansah, wie Verbrecher aus Mangel an Beweisen straffrei davonkamen, während er selbst gezwungen war, Menschen wie Ingmar Alvin mit notwendigen, aber herzlosen Fragen zuzusetzen. In dunklen Stunden hatte er das Gefühl, aufgeben zu wollen, als sei der Kampf ja doch sinnlos und verloren, ganz gleich, was er tat.

Aber bis jetzt war es ihm immer noch gelungen, diese Anfälle von Mutlosigkeit abzuschütteln, wenn es wirklich drauf ankam. Wenn er gezwungen war, Stellung zu beziehen, konnte er immer noch für seine Ideale eintreten. Noch hatte er die Kraft, Verbrechertum und Böses zu bekämpfen.

Noch lebte er.

Sein Anfall von Niedergeschlagenheit legte sich.

Er ging nach Hause, wohl wissend, dass er Aufmunterung nötig hatte.

Als er den Mantel abgelegt hatte, entdeckte er die Videokassette im Regal.

Elmar Gantry.

Es war höchste Zeit, dass er sich den Film ansah und ihn Terje Anderssons Freund zurückgab; der wartete nun schon lange genug.

Aber Wall hatte keine Lust, sich den Streifen allein anzusehen. Er sehnte sich nach jemandem, mit dem er das Erlebnis teilen konnte. Jan Carlsson wäre eine wunderbare Gesellschaft. Falls er loskam, denn der Freund und Kollege wurde von seiner Frau am kurzen Zügel gehalten.

Er ließ es auf einen Versuch ankommen.

Jan ging selbst an den Apparat, was immerhin ein gutes Zeichen war.

Nach kurzem Geplänkel kam Wall zur Sache.

»Ist Gun zu Hause?«

»Wolltest du sie sprechen?«

»Nein, dich. Ich hab da einen Vorschlag.«

»Sie ist heute Abend weg. Ich glaube nicht, dass sie vor elf Uhr wiederkommt. Frühestens.«

»Weinproben?«

»Damit ist jetzt Schluss. Nein, sie ist in der Jugendherberge beim Jahrestreffen des Fotoclubs. Sie zeigen einen Film, und anschließend gibt es noch Eintopf. Sie wollte mich mitnehmen. Ich hab verzichtet.«

»Interessiert sie sich auch für Fotografie?«

»Sie interessiert sich für alles, was es gibt.«

»Ich hab mir nämlich gedacht, wir könnten uns zusammen einen guten Film ansehen. Vielleicht auch ein paar Bier dazu trinken, wir haben ja bald Weihnachten.«

Wie nicht anders erwartet, biss sein Kollege sofort an.

»Keine schlechte Idee. Was ist das für ein Film?«

»Elmar Gantry. Er ist ausgezeichnet. Ich habe ihn vor langer Zeit mal gesehen. Burt Lancaster bekam einen Oscar für die Hauptrolle.«

»Worum geht es?«

»Um einen Lebemann und Handelsreisenden, der sich aus reinem Opportunismus ins Sektenleben stürzt. Na, und das führt dann zu diversen Verwicklungen.«

»Sekten? Das erinnert mich an ...«

»Deshalb hatte ich Terje Andersson gebeten, mir den Film zu besorgen. Jetzt liegt er seit Wochen bei mir im Regal. Hatte ihn einfach total vergessen. Du kommst also?«

»Bin in einer Viertelstunde da. Soll ich was mitbringen?«

»Nicht nötig. Ich hab genug im Haus.«

Wall schwieg und zögerte kurz. »Vielleicht könnten wir uns erst im Pub treffen. Auf ein Bierchen, ehe wir zu mir gehen. Was meinst du?«

Diesmal ließ sich Jan Carlsson Zeit mit der Antwort.

»Dann aber ganz auf die Schnelle«, rang er sich schließlich ab. »Ich muss spätestens um elf zu Hause sein, vor Gun.

Und der Film dauert ja wohl doch fast zwei Stunden, kann ich mir denken.«

»Ein Bierchen reicht uns ja«, beruhigte ihn Wall. »Dann treffen wir uns im Pub.«

Ein Bierchen reichte ihnen nicht.

Zu Elmar Gantry kamen sie gar nicht erst.

Und Jan Carlsson war nicht vor seiner Frau zu Hause.

Gun schlief tief und fest, als er gegen drei ins Schlafzimmer wankte.

Es kam ihm so vor, als hätte sie eine missbilligende Falte über der Nasenwurzel, mitten zwischen den Augen.

Das Klicken, als die Waffe entsichert wird.

Das Flehen.

Die Verzweiflung.

Die Ohnmacht.

Die unversöhnlichen Augen, das schwarze Mündungsloch.

Unruhe vor der Tür: Schritte, Stimmen.

Der Pistolenlauf so nah vor seiner Stirn.

Fest in der Hand, der Finger am Abzug.

Der Tod eine Sekunde entfernt.

Dann, im letzten Moment: Die Waffe ändert die Richtung.

Der Lauf im Mund.

Lippen am Metall.

Ein gewaltiger Knall, laut wie eine Dynamitexplosion.

Das Blut, das ihm ins Gesicht spritzt.

Der Körper, der auf ihn fällt und den Stuhl umwirft, sodass sie beide mit lautem Krach zu Boden gehen.

Der Tote oben, schwer wie ein riesiger Sandsack.

Die Tür, die aufgerissen wird.

Hereinstürzende Polizisten. Der zerschossene Kopf so nah, dass er kaum atmen kann. Salziges Blut und warme Hirnmasse, die ihm in den Mund laufen und seine Augenhöhlen füllen, ohne dass er etwas machen kann.

Immer mehr Blut, das hartnäckig fließt, das ihn überschwemmt, bis er sich übergeben muss.

Fast am eigenen Erbrochenen erstickt.

Er erstickt, bekommt keine Luft, ringt um Atem …

Carl-Henrik Dalman gab einen gellenden Schrei von sich.

Die Nachttischlampe ging an.

Eva beugte sich zu ihm herüber, auf einen Arm gestützt, und betrachtete ihn unruhig blinzelnd. Der eine Träger ihres Negligés war herabgerutscht, sodass ihre kleinen Brüste zu sehen waren.

»Ist es so schlimm, CeHa?«

Er kniff die Augen vor dem grellen Licht zusammen und befühlte seine Stirn.

Der Schweiß stand darauf.

Er war am ganzen Körper schweißgebadet. Das Laken klebte feucht an seinem Rücken. Sein Herz klopfte heftig.

»Nur ein Traum. Den habe ich jetzt schon ein paar Nächte. Na ja, die ganze letzte Woche, genau genommen.«

»Von diesem furchtbaren Abend?«

Er nickte.

»Der *war* doch furchtbar, nicht wahr? Vielleicht sogar schlimmer als man sich vorstellen kann? Schlimmer, als du dir anmerken ließest? Stimmt das, Liebling?«

»Es war ziemlich hart.«

»Was machen wir da?«

»Ich weiß es nicht. Es geht bestimmt vorbei. Die Zeit heilt alle Wunden. Der Traum wird schon irgendwann verschwinden. Hoffentlich.«

Sie beugte sich über ihn, küsste ihn auf den Mund, strich ihm den Schweiß von der Stirn. Die Brüste ruhten weich auf seiner nackten Schulter. Die Krähenfüße um ihre Augen waren sehr zart und nicht einmal ganz aus der Nähe deutlich zu sehen, wie mit dem allerfeinsten Werkzeug eingraviert.

»Als kämst du direkt aus der Sauna«, sagte sie. »Du riechst nach Umkleidekabine.«

Dann kroch sie wieder in ihr Bett, zupfte sich das Negligé zurecht und legte sich auf die Seite, das Gesicht ihm zugewandt. Ihre Wangen waren vom Schlaf gerötet, ihr Blick verschleiert.

»Wusstest du, dass Gillis Edh in seiner Jugend nicht allein war?«

Sie schüttelte den Kopf.

»Aber die Freundin hat ihn verlassen und kehrte nie zu ihm zurück. Wohnt jetzt wohl in Neuseeland. Ist verheiratet und hat Kinder.«

»Und?«

»Wollte dir das nur erzählen.«

»Kann es damit zusammenhängen, dass er so total durchgedreht ist?«, fragte sie sich laut.

»Ich weiß es nicht. Vielleicht. Aber es ist ja so lange her, dass sie ihn verlassen hat.«

»Manche Leute vergessen nie. Haben ein Gedächtnis wie ein Elefant.«

»Der alte Wall war auf der richtigen Fährte. Wie so oft. Zwar nicht so, dass er ausgerechnet Gillis Edh verdächtigt hätte, aber er hat begriffen, dass es sich um eine Art religiösen Fanatismus handeln musste. Eine Säuberung, wenn man so will. Obwohl es gedauert hat, bis er verstand, dass Agne Bravander aus dem Weg geräumt wurde, weil er zu lasch war, zu tolerant. Der Mord an ihm fiel aus dem Rahmen. Dass Mia Alvin dran glauben musste, lag natürlich daran, dass sie ihren Mann betrog, aus der Perspektive des Mörders etwas Unverzeihliches. Wall hat nachgedacht, eins und eins zusammengezählt und ist zu dem Schluss gekommen, dass sich der Täter vorgenommen hatte, alle Schwachstellen der Gottesboten auszumerzen. Er hat angenommen, dass der homosexuelle Steve Larsson das nächste Opfer sein würde, und Leute zu seiner Bewachung abgestellt. Erst im letzten Moment fiel ihm der Trinker Sverker Johansson ein. Und da bat er mich, rauszufahren und nach ihm zu sehen, zur Sicherheit. Wenn ich also in der baufälligen Hütte ermordet worden wäre, wäre es Sten Walls Fehler gewesen.«

Das sagte er mit einem schwachen Lächeln, das sie sofort erwiderte.

»Das hätte ich ihm nie verziehen.«

Carl-Henrik Dalmans Gesicht nahm wieder seinen normalen Ausdruck an.

»Eva«, sagte er. »In letzter Zeit habe ich viel über etwas nachgedacht.«

Sie änderte ihre Haltung, das Gesicht immer noch direkt ihm zugewandt.

»Ich höre.«

»Ich habe mich immer und immer wieder gefragt, ob Gillis Edh wirklich vorhatte, mich zu erschießen. Er legte auf mich an, aus so großer Nähe, dass mich die Pistolenmündung fast an der Stirn berührte. Ich sah ihm einfach immerzu in die Augen. Nicht weil ich mutig war. Überhaupt nicht. Am liebsten hätte ich die Augen zugemacht, aber ich fühlte mich wie gelähmt. Ich sah dem Tod ins Antlitz, und es war ganz so, als ob er mich ansprach. Mich lockte und anzog, verstehst du?«

»Ich glaube schon.«

»Seine Finger zitterten am Abzug, ich war direkt mit dem Tod konfrontiert, wusste, in der nächsten Sekunde würde alles vorbei sein. Aber dann drehte er die Waffe um, machte den Mund auf, biss mit den Zähnen auf die Mündung und drückte ab. Es war grauenvoll.«

Mit einer Hand griff sie nach seinem Kopf und verstrubbelte seine schweißnassen Haare.

»Du musst nicht drüber reden, CeHa.«

»Aber ich will.«

»Es ist sicher gut, wenn du es loswirst.«

»Ja, ich hab mich also gefragt, ob Edh in seinem tiefsten

Inneren wirklich die Absicht hatte, mich zu töten. Hat er mich nur verschont, weil ich ein Außenstehender war? Weil ich kein Mitglied der Gottesboten war und auch nichts getan habe, was seinem eigenwilligen Rechtsempfinden zuwiderlief? Oder lag es nur daran, dass er die Schritte vor der Bruchbude hörte und begriff, dass das Spiel aus war? Dass er die Schmach nicht ertragen konnte, sich erwischen zu lassen. Irgendetwas muss ihn dazu bewegt haben, in allerletzter Sekunde Selbstmord zu begehen. Und wir werden nie erfahren, warum genau er diesen entsetzlichen Schritt wählte.«

»Vielleicht sollten wir dankbar dafür sein«, sagte sie.

Ihre Hand war nun ein wenig heruntergewandert und spielte sanft mit seinem Ohrläppchen. Zärtlichkeit und Mitgefühl lagen in ihren Augen.

»Du hast mehr auf dem Herzen. Das merke ich doch. Raus damit, CeHa, raus damit.«

»Gut. Als ich gefesselt in dieser scheußlichen Hütte saß, allein mit der Leiche auf dem Fußboden und diesem religiösen Fanatiker, war ich fest davon überzeugt, sterben zu müssen. Ich hatte furchtbare Angst, war schlicht und einfach feige. Ich erniedrigte mich so weit, ihn um Gnade anzubetteln. Ich hätte mich zu jeder Erniedrigung hergegeben, wenn ich nur mein Leben behalten durfte. Es war nicht besonders heldenhaft, nicht das, was man von einem hartgesottenen Verbrechensbekämpfer erwartet. Jedenfalls nicht von einem, wie ich es bin, der immer auf die Weichen und Schwachen herabgesehen hat. Aber was an jenem Oktoberabend geschah, hat mich irgendwie verändert. Wenn man der wirklichen Gefahr ins Auge sieht, ist man nicht mehr so großschnäuzig. Ich hab mir vor Angst in die Hosen gemacht.«

Sie streichelte ihn.

»Liebling, *alle* hätten in so einer Situation das Gleiche empfunden. Alle. Ohne Ausnahme.«

»Aber weißt du, *warum* ich so große Angst hatte?«

»Nein.«

»Weil ich wusste, dass du zu mir zurückkommen wolltest.«

Ihre schönen Augen blinzelten verständnislos.

»Wie meinst du das, CeHa?«

»Anfangs war ich gar nicht so verängstigt, obwohl ich auch da schon annahm, dass er mich umbringen würde. Ich machte mir eigentlich mehr Sorgen wegen der Kopfschmerzen als darum, was er mit mir tun würde. Doch dann dachte ich an dich, und erst da befiel mich Panik. Wenn du dich endgültig entschieden hättest, mich zu verlassen, wäre ich da drinnen mit dem kaltblütigen Mörder Edh besser klargekommen, das wusste ich. Dann hätte ich mein Schicksal leichter angenommen. Hätte nicht nicht viel gehabt, wofür es sich zu leben lohnte. Aber jetzt, wo du versprochen hattest, zurückzukommen … ja, da hatte ich plötzlich so wahnsinnig viel zu verlieren.«

Er schluckte ein paar Mal, kämpfte gegen die Tränen an.

Dann fuhr er fort.

»Ich konnte dich doch nicht versetzen und einfach sterben. Alles in mir sträubte sich dagegen, dich zu verlassen. Deshalb hatte ich so eine furchtbare Angst davor, dass er mir die Kugel ins Hirn pustete. Und deshalb erlebe ich die blutige Schlussszene Nacht für Nacht im Traum wieder nach. Es war die reinste Folter, mit anzusehen, wie er sich den Kopf wegschoss, sein Blut über mich floss, wie aus einem Springbrunnen spritzte. Ich habe mich sogar übergeben, war erledigt von dem Schlag auf den Hinterkopf, von dem Schock – aber vor allem empfand ich ein unfassbares, unbeschreibliches Glück. Eva, du hast mich in der ganzen höllischen Zeit in der Hütte am Leben erhalten, das ist mir seit langem klar. Ich habe einfach nicht aufgegeben, weil ich mich nach dir gesehnt habe. Ich gab die Hoffnung nie auf, dich wieder zu sehen.«

Sie richtete sich im Bett auf, zog das durchsichtige Nachthemd aus und ließ es auf den Boden gleiten. Ihr Körper war genau so, wie er ihn aus der Zeit vor ihrer ersten Schwangerschaft kannte, vor über fünfundzwanzig Jahren. Vielleicht spielte ihm sein Gedächtnis einen Streich, aber sie *wirkte* jedenfalls genau so wie damals. Sie war immer noch schlank und gut proportioniert, mit weich abgerundeten Formen: keine geplatzten Äderchen an den Schenkeln oder in den Kniekehlen, keine schlaffen Hautfalten, keine sichtbare Veränderung des Busens – eigentlich verriet nur ihr Hals in gewisser Weise die Jahresringe. Nirgends auch nur eine graue Strähne. Der gleiche kurze Haarschnitt wie damals, als er sie das erste Mal gesehen hatte, mit demselben zauberhaften Schimmer im Haar.

In Carl-Henrik Dalmans Augen wurde seine Frau von Tag zu Tag attraktiver.

»Ich liebe dich«, sagte er.

»Dafür danke ich dir.«

Und sie kroch zu ihm, ohne sich um das klatschnasse Laken zu scheren.

»Jetzt bin ich hier bei dir. Für immer. Ich verlass dich nicht, nur dass du es weißt. Und ich brauch dich. Jetzt. Sogar sehr.«

»Aber …«

Sie versuchte, ihn mit Küssen zum Schweigen zu bringen, aber er schaffte es noch, den Satz zu beenden.

»… ich bin doch so furchtbar verschwitzt.«

»Dann sorg dafür, dass ich's auch werde. Und zwar schnell!«